Lorsque Mateus se mit à trembler, Crawford enroula un bras protecteur autour de ses épaules. Sa chaleur lui donna une impression d'ancrage, comme si Crawford était la seule chose physiquement capable de le maintenir à la surface.

— Un centre de détention ? Ne peut-il pas tout simplement attendre ici ? Je peux avoir un avocat au téléphone dans la minute. Vous ne pouvez pas l'arrêter simplement parce qu'il se trouve ici.

Pouvait-il vraiment faire cela ? Ou n'était-ce que du bluff ? Dans un cas comme dans l'autre, c'était réconfortant.

— Je regrette, monsieur, mais M. Fontes n'a aucune prétention juridique dans un pays ou dans l'autre. Il est en violation des termes de l'attribution de son visa, et pour cela, il va être arrêté. La fraude à l'immigration est un crime très sérieux.

L'homme semblait toujours aussi compatissant, mais il y avait une note d'austérité dans sa voix. Mateus ne pensait pas vraiment que tenter de remettre son visa à jour était en soi un crime, mais apparemment, le gouvernement n'était pas du même avis.

Le bras de Crawford se resserra autour de lui, ses doigts serrant ceux de Mateus.

— Il a tous les droits d'être dans ce pays. Il s'agit de mon fiancé et je suis un citoyen américain.

GRAND, TÉNÉBREUX ET SANS VISA

Bru Baker

GRAND, TÉNÉBREUX
ET SANS VISA

Bru Baker

Publié par
DREAMSPINNER PRESS

5032 Capital Circle SW, Suite 2, PMB# 279, Tallahassee, FL 32305-7886 USA
www.dreamspinnerpress.com

Grand, ténébreux et sans visa
Copyright de l'édition française © 2019 Dreamspinner Press.
Titre original : Tall, Dark, and Deported
© 2017 Bru Baker.
Première édition : avril 2017
Traduit de l'anglais par Charlotte Blake.

Illustration de la couverture :
© 2017 Bree Archer.
http://www.breearcher.com
Les éléments de la couverture ne sont utilisés qu'à des fins d'illustration et toute personne qui y est représentée est un modèle

Édition e-book en français : 978-1-64405-698-1
Édition imprimée en français : 978-1-64405-699-8
Première édition française : octobre 2019
v 1.0

Édité aux États-Unis d'Amérique.

BRU BAKER a découvert la vie d'écrivain au très jeune âge de quatre ans lorsqu'elle a entamé ses premières publications dans l'hebdomadaire tenu par sa famille. Ce qu'on appelle curiosité, elle l'appelle du flair pour les scoops. Personne ne fut étonné lorsqu'elle obtint un diplôme en journalisme et en sciences politiques et qu'elle entreprit une carrière dans ce métier.

Bru a passé plus d'une dizaine d'années à écrire pour la Presse avant de faire son premier pas dans la fiction. Elle s'occupe à présent de fournir des conseils et des références aux lecteurs dans une bibliothèque du Midwest, bien qu'elle trouve toujours difficile à croire qu'on la paie pour parler de livres à longueur de journée. La plupart des après-midis, vous pouvez la trouver recroquevillée avec un bouquin sur les genoux. Que ce soit lorsqu'elle crée ses propres personnages ou lorsqu'elle est absorbée par ceux des autres, on ne peut pas nier que c'est lorsque Bru est plongée dans une histoire qu'elle est la plus heureuse. Son époux et elle ont deux enfants, ce qui signifie que bon nombre de ses livres ont été écrits entre les divers entraînements de sport.

Site Internet : www.bru-baker.com
Blog : www.bru-baker.blogspot.com
Twitter : @bru_baker
Facebook : www.facebook.com/bru.baker79
Goodreads : www.goodreads.com/author/show/6608093.Bru_Baker
E-mail : bru@bru-baker.com

Chapitre Un

— *CE n'était pas une demande,* Crawford. Helena t'a réservé un vol pour Vancouver la semaine prochaine et je m'attends à ce que tu y sois.

Crawford garda un air parfaitement impassible, ses yeux braqués juste au-dessus de l'épaule de son chef sur le Warhol accroché derrière lui. L'objet en lui-même était horriblement cher, surtout sachant qu'il était exposé sur le mur d'un homme qui n'appréciait même pas l'art. C'était lui qu'on avait envoyé à la vente pour y enchérir. George avait affirmé que c'était exactement le type de chefs-d'œuvre qu'on trouvait dans le bureau du PDG d'une chaîne de boutique-hôtels internationale très fructueuse.

Participer à des ventes d'art ne faisait techniquement pas partie de son travail. Mais récemment, George s'était mis à étendre de plus en plus les fonctions de Crawford pour justifier de l'envoyer faire des tâches aussi ridicules que traverser la moitié du pays pour prendre part à des enchères avec l'architecte d'intérieur de leur compagnie.

Crawford se concentra entièrement sur le tableau tape-à-l'œil et invoqua toute la patience qui lui restait. Son cœur battait à tout rompre depuis que George avait annoncé devant tout le Conseil que Crawford allait être en charge de l'audit de l'hôtel canadien le plus prisé de leur compagnie. La nouvelle en elle-même n'avait pas été une grande surprise. Le domaine de Vancouver était sur la mauvaise pente depuis déjà plusieurs trimestres. Les chiffres ne convenaient plus aux attentes et ne pouvaient plus se mesurer aux gains de leurs établissements nord-américains – très loin des prévisions que Crawford en personne avait participé à établir. Étant le contrôleur principal et le consultant en chef en gestion, il s'était attendu à recevoir une telle affectation.

Au vu de l'ampleur de l'affaire, cela n'avait pas été très surprenant non plus d'apprendre qu'il ferait partie d'une équipe d'inspecteurs au lieu de s'y rendre en solo comme il le faisait souvent.

Et si cela avait été avec l'un des six consultants nord-américains avec lesquels il avait déjà travaillé par le passé, il serait déjà dans son bureau, plongé dans les dossiers afin de se préparer pour le déplacement. Mais le chef du comité avait décidé de faire appel à son homologue européen, ce qui était le plus rédhibitoire pour lui. George savait exactement ce qu'il demandait en vérité à Crawford en prenant de telles mesures. Tout le monde à *Chatham-Thompson* savait pourquoi Crawford tenait les bureaux européens et toute communication avec son homologue à distance. Ce n'était pas comme si Crawford et Davis avaient caché leur relation. Ils avaient été ensemble pendant trois ans. La moitié de leurs collaborateurs étaient même venus à leur mariage, pour l'amour de Dieu.

Crawford fit une grimace en frottant une main sur sa mâchoire. L'une des dernières choses pour le moins civiles que Davis lui avait dites, c'était qu'il souhaitait qu'aucune rancune ne naisse entre eux à l'idée qu'il accepte la promotion qui l'enverrait à l'autre bout du monde. Comme si leur mariage n'avait rien signifié. Comme si le temps passé ensemble ne se résumait qu'à l'attente de son heure avant que Davis grimpe l'échelon suivant sur l'échelle de la hiérarchie.

Il allait sans dire que Crawford n'avait pas été aussi cordial à son égard par la suite. Après plusieurs conférences téléphoniques désastreuses, les autres cadres avaient réalisé l'importance de planifier leurs réunions avec ces deux-là séparément, et ils faisaient dorénavant bien attention de le faire.

Jusqu'à aujourd'hui.

— George, Edward s'est lui-même proposé pour superviser l'audit, répliqua Crawford. Et avec tout le respect que je vous dois, vous n'avez pas besoin de Davis *et* moi là-dessus. Ce serait plus logique d'envoyer un adjoint qui connaît les lieux afin d'aider Davis à vérifier les chiffres et discuter avec le personnel. Lui et moi ensemble, ce serait redondant.

Crawford fut fier de constater que sa voix n'avait pas tremblé. Ses mains étaient la seule partie de son corps à le trahir, mais elles étaient serrées en poing sur ses genoux, cachées par l'énorme bureau en chêne de George.

— Edward est quelqu'un de très compétent, accepta George avec un calme trompeur qui précédait toujours ses discours les moins populaires.

Le mentor de Crawford était étrangement doué lorsqu'il s'agissait de cerner les gens et de les pousser hors de leur zone de confort. Toujours dans l'intérêt d'une croissance professionnelle, bien sûr. Son ventre se noua. Il voyait d'ici George vouloir s'immiscer dans ce qui ne le concernait pas.

— Je vais être franc avec vous, Crawford. Vous avez raison. Un de vos adjoints pourrait sans doute s'occuper de cette affaire. Pour ce qui est des entretiens et de la collecte de données sur place, du moins. Mais je pensais que ce serait une chance pour vous de prouver au Conseil que vous êtes sérieux à propos de l'avenir que vous envisagez chez nous, à *Chatham-Thompson*.

Crawford serra les dents. Il avait travaillé pour cette compagnie durant plus de la moitié de sa vie, débutant comme réceptionniste comme tous les nouveaux, pour être promu en l'espace de deux ans à la conciergerie du plus gros hôtel de la chaîne. Peu après, il était monté en grade en intégrant le siège social, travaillant jusqu'à l'épuisement quatre-vingts heures par semaine, tout en révisant de son côté afin d'obtenir sa maîtrise en gestion. Cela avait fini par payer. À l'âge de trente-quatre ans, il avait finalement atteint la vice-présidence.

— *Je suis sérieux à propos de Chatham-Thompson*. Ne soyez pas ridicule, lança Crawford.

Il avait tout donné pour cette compagnie. Des semaines de travail atrocement longues, des années pendant lesquelles il avait préféré oublier ses congés, car il était trop occupé à faire croître cette entreprise pour les prendre – chose ironique, vu qu'il travaillait pour la plus grande chaîne de complexe hôtelier du monde. Après George, il était l'employé le plus dévoué de toute la direction. Il ne voyait simplement pas la nécessité de se forcer à travailler avec son ex-mari pour le prouver.

— *La décision a déjà été prise, Crawford,* dit George. Je sais que ce n'est pas toujours facile pour vous, mais cela fait déjà trois ans. Il faut que vous passiez à autre chose. J'ai trop longtemps laissé passer votre petite rivalité, mais cela commence à affecter notre rentabilité. Et cela, je ne peux pas me le permettre.

George se leva pour signifier la fin de la conversation.

— *Votre vol est réservé. Je suppose que vous allez loger sur place, comme d'habitude ?*

Crawford était trop ahuri pour faire quoi que ce soit d'autre qu'opiner de la tête en guise d'assentiment. Il s'était fait avoir et sa poitrine lui faisait aussi mal que s'il avait percuté un train à pleine vitesse.

— *Parfait.* Helena s'occupera d'envoyer tous les détails à votre assistant. Nous planifierons une conférence téléphonique une fois que vous serez installé et que vous aurez fait votre enquête préliminaire.

Lorsque les yeux de George se portèrent de nouveau sur la tablette en face de lui, il se considéra comme congédié. Il avait manifestement dit tout ce qu'il avait à dire, et alors même que le monde de Crawford s'effondrait tout autour de lui, il en restait froidement inconscient.

Crawford avait envie de débattre, d'adopter une position ferme et de refuser, mais il ne pensait pas qu'il gagnerait cette partie. George irait-il jusqu'à le renvoyer ? Éviter Davis valait-il de ruiner toute sa carrière ?

Ce n'était pas la première fois que Crawford se demandait à quoi ressemblerait sa vie s'il n'avait pas accepté la première promotion qui l'avait vraiment lancé dans l'entreprise. Son travail de concierge lui plaisait et il rêvait à cette époque de pouvoir un jour être à la tête de son propre hôtel. Encore aujourd'hui, la partie de son travail qu'il préférait était de se rendre dans les hôtels et d'être en contact avec les clients. À présent, il n'avait plus l'occasion de le faire aussi souvent qu'auparavant et lorsqu'il l'avait, c'était habituellement avec des clients mécontents logeant dans des hôtels en difficultés. Mais c'était quand même beaucoup mieux que de rester assis dans un bureau étouffant à étudier des rubriques budgétaires.

George releva les yeux, les sourcils haussés, comme s'il était surpris de voir Crawford encore dans son bureau.

— *Nous nous sommes bien compris ?*

Il n'essaya même pas de sourire lorsqu'il se releva pour disposer.

— *Parfaitement.*

4

Chapitre Deux

— **MAT,** ce n'est pas que je n'aime pas t'avoir ici, mais tu es bien sûr de toi ? C'est un gros pari que tu fais là. Peut-être que tu devrais prendre le vol prévu et revenir d'ici quelques mois lorsque Duarte et moi aurons remis le verger sur les rails.

Mateus embrassa la joue de sa belle-sœur et glissa une main sur la légère rondeur de son ventre.

— *Tu n'as pas quelques mois devant toi, irmãzinha,* la taquina-t-il.

Elle repoussa sa main.

— *Quatre mois seulement et Duarte et toi me traitez comme si j'étais en sucre. Je suis parfaitement capable de travailler au jardin, merci bien.*

Mateus pinça ses lèvres et choisit ses mots avec prudence. Il était en terrain miné et même s'il avait une bonne connaissance de la langue anglaise, il savait aussi avoir l'accent un peu cru parfois. Il lui fallait faire attention aux différences culturelles qui les séparaient. La galanterie machiste qui avait été profondément inculquée par ses parents au Portugal était plutôt

5

mal vue par ici. Quelques semaines auparavant, lors d'une bruyante dispute après qu'il lui eut affirmé que la laisser conduire dans sa condition n'était peut-être pas la meilleure des idées, Bree avait hurlé aux aberrations du patriarcat. Ce seul souvenir le faisait encore sourire.

Sur le moment, il parlait surtout de l'orteil qu'elle s'était brutalement cogné et les tongs – un autre mot fabuleux qu'il avait récemment appris – cassées sur lesquelles elle venait de trébucher. Il avait été trop intimidé pour en faire la remarque.

Vu que Bree avait un excellent détecteur de balivernes, il finit par lui avouer toute la vérité.

— *Ça ne me plaît pas que tu passes les prochains mois à te plier en deux et à te baisser pour tailler les arbres. Et puis, c'est toi ou moi le botaniste dans l'histoire ?*

Elle plissa le nez, mais ne le reprit pas. Ils savaient tous les deux que sa véritable force se trouvait dans la comptabilité. Même Duarte était complètement dépassé par l'expansion du jardin. C'était pour cette même raison que Mateus avait quitté le Portugal trois mois auparavant.

Il ne s'était pas attendu à tomber complètement sous le charme du Nord-ouest américain. Il savait qu'il pouvait faire s'épanouir le jardin si on lui en donnait le temps, mais son visa expirait dans une semaine.

— *Je n'ai pas envie que tu aies des problèmes, finit par dire* Bree. Que se passera-t-il si tu achètes ton billet et que ta petite combine ne fonctionne pas ? Alors quoi ? Un aller simple pour Lisbonne vaut bien le double de ce que tu gagnes en retour.

Elle n'avait pas tort, mais Mateus avait parcouru la Toile de long en large pour trouver un moyen de rester au pays. Un permis de travail était sa meilleure option, mais le verger devait être solvable pour que ce soit accepté. Et il le serait… d'ici quelques mois. Tout ce qu'il avait à faire, c'était de passer la frontière canadienne et faire tamponner son passeport. De cette manière, dès qu'il atterrirait à Washington, son visa américain serait automatiquement remis à zéro pour trois mois supplémentaires. C'était infaillible.

Le seul problème étant qu'il avait besoin de l'argent de son billet de retour à Lisbonne afin de payer pour son aller-retour à Vancouver.

— *Tu t'inquiètes trop, répliqua-t-il en écartant ses craintes. Un visa touristique, c'est une formalité. Beaucoup de gens l'ont déjà fait. Tout se passera bien.*

Du moins, il l'espérait. Sinon, il ne lui restait plus qu'à retourner à son petit appartement et à son travail ennuyeux, sans les promesses d'avenir pour lesquelles il avait pris un congé sabbatique pour venir ici. C'était bien la dernière chose qu'il voulait maintenant que Duarte avait épousé Bree et qu'ils s'étaient installés aux États-Unis. Il avait espéré que Bree aurait envie de venir au Portugal, ainsi Duarte aurait pu s'occuper de l'oliveraie que leurs parents leur avaient léguée, mais Bree était dotée d'une grande famille qu'elle ne pouvait pas s'imaginer abandonner. Et tout ce qu'avait Duarte au Portugal, c'était Mateus et un petit bosquet qui ramenait à peine assez d'argent chaque année pour payer les taxes foncières.

Mateus ne lui en avait pas voulu d'avoir tenté sa quête du bonheur aux États-Unis. Il voulait ce qu'il y avait de mieux pour son frère, et Bree était exactement ce qu'il lui fallait. Et lorsque d'ici cinq mois, cette petite famille s'agrandirait pour accueillir un nouveau-né, Mateus voulait à tout prix être présent. Il n'avait certainement pas envie d'être un oncle de nom seulement – il voulait être impliqué, tout comme il avait envie de l'être dans le verger. C'était sa vie à présent et tout ce dont il avait besoin, c'était d'une carte verte pour la concrétiser.

Bree tendit un bras vers lui et le passa autour de son torse.

— *Tu en as déjà tellement fait pour nous. Tu es certain que tu veux rester ? Que tu en as vraiment envie ?* Tu ne le fais pas seulement pour Duarte et moi ?

Il enroula un bras autour de ses épaules tandis qu'ils prenaient le chemin de la maison. La palissade blanche semblait étinceler sous les rayons du soleil couchant, et entre ça et le léger reflet du ciel strié de lueurs rosâtres sur les fenêtres, la vue était à couper le souffle. La maison était la seule partie du jardin qui n'était pas tombée à l'abandon aux mains des anciens propriétaires. Cela prendrait quelques années pour redonner aux arbres leur splendeur d'antan, mais il y parviendrait. Cependant, vu que ni Duarte ni lui n'avait le moindre talent pour le bricolage, c'était une bonne chose que la maison ait été aussi bien entretenue.

— *Je le fais peut-être un tout petit peu pour vous, admit-il. Mais aussi en grande partie pour moi. Je veux une vie telle que celle que Duarte et toi construisez ici.*

Elle renifla, amusée.

— *Une épouse et un bébé ? Là, je sais que tu me mens.*

Il éclata de rire et la bouscula d'un mouvement du bassin.

7

— Eh bien, peut-être pas exactement ce que vous avez ici. Mais une charmante maison ? De la bonne terre dans laquelle je peux plonger mes mains et un terrain dont je peux faire ce qu'il me plaît ? Ça oui.

— Et un jour peut-être, un mari et un bébé ? proposa-t-elle.

Ce n'était pas comme s'ils n'avaient jamais parlé de cela auparavant. Il était prêt à s'installer quelque part. Il en avait envie... il n'avait simplement pas encore trouvé le bon. Ses parents avaient été loin d'être un couple parfait, mais ils avaient eu une belle vie conjugale. Et Duarte avait forgé le même lien puissant avec Bree. Comment pouvait-il espérer moins que l'amour véritable après avoir vu à quel point cela les avait tous rendus heureux ?

— Un jour, peut-être. On ne peut pas précipiter le destin.

Bree secoua la tête.

— Duarte dit la même chose.

— Notre avó Margarida avait l'habitude de nous le répéter. Surtout lorsque nous nous plaignions de choses que nous rêvions d'avoir, mais que nous ne pouvions pas nous offrir.

— Ah, la fameuse grand-maman. C'est aussi elle que je devrais remercier pour ces sottises qu'aime raconter Duarte à propos de l'homme « gagne-pain de la famille » et la femme, chargée de cuisine ?

Mateus s'esclaffa. Il en doutait. Leur avó n'avait pas été le genre de femme docile patientant sagement à la maison près de l'âtre. Duarte aurait pris beaucoup de libertés artistiques s'il les lui avait attribuées.

— Je crois qu'elle aurait frappé Duarte avec le premier moule à pain à sa portée s'il avait osé dire cela devant elle.

Il lui jeta un regard en biais.

— Et tu m'excuseras, mais tu serais une bien piètre boulangère.

Bree brûlait absolument tout ce qu'elle touchait, du coup, la cuisine était du ressort de Duarte. Mais Mateus pouvait comprendre ce que son frère avait voulu dire. Ils s'étaient tous les deux inquiétés que Bree en fasse trop. Elle paraissait déterminée à prouver que sa grossesse n'était pas incapacitante, et Mateus savait qu'elle n'avait pas tort. Mais il avait également conscience qu'elle se fatiguait bien plus rapidement qu'habituellement. Il changea de position afin qu'elle puisse s'appuyer sur lui en marchant, et elle poussa un soupir sans pourtant refuser son aide. Si elle ne le rembarrait pas, c'était qu'elle devait être sacrément épuisée.

— Je lui en aurais bien mis une moi-même, mais je ne veux pas enseigner au bébé que la violence est la réponse à tout, répliqua-t-elle

tristement. Et de toute façon, je pense que tout cela n'était qu'une simple métaphore.

Elle opina en direction de son ventre.

— Tu sais, un autre genre de four.

— Je n'ai jamais compris l'analogie, répondit Mateus en suivant son regard jusqu'au ventre sur lequel elle avait posé une main.

— La plupart d'entre elles ne sont pas forcément logique. Je veux dire, qui a décidé d'appeler les abdos des tablettes de chocolat ?

Ils atteignirent le porche et elle s'éloigna de sa douce étreinte pour aller s'effondrer sur la balancelle que Duarte et lui avaient repeinte en jaune criard le mois dernier.

— Quand on sait ce que le chocolat fait au corps à trop forte dose, c'est vraiment saugrenu. S'il y a bien une partie du corps qu'on devrait comparer à ça, ce ne serait certainement pas les abdos. Une partie un peu plus grasse peut-être ?

Mateus n'était peut-être pas attiré par les femmes, il pouvait quand même apprécier un beau corps. Et celui de Bree l'était sans le moindre doute. La grossesse l'avait davantage arrondie, bien qu'il ne s'en soit seulement rendu compte que lorsqu'elle s'en était plainte.

— Les tiens me font un peu peur, dit-il, amusé.

Elle fit légèrement rebondir sa poitrine, puis fit une grimace et croisa les bras de façon protectrice dessus.

— Aïe. C'est vraiment comme si j'avais mes règles en continu, marmonna-t-elle.

Il rit et contracta visiblement ses pectoraux. Ayant toujours aimé le sport, il courait souvent, mais ces derniers mois de travaux manuels dans le verger lui avaient donné des muscles comme jamais auparavant.

— Pas de doute, les tiens sont quand même mieux, lui concéda-t-elle.

Elle pouffa dans un accès de hoquets qui la laissa les deux mains enroulées autour de son ventre. Ce fut dans cette position que Duarte les trouva.

— Tu harcèles encore ma femme, maninho ?

Mateus lui lança un grand sourire. Avec Bree et Duarte ici, le verger lui paraissait déjà davantage un foyer que celui qu'il possédait au Portugal. Il ne lui restait désormais plus qu'à trouver un moyen de rester.

— On ne change pas les bonnes habitudes.

Chapitre Trois

— **PAS** *le noir. Tu as l'air d'un croque-mort dedans.*

Crawford poussa un soupir, mais consentit à remettre le costume dans le placard.

— *Les croque-morts ne portent pas de* Calvin Klein.

Son neveu tira la langue.

— *Ça, c'est toi qui le dis.*

Crawford pointa un cintre vers lui.

— *N'essaie même pas de prétendre que tu ne vas pas revenir ici dès la semaine prochaine et me l'emprunter pour le bal de la rentrée. Tu paieras la note du pressing, bonhomme. Ne le range pas encore sale dans le placard.*

Brandon leva les yeux au ciel, mais Crawford nota la distincte absence de protestations. Que son neveu soit déjà assez grand pour lui emprunter ses vêtements était difficile à croire. Bon sang, à la vitesse à laquelle il grandissait, ils seraient même bientôt trop petits pour lui.

— *Et je t'interdis de prendre mes chaussures.* Demande à ton père de t'acheter une paire de Ferragamos avec tout l'argent qu'il va économiser de ne pas avoir à te payer le costume pour le bal.

En plus du costume, Adam, le frère de Crawford, pouvait très bien se permettre des chaussures, mais Brandon avait toujours été trop fier pour son propre bien. Cela s'était aggravé depuis qu'il avait atteint la quinzaine. Dernièrement, Crawford était à peu près le seul adulte auquel il daignait parler, et il suspectait fortement que c'était uniquement parce que Brandon ne le voyait pas comme quelqu'un d'assez responsable pour être considéré comme un véritable adulte.

Cela avait certainement beaucoup à voir avec son séjour rempli de consoles de jeux ou bien avec les placards encombrés de céréales sucrées. Il fallait néanmoins préciser qu'aucun n'était à l'intention de Crawford. La mère de Brandon avait été déployée à l'étranger au même moment où Davis avait quitté Crawford, et à partir de là, ce dernier s'était tout bonnement consacré à devenir le meilleur oncle possible. Cela avait permis à Adam et Brandon de surmonter leur propre mauvaise passe et avait également raisonnablement servi de distraction pour Crawford. Même si cela voulait dire qu'il dépensait de scandaleuses sommes d'argent au supermarché chaque semaine afin que Brandon ait de quoi manger lorsqu'il venait passer quelques heures chez lui pour jouer aux jeux vidéo. Crawford était heureux de savoir qu'il lui faisait office de refuge, même maintenant que sa mère était revenue et qu'il n'était pas dans l'obligation de passer plusieurs nuits par semaine à la maison.

Brandon arracha les chaussettes marron des mains de Crawford et en jeta une paire noire dans sa valise à la place.

— *Tu pars pour combien de temps cette fois ?*

— *J'espère pouvoir tout régler en moins d'une semaine. Deux, tout au plus.*

Il attaqua le ventre de Brandon et attrapa les chaussettes dérobées lorsque l'adolescent chatouilleux éclata de rire et les laissa tomber sous la surprise.

Brandon eut l'air furibond lorsque Crawford les lança dans la valise.

— *Elles n'iront pas avec le reste.*

— *Je n'en ai que quatre paires qui ne sont pas trouées, dont celles-ci, donc elles viennent avec moi.*

— *Je pourrais t'accompagner, moi aussi,* dit Brandon.

Il monta sur le lit, son expression réservée.

— Je ne suis jamais allé au Canada.

— Et à moins que tu travailles au noir comme agent secret de niveau international, il ne me semble pas que tu possèdes le passeport qu'il faut pour passer la frontière.

Les épaules de Brandon s'affaissèrent et Crawford garda un œil sur lui tandis qu'il mettait une paire de chaussures récemment cirées dans un sac en toile pour pouvoir l'emballer.

— Il y a une raison pour que tu veuilles soudain voyager ?

— J'ai demandé à Becca Johnson de m'accompagner au bal et elle m'a répondu qu'elle me ferait savoir sa réponse bientôt, ce qui veut dire qu'elle va m'utiliser comme rendez-vous de secours au cas où Chris Atkins ne lui propose pas d'y aller avec lui, répondit-il dans un soupir abattu.

Crawford grimaça. C'était exactement pourquoi il avait fait une croix sur toute relation. Tout le monde avait ses propres priorités, et c'était rarement dans un autre intérêt que le sien.

— Aïe. Tu n'as pas à attendre qu'elle se décide, tu sais. Tu pourrais demander à quelqu'un d'autre.

Brandon lui jeta un regard qui aurait pu en faire fuir plus d'un.

— Bien sûr, et bientôt, lorsqu'il ne lui aura pas fait sa demande, parce qu'il ne la lui fera pas – il y va avec une élève du supérieur – ce sera moi l'ordure du groupe. Elle passera toute la fête dans les toilettes, à pleurer avec ses amies, et personne ne voudra plus sortir avec moi parce que j'aurais l'image du salaud de première.

Sachant très bien que Brandon allait considérer cela comme de la moquerie et non de l'amusement, Crawford ravala un sourire. Son neveu semblait avoir des idées déjà bien arrêtées pour un adolescent d'à peine quinze ans. Seigneur, il avait une meilleure compréhension de la dynamique d'une relation que Crawford du haut de ses trente ans. Et s'il avait eu la moitié de sa perspicacité, peut-être qu'il ne serait pas tombé dans le piège d'un charmeur de serpents tel que Davis.

— Je ne sais pas quoi te dire, jeune homme. Les relations, ce n'est pas toujours une partie de plaisir.

Brandon leva les yeux au ciel.

— Comme si j'allais te demander des conseils pour ça.

Quelqu'un toqua à la porte en frappant un refrain familier. Crawford et Adam utilisaient le même signal secret depuis un peu avant leur puberté, même si ce n'était pas vraiment nécessaire dans ce contexte. Seuls Adam et Brandon avaient une clé.

— *Tu sais ce qu'ils disent,* Bran, déclara Adam en arquant un sourcil. Ceux qui ne réussissent pas enseignent.

— *Dur, papa, répondit* Brandon dans un sourire. Vrai, mais dur.

Crawford secoua tristement la tête.

— *Je ne sais même pas pourquoi je continue d'essayer avec vous deux.*

Adam haussa les épaules.

— *Parce que personne d'autre ne veut garder Belzébuth pour toi ?*

Ce chat était vieux et grincheux. Crawford disait vouloir simplement attendre qu'il meure, mais en vérité, il l'aimait cette petite créature sénile et stupide.

— *Ce n'est pas tout à fait faux.*

Brandon fouilla dans la pile de vêtements éparpillés sur le lit et déterra un vieux Tabby.

— *J'ai répété toute la semaine, vu que nous participons au défilé. Pouvons-nous ramener Bel à la maison pour que je n'aie pas à venir jusqu'ici tard le soir ? Il n'aime pas dormir tout seul, de toute façon.*

Belzébuth s'étira et bâilla devant l'attention qu'on lui portait, puis il sombra à nouveau.

— *Oui, si tu veux. Cela vaut mieux vu que je ne sais pas encore quand je vais revenir.*

Adam s'éclaircit la gorge et Brandon poussa un soupir.

— *Bon, ça va commencer à être ennuyeux, dit-il.*

Il attrapa le chat.

— *Si vous nous cherchez, Bel et moi, nous serons dans le séjour à jouer à Call of Duty.*

Crawford sentit venir le coup monté. Il n'aurait jamais dû dire à Adam que Davis serait présent. Serrant les dents, il continua d'empiler des vêtements dans sa valise, espérant intérieurement que peut-être, s'il ne croisait pas le regard de son frère, Adam s'en irait de lui-même. Un peu comme les conseils que ses parents lui avaient toujours donnés sur les mendiants.

— *Cela ne te ressemble pas d'ignorer quand un audit se terminera.*

Tenter de faire comme si de rien était ne fonctionnait pas, de toute évidence. Crawford roula en boule une paire de boxers propres avec plus de véhémence que nécessaire et les fourra dans le col d'un de ses hauts pour tenter d'en garder la forme originale.

— *Ce ne sera pas aussi commode que d'habitude.*

— *À cause des problèmes de l'hôtel ou à cause de Davis ?*

13

Adam s'empara d'une veste de costume sur le lit et la retourna avant de rentrer une manche dans l'autre afin qu'elles ne se froissent pas. Tout ce qu'il pouvait dire, c'était qu'au moins, il était un fouineur utile.

Il était aussi doté d'un détecteur de mensonges plutôt fonctionnel lorsqu'il s'agissait de Crawford. Ce dernier n'avait donc aucun intérêt à lui dire autre chose que la vérité.

— *Surtout à cause de Davis.* Je suis pratiquement certain que le directeur est aux abois. D'après ce que je sais, ils font beaucoup trop d'offres de services gratuits pour tenter de garder le rythme, et le spa en prend un coup. Je vais certainement le faire sous-traiter. À la fin de l'audit, cela devrait être du tout cuit.

Adam l'aida à faire ses sacs en silence, ce qui était peut-être pire qu'une avalanche de questions. Cela signifiait qu'il tentait de trouver un moyen de dire les choses avec le plus de finesse possible, et cela n'annonçait jamais rien de bon.

— *Tu n'as pas à y aller si tu n'en as pas envie. Envoie quelqu'un d'autre. Si je ne me trompe pas, tu le fais sans arrêt.*

Crawford expira.

— *Peux pas.*

— *Ce n'est pas un genre de ruse pour reconquérir Davis, si ? Parce que...*

Crawford envoya la bouteille de shampoing qu'il tenait sur son frère, le frappant en pleine poitrine.

— *Certainement pas ! Je n'ai pas eu mon mot à dire là-dessus. J'a*i certifié à George que je n'avais pas envie *d'y aller et il m'a répondu qu'il me renverrait si je ne le faisais pas.*

Adam vérifia le bouchon du shampoing et le jeta dans la trousse de toilette ouverte sur le lit.

— *Sérieusement ? Il a vraiment dit ça ?*

— *C'était lourdement sous-entendu.*

— *C'est de la discrimination.* Je pourrais avoir un dossier sur son bureau dès demain matin pour ça.

Adam parlait tel le frère compatissant qu'il était, non comme l'avocat. Et en plus, Adam se spécialisait dans le droit fiscal. C'était très loin de son champ d'action.

Crawford ne put s'en empêcher. Voir son frère aussi offusqué pour lui le fit sourire. Il secoua la tête.

— *Merci, mais non merci.* Ce n'en est pas. Je ne doute pas qu'il ferait la même chose à un couple divorcé hétérosexuel s'il pensait que cela lui profiterait. C'est peut-être un enfoiré sans scrupules, mais il n'est pas homophobe.

Adam grogna.

— Tu es un des plus hauts gradés là-bas, non *? Si tu dis que tu ne veux pas aller quelque part, tu ne devrais pas y être forcé.*

Crawford roula un tee-shirt qu'il avait volé à Adam à l'université et le rangea dans la valise avant que son frère puisse l'apercevoir. Il était très fin à cause des lessives répétées et c'était sans doute le haut le plus confortable dans lequel dormir qu'il avait en sa possession.

— *C'est vrai, mais malheureusement, c'est bien l'un des seuls qui me surclasse dans la hiérarchie qui m'ordonne d'y aller.*

Il haussa les épaules, espérant que cela sonnerait effronté plutôt que vaincu.

— *Je pourrais probablement fixer des limites et refuser. Je doute que George me renvoie vraiment. Mais cela causerait tout un drame et ça n'en vaut pas le coup.*

— *Plus de drames qu'une entrevue avec la reine en personne ?*

Crawford rit jaune.

— *Si Davis t'entendait l'appeler ainsi, il t'assommerait.*

— *Faut-il encore que la couronne rentre,* marmonna Adam. *Plus sérieusement, est-ce que ça va aller ? Tu ne l'as plus revu depuis le divorce, je me trompe ?*

— *Non, mais nous avons eu quelques conférences ensemble. Je peux m'en sortir. Je me débrouille bien dans ce métier, Adam. Tu ne vas pas aussi* loin dans le monde hôtelier sans un sourire d'escroc sur le visage.

— *Tu comptes l'achever gentiment pendant que tu planifies sa mort en secret ?*

— *Plutôt diviser le travail de façon à ce que nous ne nous croisions pas, et l'ignorer soigneusement, mais poliment, dès que possible.*

Ce n'était pas le plan le plus mature, mais c'était tout ce que Crawford avait réussi à élaborer pour le moment.

Lui comme Davis, avaient tous les deux le chic pour résoudre les problèmes et rassurer autrui, ce qui était une compétence essentielle pour le genre travail de dépannage auquel ils avaient souvent affaire. Et George avait raison lorsqu'il disait que l'hôtel avait besoin de quelqu'un avec les compétences de Davis. La structure de la station thermale là-bas était

15

fragile, un peu comme celle que Davis avait fait renaître dans leur hôtel phare de Paris. En revanche, la participation de Crawford était négligeable, et il avait bien l'intention de se servir de l'ego surdimensionné de Davis à son propre avantage.

Adam n'était pas très impressionné.

— *Alors, tu vas te laisser te marcher dessus ? Comme c'est original.*

— *Je vais faire tout ce qu'il faut pour surmonter les deux prochaines semaines,* répondit Crawford en contractant la mâchoire.

— *Et si George décide de faire de votre petite équipe quelque chose de définitif ? Que se passera-t-il ensuite ?*

Si cela arrivait, il partirait. C'était quelque chose dont il rêvait un peu trop souvent ces derniers temps et pas seulement depuis que George avait laissé tomber la bombe « Davis ». La vérité, c'était que Crawford n'était plus satisfait depuis un bon moment. Peut-être qu'il était plus que temps d'aller tâter le terrain ailleurs. Il adorerait avoir plus d'interactions avec les clients. Les procédures étaient fastidieuses, et dernièrement, les profits n'avaient pas été à la hauteur des espérances. Il avait toujours voulu lancer un petit hôtel lorsqu'il en aurait les moyens, et grâce au contrat prénuptial qu'Adam lui avait forcé à signer lorsqu'il s'était marié à Davis, il pouvait enfin se le permettre. La seule chose qu'il avait récupérée en brisant ce mariage, c'était l'argent qu'il y avait investi – mais son orgueil en avait pris un coup.

— George a besoin de Davis en Europe et de moi ici. Ça ne risque pas de se répéter régulièrement. Nous sommes trop importants pour nos équipes respectives pour qu'il nous associe si fréquemment. C'est seulement une affaire un peu particulière vu qu'il s'agit de l'hôtel mère du territoire canadien.

Adam claqua la langue.

— *D'un, ça m'a l'air parfaitement égoïste. Et de deux, George ferait tout pour plus de profits, et si vous mettre en équipe l'arrange dans ce sens, alors c'est ce qu'il fera.*

Même s'ils ne s'étaient rencontrés qu'à très peu de reprises, ce n'était pas l'amour fou entre Adam et George. Il avait toujours été convaincu que ce dernier se servait de Crawford, et dernièrement, il ne pouvait que le lui concéder. Il avait de plus en plus l'impression de travailler pour George, le seul et l'unique, plutôt que pour tout une compagnie, mais le seul recours auquel il avait accès était une visite au Conseil, et ce n'était pas le genre d'affaires dans lesquelles Crawford avait envie de se fourrer. Il détestait les conflits, chose étrange pour quelqu'un qui avait choisi la médiation et le contrôle de gestion comme carrière, mais cela ne changeait rien. Il était bon lorsqu'il s'agissait de défendre son entreprise et de la promouvoir auprès de leurs clients, il ne l'était simplement pas vis-à-vis de sa propre personne.

— S'il te faut un nouveau travail, mon cabinet…

Crawford coupa son frère d'un regard amer. Cela faisait plusieurs années qu'Adam tentait de le faire dévier vers un travail juridique, mais cela ne l'intéressait pas. Il avait beau être médiateur agréé, au fond, ce n'était pas vraiment cela qui lui plaisait dans le métier. Il préférait discuter avec les gens avant que des menaces soient proférée à l'aide de mesures légales. On en revenait toujours à cette histoire de conflit.

— C'est bon, j'ai compris. Mais dis-toi qu'il y a des compagnies là dehors dans lesquelles tu t'intégrerais parfaitement. Si tu veux vraiment aider les autres, retourne en cours et décroche un master en service social. Dieu sait que nous aurions bien besoin d'avoir plus de gens avec la tête sur les épaules.

Cela ne l'attirait non plus, mais c'était toujours mieux que de travailler dans un cabinet d'avocats guindés.

— Je n'ai pas envie de retourner à l'école. Tout ce que je veux, c'est terminer de faire ma valise afin de pouvoir aller me coucher à une heure raisonnable vu que je dois me lever ridiculement tôt pour attraper mon avion et que j'aimerais être un tant soit peu reposé sur la route vers l'Enfer.

— Penses-y au moins, répliqua Adam en levant les mains. Peut-être pas du social, mais que dirais-tu d'une autre chaîne hôtelière ? Ne pourrais-tu pas faire ailleurs le travail que tu fais ici ?

Crawford haussa un sourcil.

— Tu ne chercherais pas à te débarrasser de moi, par hasard ?

Adam soupira.

— Ce n'était pas ainsi que je voulais te l'annoncer… mais oui, on peut dire ça. Karen est sur le point d'avoir une promotion. Ils vont la transférer à Okinawa, et Brandon et moi l'y accompagnons.

Crawford déglutit bruyamment. Transférer ? Ils représentaient les seules personnes à Los Angeles qui comptaient vraiment à ses yeux. S'il avait accepté d'être nommé au siège social, c'était en grande partie afin de pouvoir vivre près de chez eux. Crawford n'avait jamais eu beaucoup d'amis en dehors du travail, et le divorce en avait aliéné la plupart. Si Karen partait et emmenait Brandon et Adam avec elle lors de son affectation, il ne lui resterait littéralement plus personne ici.

— C'est...

Crawford chercha ses mots, en vain. Il voulait être heureux pour eux, et il savait qu'il le serait – plus tard. Cela devait être une sacrée promotion pour qu'ils soient mutés au Japon, et rien que ça signifiait que Karen montait les échelons comme elle l'avait toujours voulue.

— ... soudain.

Adam poussa un soupir et passa une main dans ses cheveux. Les lignes de son visage s'accentuaient chaque année, et même si Adam les appelait en riant les « rides du sourire », Crawford savait qu'elles s'inscrivaient à cause de l'inquiétude qu'il ressentait chaque fois que Karen était mutée quelque part. Il espérait que cette promotion équivalait à une transition vers un poste plus administratif et non plus à davantage d'expéditions effectuées chaque mois en zones dangereuses, là où Adam et Brandon ne pouvaient pas la suivre.

— Quand on y pense, ce n'est pas si soudain que ça. Elle en attendait une depuis un bon nombre d'années et ils se sont simplement enfin décidés à la lui accorder. Je quitte mon cabinet, mais il y a un travail qui m'attend à Okinawa. Et une bonne école pour Brandon.

Seigneur. Et lui qui s'était lamenté sur son sort, alors que de son côté, Brandon allait être arraché à tous ses amis et propulsé dans un lycée avec une bande d'étrangers. *Parfois, tu n'es vraiment qu'un bon gros égocentrique, Crawford.*

— Est-il au courant ?

— Oui. Je lui ai demandé de ne rien te dire. Pour tout t'avouer, il est plutôt excité. Je crois qu'il a déjà quelques connaissances là-bas. C'est un bon gamin. Il s'en fiche de cette fille qui l'a laissé tomber, tu sais. Il ne fait que dramatiser la chose.

Adam leva les yeux au ciel.

— Je me demande bien de qui il tient ça.

La gorge nouée, Crawford sourit quand même et mordit à l'hameçon.

— Tu ne parles pas de moi, j'espère ? Je suis bien le dernier à faire ma *drama queen*.

Adam lui jeta un tee-shirt roulé en boule.

— Tu n'es peut-être pas la reine, mais tu appartiens sans le moindre doute à sa cour.

Sa boule d'angoisse s'apaisa légèrement devant cette réplique si familière. Les choses n'avaient pas à changer simplement parce qu'Adam s'en allait vivre ailleurs. Et ce ne serait pas pour toujours. Dans la Navy, personne ne restait jamais très longtemps au Japon après la fin de son service, c'était bien connu ! Ils reviendraient. Cela leur prendrait seulement quelques années. Ce n'était pas la fin du monde. En plus, il avait toujours eu envie de visiter ce pays. En dépit de son travail de globe-trotter, comme *Chatham-Thompson* n'avait aucune propriété là-bas, il n'y était jamais allé.

— *Cela a toujours été tout toi, les idées folles et le mélodrame, pas moi, répliqua-t-il.*

Adam eut un sourire.

— *C'est pourtant toi qui as décidé lorsque tu avais six ans que tante Edna ne pouvait être qu'un zombie.*

— *Sa peau était toujours glacée et elle puait la mort.*

— *Elle sentait le Bengué* [1.]

— *Ça revient au même.*

Crawford laissa tomber ce qu'il tenait et attira Adam dans une étreinte.

— *Je suis heureux pour toi. Tu l'es aussi, hein ? Tu en as l'air.*

Le visage d'Adam s'éclaira.

— *Je le suis. Et je suis surtout soulagé qu'elle aille quelque part où nous pouvons la suivre.* Tu n'as pas idée de la difficulté d'être toujours laissé sur le carreau.

Le sourire de Crawford se figea et Adam revint immédiatement sur ses mots.

— *Je veux dire...*

— *Non, tu as raison. Je n'en sais rien. Cela doit être terriblement difficile pour Brandon et toi de la savoir sans cesse en danger. Je ne sais pas comment vous arrivez à le supporter. Vraiment, vous êtes formidables. Je ne pourrais pas. Je n'imagine même pas.*

Adam se décomposa.

— *Ce n'est pas ce que j'ai voulu dire.*

Crawford enlaça une seconde fois son frère avant de le relâcher.

— *Non, je sais. Je le sais bien. Mais que Davis m'ait laissé tomber ne peut même pas se mesurer à ce que vous devez supporter chaque fois que Karen s'en va en expédition. Je suis content que vous puissiez l'accompagner cette fois-ci.*

Il jeta un regard à Adam, espérant avoir l'air plus enjoué que blessé. La plaie était encore à vif. Il n'avait pas envie qu'Adam l'apprenne.

1 Baume coiffant analgésique utilisé pour soulager les douleurs musculaires et articulaires

— *Enfin*, à moins qu'elle te dise après une semaine et quelques qu'elle ne voulait pas que tu viennes parce qu'elle en a marre de toi *et que tu lui as été bien utile pour le temps que cela a duré. Puis qu'ensuite elle se mette à sortir avec quelqu'un qui est deux fois plus jeune que toi après avoir déménagé à* Okinawa. Si *cela* arrive, alors oui. Je saurais exactement ce que tu ressens.

Adam émit un rire.

— *Tu es terrible. Et encore une fois, je suis désolé.*

— *Tu n'as rien à te faire pardonner. Et je le suis juste un tout petit peu.* C'est ce qui rend la vie un peu plus vivable.

Et ce serait tout ce qui lui resterait pour donner un peu de vie à son quotidien une fois Adam parti.

— *Quand pars*-tu ?

— *Dans trois semaines. J'avais de gros projets pour nous, tu sais.* Mais il a fallu que tu ruines tout en partant au Canada.

Crawford se pinça les lèvres.

— *Si je devais deviner, je dirais que tes « gros projets » m'engageaient à t'aider à faire tes cartons*, donc, sans façon. Et vu que je doute que tu aies véritablement eu des projets avant que tu découvres que Davis serait à Vancouver avec moi, je vais dire que ce sont de belles foutaises. Tu n'arriveras pas à me faire rester en essayant de jouer avec ma culpabilité. C'est mon travail, Adam. Et je suis bon dans ce que je fais. Et lui aussi, d'ailleurs, même si je préférais qu'il ne le soit pas. C'est un enfoiré, mais il a du flair et le sens du contact.

Adam grogna.

— *Mon cul.*

— *Il était plutôt bien de ce côté-là aussi*, répondit Crawford, parvenant à se mettre en boule de manière défensive avant qu'Adam bondisse une seconde plus tard et lui assène un léger uppercut au côté.

Assez fort pour couper sa respiration, mais certainement pas suffisamment pour que cela forme un bleu.

— *Ce n'était pas nécessaire*, dit-il une fois sa quinte de toux passée et son souffle revenu à la normale.

— *Je te rends le compliment*, répondit Adam, l'air toujours aussi renfrogné. Tu vas me manquer.

— Pff. Nous pourrons encore discuter quand nous voulons. Tu ne te débarrasseras pas de moi si facilement. Et si tu crois que je vais laisser passer la chance d'avoir un lieu où rester gratuitement au Japon, c'est que tu perds complètement la tête.

Brandon passa sa tête par l'entrebâillement de la porte.

— *Vous avez terminé ou est-ce que vous êtes encore en train de vous étouffer mutuellement ? Ce n'est pas trop risqué ? Je n'ai aucune envie de me retrouver entre vous deux.*

Adam et Crawford échangèrent un regard et opinèrent. Brandon eut approximativement une avance de deux secondes sur eux lorsqu'il comprit leurs intentions et s'enfuit en direction du séjour. Il n'alla pas très loin.

— *Câlin groupé ? proposa* Adam, les yeux brillants.

— *Évidemment.*

Chapitre Quatre

MATEUS aimait voler. Lorsqu'il était enfant, son père l'avait fréquemment emmené avec lui dans son petit Cessna pour aller faire le tour des champs qui appartenaient à leur famille depuis plusieurs générations. À l'âge de six ans, Mateus était capable d'identifier les olives arrivées à maturité depuis les cieux. Lorsqu'il atteignit les neuf ans, il savait piloter l'avion tout seul, sous la surveillance attentive de son père.

Mateus changea de position sur la chaise inconfortable de l'aéroport, impatient d'embarquer. Il aurait déjà dû prendre ce vol quelques semaines auparavant, mais il y avait eu une gelée tardive et il avait dû aider Duarte et Bree à protéger les bourgeons. Entre l'hiver rude qu'ils avaient eu et la lente arrivée du printemps, ils auraient pu perdre toute la récolte de pommes avec cette vague de froid hors saison.

Tout allait parfaitement bien. Bien sûr, il n'avait plus un sou. Il avait encaissé son billet de retour pour le Portugal afin d'obtenir l'argent pour le vol aller-retour pour Vancouver, et cela lui avait laissé très peu de marge de manœuvre. Mais ce n'était pas comme s'il avait beaucoup de dépenses à effectuer. Il n'avait pas besoin de grand-chose, surtout sachant que Duarte et Bree lui fournissaient le gîte et le couvert en échange de son travail dans le verger.

Bien trop tendu pour rester complètement immobile, il tapota ses doigts sur l'accoudoir en plastique. L'embarquement des première classe approchait à grands pas, et il n'avait plus le temps de se dégourdir un peu les jambes pour évacuer toute cette énergie. Il se sentirait tellement mieux lorsqu'il aurait réussi à faire prolonger son visa. Duarte avait la certitude que dans trois mois, le verger leur fournirait une situation financière suffisante pour lui offrir un salaire, ce qui devrait être assez raisonnable pour l'obtention d'un permis de travail. Mateus se fichait bien de combien Duarte le paierait ; il avait seulement besoin d'un travail suffisamment stable pour avoir une raison de rester aux États-Unis aux yeux de la loi.

Pour passer le temps, il laissa son regard errer dans le terminal bondé. Un orage avait éclaté dans l'est et cela avait causé un grand nombre de retards et d'annulations de vols. Il observa un homme d'affaires soucieux se quereller avec un réceptionniste très irrité. La scène en elle-même était bien plus divertissante que la diffusion des informations sur la télévision pendue au-dessus de sa tête.

L'homme était absolument saisissant. Grand, large d'épaules, imposant, avec une mâchoire bien définie et de toute évidence, un caractère du même acabit. Même si Mateus n'arrivait pas à capter leurs paroles, rien qu'au ton qu'ils employaient, il pouvait dire qu'elles devaient être cinglantes. Mateus ne savait pas ce qui était plus plaisant : son charme ou la manière qu'avait sa voix de dangereusement perdre quelques tonalités à mesure que la colère grondait. Ses cheveux bruns étaient parsemés de mèches argentées, exactement comme Mateus les aimait. Un point pour l'apparence.

Il sourit pour lui-même et glissa sur sa chaise, se donnant un meilleur angle de vue sur la dispute qui semblait s'intensifier. Mateus avait toujours été attiré par les hommes plus vieux que lui. Ils avaient un style de vie plus stable et étaient moins enclins à d'assommants mélodrames. La tranche d'âge qu'il avait toujours privilégié tenait entre la fin de la trentaine et le début de la quarantaine, et même s'il commençait lui-même à s'en approcher, cela n'avait toujours pas changé. Il supposait qu'*un jour*, si ses goûts demeuraient les mêmes, ce seraient les hommes *plus jeunes* qui attireraient son attention.

Au-delà de l'âge, ce qu'il aimait par-dessus tout, c'était les hommes qui débordaient de confiance en eux, que ce soit au lit ou en dehors.

L'homme aux cheveux poivre-sel au comptoir avait, sans le moindre doute, ça pour lui. Il avait belle allure dans son costume, mais ce fut surtout la touche d'autorité dans sa voix qui fit complètement fondre Mateus. S'il ne commençait pas dès maintenant à chercher un autre sujet d'intérêt, il se réservait à coup sûr un vol très inconfortable.

Mateus détourna à contrecœur ses yeux de la scène. Il avait quelques livres dans le sac à ses pieds, mais rien qui n'avait retenu son attention pour le moment. Il était censé emporter le dernier numéro d'*Annals of Botany* [2], mais il l'avait complètement oublié en faisant son sac.

Peut-être pourrait-il trouver un poste en biotechnologie si le verger ne leur rapportait pas suffisamment, songea-t-il. Le travail en laboratoire ne l'avait jamais intéressé, mais ce type de société avait un taux d'attribution de permis de travail important. Cela pouvait être un moyen pour lui de rester sur le territoire et ne l'engageait que pour quelques années. Entre temps, Duarte et lui auraient certainement trouvé un moyen de rendre au jardin toute sa productivité.

Tout cela n'était qu'une question de mauvais timing. En lui-même, le verger totalement délabré n'avait pas été une mauvaise affaire. Duarte avait l'expertise pour lui redonner vie, surtout avec l'aide de Mateus. Les prêts qu'il avait demandés pour l'acheter étaient des valeurs sûres, mais l'économie avait plongé peu de temps après, faisant prendre aux taux d'intérêt qui lui avaient semblé un bon deal à l'époque des chiffres faramineux.

Ajoutez-y une mauvaise saison de croissance ou deux, et c'était la recette d'un désastre. Son frère avait été forcé de commencer à vendre ses propres parcelles de terrain afin de parvenir à conserver son crédit. Désormais, il ne lui restait plus que le verger : la voie était de nouveau barrée.

Repoussant cette vaine cogitation, Mateus laissa à nouveau ses yeux errer dans le terminal, observant discrètement l'homme d'affaires du coin de l'œil. Voyant que son argumentation ne le menait nulle part, il était parti s'installer sur une chaise non loin de Mateus. Ce dernier s'était imaginé que l'homme en question était du genre à être en première classe, mais

2 Revue scientifique mensuelle qui publie des articles de recherche, de brèves communications et des critiques dans tous les domaines de la botanique

il n'avait pas disparu dans le salon des classe affaires lorsqu'il en avait terminé avec la réception. À la place, il avait concentré son regard furibond sur le téléphone qu'il tenait, sa mâchoire contractée alors qu'il faisait défiler son écran pour tenter de trouver quelque chose qui piquerait sa curiosité. Le costume de créateur qu'il portait n'arrivait pas cacher toute cette force ou la façon dont chaque mouvement faisait gonfler ses biceps.

Mateus tendit légèrement le cou pour tenter de lire ce qui était inscrit sur le billet qui dépassait de la poche avant de la sacoche de l'homme-mystère. D'après son costume, il avait plutôt l'air du type à posséder un attaché-case, mais ledit sac était en cuir et de toute évidence coûteux. Une sorte d'homme d'affaires hipster, ce devait être ça. Mateus n'arrivait pas à deviner quoi que ce soit d'autre que la zone d'embarquement, qui était la même que la sienne. Ça alors, c'était bizarre. Le type dégageait un fort air de « première classe », pourtant.

Ce ne fut pas une grande surprise lorsque la réception leur annonça que leur vol était retardé. L'absence évidente d'avion au bout de la passerelle était un indice à lui seul bien suffisant. Et s'il leur en fallait un autre, c'était de n'avoir pas encore eu affaire à l'équipage pour l'embarquement. Le bel homme se leva brusquement, déplaça ses affaires et pointa son siège d'une main. Son air sinistre avait été remplacé par un sourire chaleureux, et Mateus ressentit une vague brûlante et irrationnelle de jalousie jusqu'à ce qu'il comprenne que l'homme s'adressait à une femme très enceinte. Elle accepta la place avec un hochement de tête reconnaissant, et l'homme disparut la seconde suivante, slalomant avec adresse entre le déluge de chargeurs de téléphones, de valises et de personnes, étalés sur le sol. Mateus l'observa se frayer un chemin jusqu'à la vitre et commencer à faire les cent pas, sa stupide sacoche pendant à son épaule et froissant négligemment son costume. Les pointes de ses chaussures étaient bien lustrées et son pantalon portait encore la trace d'une pliure. Il ne devait pas venir de très loin. Peut-être était-il du coin.

Cela lui rappela ce qu'il devrait entreprendre une fois que toute cette histoire de visa serait résolue. Il fallait qu'il intègre la scène des rencontres locales. Il s'était rendu à Seattle pour faire le tour de plusieurs clubs, il n'était pas novice dans le genre, mais il voulait plus que l'occasion de se débarrasser d'une démangeaison dérangeante. Peut-être que les paroles de Bree le touchaient plus que ce qu'il voulait bien se laisser à penser.

— Mesdames et messieurs, il y a un changement de porte d'embarquement pour le vol 892 sur Vancouver. Il partira désormais depuis la porte B12, terminal deux. Le nouvel horaire de départ est maintenant fixé à quatorze heure trente. Veuillez nous excuser pour la gêne occasionnée.

En catastrophe, tous autour de lui commencèrent à se lever et à ranger leurs affaires. Plusieurs d'entre eux se mirent à courir comme s'ils étaient sur le point de rater l'avion. Mateus jeta un coup d'œil à sa montre pour s'assurer de l'heure. Il était à peine midi. Les gens étaient toujours tellement tendus dans les aéroports.

Il braqua ses yeux sur l'homme décemment vêtu, un peu étonné de constater qu'il n'était pas de ceux à avoir bondi vers la nouvelle porte d'embarquement. Mateus prit tout son temps pour remballer, bien qu'il n'ait pas emporté grand-chose avec lui. Il avait une escale de cinq heures à Vancouver – trois, désormais – avant d'embarquer pour son vol de retour vers Seattle. Il avait pris une petite valise avec deux trois livres, son ordinateur et quelques affaires de toilette, en plus des vêtements de rechange juste au cas où, et il était à présent content d'y avoir pensé. Vu comment c'était parti, une fois arrivé sur place, il allait certainement se retrouver coincé à Vancouver pour la nuit.

Cependant, il y avait de pires façons de passer une journée. Même s'il ne comprenait pas l'angoisse que la plupart des voyageurs paraissaient partager, les regarder faire était divertissant. Il aimait s'asseoir et observer les gens, et les aéroports étaient parfaits pour une telle activité. Dans la commune où son frère s'était installé, le nombre d'habitants était bas. Chez lui, à Lisbonne, il pouvait passer des journées entières dans un parc ou à la terrasse d'un café à observer les passants, dissociant aisément touristes et locaux. Le jeu était plutôt amusant.

Il s'étira et se leva, passa la bandoulière de son sac en travers de sa poitrine et attrapa sa petite valise à roulettes. Il y avait un petit café au bout du hall. Il pouvait toujours s'y diriger et boire quelque chose avant de sauter dans le tram qui l'emmènerait au terminal deux. Peut-être qu'il s'achèterait quelque chose en route pour le déjeuner. Le vol pour Vancouver n'était pas très long, mais passer la douane risquait de prendre un petit bout de temps.

Quand on parlait du loup, son estomac se mit à gronder.

C'était décidé. Le déjeuner d'abord. Et ensuite : café. Il intégra la foule, les yeux scannant les environs à la recherche des panneaux d'indication brillant tout le long du hall. Il détestait manger dans les aéroports. Pas seulement parce que la nourriture était souvent grasse et dégoûtante, mais aussi à cause de toutes les odeurs se conjuguant. La confusion d'odeurs peu appétissantes finissait toujours par lui donner un sacré mal de crâne et aujourd'hui ne faisait pas exception. Le sang battait contre ses tempes. Il passa ses mains sur son front en tentant de faire baisser la tension. Quelque chose de simple, puis café.

N'ayant jamais trouvé de laitue qui n'avait pas l'air visqueuse ou écœurante dans un aéroport, il alla directement vers les salades en boîte et prit un yaourt avec du muesli et des morceaux de fruits. Cela couperait suffisamment sa faim pour qu'il puisse prendre quelque chose pour apaiser son mal de tête, et il avalerait un plat plus nourrissant à Vancouver. Si son vol de retour était trop retardé, il quitterait simplement l'aéroport pour aller manger de la vraie nourriture.

Il n'y avait pas une seule place de libre dans l'espace restauration, une véritable bénédiction pour lui. Il avait besoin d'échapper à l'odeur avant que son mal de crâne s'accentue davantage et qu'il finisse par vraiment avoir la nausée. Il glissa le fruit dans son sac et s'assura que le bouchon du yaourt était bien clos avant de trottiner jusqu'à l'autre bout du hall, là où le tram en direction du terminal deux stationnait. Tous les portillons paraissaient déborder de monde. Leur vol ne devait pas être le seul à avoir été retardé. Le temps semblait correct, mais cela ne voulait pas dire grand-chose par ici. Une minute, tout pouvait bien aller et la suivante, c'était le déluge. Il avait dû passer par une phase d'adaptation – il était habitué à vivre près de la côte, ça oui, mais celle d'ici était bien moins tempérée que ce qu'il avait toujours connu. Le soleil était une denrée rare et une sorte de fraîcheur semblait régner en permanence. Ce n'était pas déplaisant, mais il comprenait désormais pourquoi les gens ne privilégiaient pas le Pacifique nord-ouest.

Il trouva une place près d'une rangée de cabines téléphoniques stylisées à l'ancienne. Les téléphones avaient été retirés, ne laissant derrière eux que les structures en acier. Il s'affala sur une chaise et prit le temps de se reposer l'espace d'une minute en tentant de détendre ses muscles. Peut-être y aurait-il au terminal deux un de ces salons de massage où l'on payait le service à la minute. Il fit rouler ses épaules, se demandant s'il était assez tendu pour penser à faire une chose d'aussi désespérée. Probablement pas.

Il aurait dû manger davantage, mais il avait espéré déjà se trouver à Vancouver à l'heure qu'il était. Il ouvrit son yaourt, se disant qu'il pourrait bien garder son fruit pour plus tard dans l'avion. Il avait trop peur qu'il arrive quelque chose au pot en question pour risquer d'attendre. D'un autre côté, il fallait quand même rappeler que si cela avait été le genre de yaourts acidulés avec lesquels il avait grandi, il y aurait certainement eu suffisamment de bonnes bactéries pour empêcher les mauvaises de proliférer. Il ne s'était pas encore complètement fait aux yaourts sucrés très crémeux dont les Américains raffolaient. Mais cela ferait l'affaire pour le moment, et c'était toujours mieux que les burgers dégoulinants ou les pizzas molles qu'on vendait partout ailleurs.

Il sortit une cuillère de son sac et se força à prendre une bouchée. Ce n'était pas si terrible que ça, mais le muesli était tout ramolli après être resté aussi longtemps en contact avec la crème. Il mélangea le tout et décida de tout engloutir en une seule fois. Cela prendrait à son estomac quelques minutes pour comprendre qu'il n'avait plus faim, mais à ce niveau, son but était surtout de parvenir à avaler quelque chose plutôt que d'apprécier la nourriture qu'il ingurgitait.

Alors qu'il avalait une grosse bouchée, il aperçut le bel homme d'affaires passer tout près. D'après ce qu'il pouvait voir de sa musculature longiligne et de son air propre sur lui, il l'aurait plutôt pris pour un de ces types qui faisaient passer leur santé avant tout le reste, pourtant, ce dernier portait un sac *McDonald* dans une main et un *Auntie Anne's* dans l'autre. Il l'avait clairement méjugé.

Mateus savait qu'il ne devrait pas intervenir, mais il était trop intrigué pour se retenir.

— Vous cherchez un endroit où vous asseoir ? La concurrence ne vole pas très haut pour ces vieux téléphones, donc vous êtes le bienvenu si vous voulez vous joindre à moi.

L'homme eut l'air interloqué, mais après un léger moment d'hésitation, il s'approcha et se laissa tomber sur un siège pas très loin.

— Vous vous rendez à Vancouver vous aussi, je me trompe ? Il me semble vous avoir aperçu près de la porte d'embarquement.

Mateus tenta de ne pas sourire comme un idiot. La salle en question était complètement bondée, ce qui voulait dire que l'homme était parvenu à le repérer à travers la foule.

— Je ne pense pas qu'il y ait de grandes chances que l'avion soit là lorsque nous arriverons au terminal deux, lui confia-t-il.

— Non, je ne pense pas non plus. Il y a un problème technique et ils disent qu'ils vont tenter de nous caler ailleurs. C'est pour cette raison qu'il y a un changement de porte, apparemment. Ce serait plus proche de l'endroit où va atterrir l'autre avion. J'ai essayé d'obtenir une place dans un autre vol en direction de Vancouver, mais ils sont tous complets.

28

Donc, c'était pour cela que l'homme s'était tant énervé contre le réceptionniste. Le fait que l'objet de la dispute n'ait pas été son éventuelle appartenance à la classe affaires fut étrangement satisfaisant. Cela l'embêterait franchement que quelqu'un d'aussi séduisant ne soit en fait qu'un beau salaud.

— Manque de chance ?

L'homme secoua la tête.

— Je suis cinquième sur la liste d'attente du dernier vol de ce soir. Tous ceux avant n'ont plus une seule place de libre, donc cela ne risque pas de changer quoi que ce soit.

Mateus hocha la tête avec compassion.

— Vous habitez à Vancouver ?

Il essayait probablement de rejoindre femme et enfants. Mateus risqua un rapide coup d'œil à son annulaire, mais ce dernier était nu. Non pas que cela veuille dire grand-chose. Beaucoup d'hommes ne portaient pas leur alliance. Même Duarte ne l'avait pas au doigt la plupart du temps, mais c'était surtout pour des raisons pratiques. Avec tout le travail au jardin, une bague pouvait facilement devenir un handicap. Un jour, un employé de l'oliveraie avait perdu un doigt lorsque son alliance s'était coincée dans la moissonneuse, et cela avait laissé chez Duarte et Mateus une très forte impression.

L'homme grimaça et secoua la tête.

— Non, je m'y rends pour raisons professionnelles.

Mateus se mit à sourire.

— Peu de personnes seraient aussi pressées d'aller travailler.

L'homme éclata de rire.

— J'ai plus hâte que cela se termine que ça ne commence, dit-il.

Il déposa ses sacs sur le siège qui les séparait et tendit la main.

— Quel mal élevé je fais ! Je m'appelle Crawford.

Après s'être essuyé les mains sur son pantalon au cas où il y aurait encore du yaourt dessus, Mateus prit la main de Crawford. La poigne de ce dernier était ferme et sa peau était douce et chaude au toucher. Mateus avait bien conscience qu'en comparaison, ses mains calleuses devaient paraître rugueuses et dures à Crawford, mais celui-ci ne se rétracta pas. En fait, il laissa même leur main se serrer un peu trop longtemps, ce qui était pour le moins intéressant à noter.

— Mateus.

— Ravie de vous rencontrer, Mateus. J'aurais préféré que ce soit en meilleures circonstances. Mais qu'y pouvons-nous ? C'est plutôt pas mal pour un aéroport, non ? Étant donné que mon premier vol était à l'heure, j'aurais dû prévoir le mauvais coup du sort.

Mateus éclata de rire.

— Vu que je n'ai pas d'autre choix, nous allons blâmer ce retard sur vous, dans ce cas.

La peau aux coins des yeux de Crawford se plissait lorsqu'il souriait, et Mateus apprécia davantage la vue qu'il osait se l'avouer.

— D'où êtes-vous, au fait, si vous ne venez pas d'ici ? demanda-t-il, se disant que s'il n'engageait pas de nouveau la conversation, Crawford attraperait son déjeuner et s'en irait.

— Los Angeles, répondit ce dernier.

Son paquet *McDonald* bruissa lorsqu'il l'ouvrit, et Mateus fut surpris de le voir en sortir un yaourt n'ayant pas un aspect très différent du sien à la place du burger gras auquel il s'était attendu. Crawford parut à ce moment-là remarquer celui négligé de Mateus et il trinqua de son pot contre le sien.

— Dans un aéroport, il faut bien trouver ce que nous pouvons, dit-il tristement avant de retirer l'opercule et de plonger les fruits congelés dans la crème.

Mateus prit sa propre cuillère en main et fit la même chose. Le goût n'allait pas s'améliorer en se réchauffant, il valait donc mieux le terminer maintenant de toute façon.

— Je ne suis pas fan. Je déteste manger tout ce qui est fast-food, admit Mateus.

Crawford acquiesça et avala une bouchée.

— Moi aussi. Je ne suis pas vraiment un cuisinier, mais je n'aime pas trop ce genre de nourriture, répondit-il en pointant les fast-foods alignés le long du couloir. En revanche, les bretzels chauds, c'est ma kryptonite. J'ai rarement l'occasion d'en avoir, mais vu que cette journée empire de plus en plus, j'ai décidé de me laisser aller pour une fois.

Il avait un air mi-honteux mi-provocateur, tout bonnement attendrissant. Cela le faisait paraître dix ans de moins. Non pas que Mateus sache vraiment quel âge il avait, mais il le rangeait facilement dans la catégorie quarante et plus. L'aspect grisonnant de ses tempes et les plis de sa peau étaient révélateurs, mais cela ne l'empêchait pas d'avoir un teint reflétant la forme et la bonne santé.

— Je n'en ai jamais mangé, donc je ne vous jugerais pas là-dessus, rétorqua Mateus.

Il jeta un coup d'œil à Crawford, pas certain de savoir s'ils flirtaient ou non. Cela y ressemblait. Non ? Ou peut-être que Crawford était tout simplement content d'avoir trouvé quelqu'un avec qui discuter le temps d'une longue escale à mourir d'ennui ?

— Quoi ? Vraiment ? Vous n'avez jamais goûté de bretzels chauds de toute votre vie ?

Les yeux de Crawford s'écarquillèrent d'un air incrédule.

— D'où *venez-vous* exactement ? De Mars ?

Mateus ricana.

— Du Portugal. Nous n'avons pas…

Il loucha sur le sac. Des taches de graisse commençaient à tremper le papier et il dut retenir une grimace.

— … d'*Auntie Anne's*.

— Oh, ce n'est qu'une marque. Bien sûr, ce sont les meilleurs. Personnellement, je pense qu'ils les plongent dans le beurre après la cuisson ou quelque chose comme ça. Mais vous pouvez en acheter un peu partout. Aux rencontres sportives, aux patinoires, dans les aires de restauration et les bibliothèques. Vous n'en avez vraiment jamais goûté ?

Crawford fouilla dans le sac blanc et en sortit un petit nugget de pâte couverte de grosses perles salées. Cela ne ressemblait à aucun bretzel que Mateus avait déjà vu, mais comme il n'en connaissait pas qui ne soient pas petits et durs, qui sait ?

— Cela ne devrait-il pas être replié ?

Les sourcils de Crawford se rejoignirent l'espace d'un instant, puis son expression s'éclaira finalement.

— Oh, ceux-là, ce sont juste des bouchées. Mais ils vendent aussi de grands bretzels. On les coupe simplement pour qu'ils soient plus faciles à manger. C'est moins salissant.

Le tout luisait de beurre, donc Mateus doutait fort qu'il soit en fait moins salissant que son grand-frère. Son regard dévia sur la bouche de Crawford, attiré par ses lèvres charnues et rosées. Il y avait un petit peu de yaourt au coin de sa bouche, et l'image mentale qui suivit le fit légèrement gigoter sur son siège. Bree avait raison. Il avait besoin de se poser et d'arrêter de fantasmer sur de beaux inconnus dans les aéroports. Bon, la dernière partie était de lui, c'est vrai, mais c'était du pareil au même.

— Vous devriez essayer, dit Crawford.

Il tendit un bretzel à Mateus.

Mateus secoua la tête.

— Ce sont vos préférés. Gardez-les.

Crawford soutint son regard l'espace d'une seconde, puis il haussa les épaules. Il fit sauter un bretzel dans sa bouche, ses yeux se fermant l'espace d'un moment tandis qu'il mâchait. Il avait de cils longs, nota Mateus. Et il rendait l'action de manger un bretzel tout bonnement jouissive. Ils *devaient* être en train de flirter. Il n'y avait pas moyen que ce ne soit pas le cas.

— Tant pis pour vous, répliqua Crawford après avoir avalé, et il rouvrit les yeux. Mais je dois préciser qu'ils sont bien meilleurs que ce dont ils ont l'air, sans mentir. Vous êtes certain de ne pas vouloir en goûter un ?

L'attention de Mateus était maintenant fixée sur la lèvre inférieure de Crawford qui brillait à cause du beurre de son bretzel. Il déglutit brusquement.

— Un tout petit alors, dit-il, la voix plus rauque qu'elle l'était quelques secondes plus tôt.

Crawford sourit. Il s'empara d'un autre bretzel dans le sac, mais au lieu de le tendre à Mateus, il le laissa en suspens entre eux, le regard interrogateur. Un battement plus tard, Mateus se pencha finalement vers l'avant et ouvrit la bouche, priant pour ne pas avoir commis d'erreur de jugement. Le sourire de Crawford s'agrandit et il déposa doucement le bretzel dans la bouche de Mateus.

Une saveur salée explosa sur sa langue, suivit par celle du beurre et de la pâte sucrée. Il avait eu quelques doutes, mais Crawford avait raison. Le bretzel était délicieux. Ou peut-être que c'étaient les sens de Mateus qui étaient en effervescence après avoir été nourri par la main d'un total étranger.

Le haut-parleur brailla un message adressé aux passagers d'un vol en direction d'Hawaii et le monde parut revenir dans la réalité. Mateus avait tellement été pris dans son échange avec Crawford qu'il en avait presque oublié qu'ils se trouvaient au beau milieu d'un aéroport encombré. Le visage de Crawford ayant une teinte rosée, Mateus devina qu'il venait de parvenir à la même réalisation. Affirmatif. Ils étaient tout à fait en train de flirter.

Mateus mordit sa lèvre pour se retenir d'exploser de rire. Cela faisait longtemps depuis la dernière fois où il s'était laissé aller et avait pris du bon temps avec quelqu'un. Il se sentait plus détendu qu'il l'avait été depuis des semaines. Même son mal de crâne avait disparu, réalisa-t-il. Apparemment, flirter avec un bel homme était la réponse à tous ses problèmes.

— *Ne devrions-nous pas nous diriger vers le nouveau terminal ?* l'interrogea Crawford. *Je n'ai pas envie d'être en retard si par chance l'avion nous attend déjà.*

Mateus l'observa encore quelques secondes, puis cligna des yeux.

— *En effet.*

Il se leva, son yaourt à moitié entamé toujours en main.

— *Je comptais m'arrêter pour un café sur le chemin. Vous vous joignez à moi ?*

Crawford lui offrit un sourire qui fit battre son cœur un peu plus fort.

— Pourquoi pas. Il y a une chocolaterie un peu plus loin. Je sais que ce n'est pas *Starbucks*, mais je suis presque certain qu'ils ont un délicieux cappuccino.

Cela paraissait absolument écœurant, mais il ferait tout ce qu'il faudrait afin de pouvoir passer un peu plus de temps avec Crawford.

— *Parfait, alors.*

Chapitre Cinq

ILS arrivèrent à la porte en question avec trois minutes d'avance avant qu'on leur assigne un nouvel horaire d'embarquement, mais il n'y avait toujours aucun avion à l'horizon. Crawford était soulagé. Il appréciait la conversation qu'il entretenait avec Mateus, qui en plus d'avoir un accent charmant, était également sublime. En général, son type, c'était plutôt les blonds très minces, et Mateus n'était ni l'un ni l'autre, ce qui faisait probablement partie de son charme. Son beau petit nez et ses lèvres pleines étaient survolés par des mèches brunes en bataille, et ses doigts le démangeaient tant il avait envie de les écarter et de les replacer derrière l'oreille de Mateus.

Une heure à peine auparavant, Crawford était d'une humeur massacrante et maintenant, il appréhendait d'entrer dans l'avion et de s'en aller. Peut-être que le retard s'allongerait encore un peu. Cela ne le dérangerait pas. Il n'avait pas une seule réunion de prévue avant le lendemain matin de toute façon. Prendre un vol ce soir avait été une mauvaise idée, même si ce n'était pas la sienne. Habituellement, pour briser la glace, il arrivait la veille et dînait en compagnie des personnes avec lesquelles il allait travailler. Il ne doutait pas qu'il y ait pour lui une table réservée dans un restaurant sympathique pas très loin de l'hôtel pour ce soir, mais cela impliquerait forcément la présence de Davis. Alors peut-être que ces retards étaient de bon augure en fin de compte. Tant qu'il était sur place le lendemain matin.

Mateus et lui discutaient depuis une bonne heure, mais il n'en avait pas appris beaucoup à son propos, à l'exception de son affligeante ignorance au sujet des bretzels et de son point de vue sur les cappuccinos et les aires de restauration dans les aéroports – qu'ils n'appréciaient ni l'un ni l'autre.

Lorsqu'ils s'étaient hâtés de gagner la nouvelle porte, un peu de mousse de sa boisson avait atterri sur ses doigts, et il les suçait à présent distraitement. Il était parti sur un cappuccino tandis que Mateus avait grommelé quelque chose à propos du gâchis d'un bon café et avait pris un Americano. Le café sucré, c'était pour le matin et pour la nuit lorsqu'il se faisait tard. Cela n'avait pas sa place en plein milieu d'une journée, et il l'avait bien fait comprendre à Crawford.

— *Je n'ai pas demandé, mais... pourquoi vous rendez-vous à Vancouver ?*

Il n'eut pas droit à une réponse immédiate. Mateus paraissait distrait par les mains de Crawford. Cela lui prit une bonne minute avant qu'il comprenne que son regard était vissé sur la peau que Crawford venait tout juste de lécher.

Intéressant.

— Mateus ?

Ce dernier s'empourpra, sa peau tannée prenant une charmante teinte rosée sur ses joues.

— *Quoi ?*

— *Qu'est-ce qui vous attend à Vancouver ?*

— Ah. Rien qu'un vol de retour, en fait. J'ai un visa touriste pour rendre visite à mon frère, mais il expire dans quelques jours. Je dois passer la frontière pour le remettre à zéro ; Vancouver semblait la destination la plus simple pour le faire.

Crawford n'avait pas réalisé que les visas fonctionnaient d'une manière si simple.

— *Je vois. Donc, vous restez ici au moins encore un peu ? Puis quoi... ensuite ? Vous repartez au Portugal ?*

Les joues de Mateus se creusèrent en deux fossettes lorsqu'il sourit. Seigneur, pouvait-il être encore plus adorable ?

— *Dieu du ciel, non. Mon frère et son épouse possèdent un verger et je les aide depuis que je suis arrivé. J'aimerais rester de manière permanente pour pouvoir être auprès d'eux.*

Ses fossettes s'accentuèrent et il se pencha vers lui, en murmurant :

— *Je vais bientôt devenir oncle et je veux être là pour le bébé.*

Cet homme était un rêve érotique à lui tout seul. Sublime, avec un accent tout bonnement sexy et il aimait les enfants ? Le cœur de Crawford se mit à battre avec quelque chose d'un peu différent que le désir charnel dont il s'était contenté ces dernières années. Mateus était dangereux s'il arrivait à réveiller chez lui autre chose que la soif de luxure.

— *Je vous souhaite bonne chance avec ça, dans ce cas. Et cela veut-il dire que vous n'allez même pas passer la nuit à Vancouver ?*

Qu'était-il en train de faire ? Mateus n'était pas le genre d'homme avec qui il pourrait avoir un coup d'un soir. Il paraissait plus du genre à s'attendre à des sentiments et à une véritable relation – deux choses que Crawford ne faisait plus. Deux choses qu'il n'avait plus *envie* de faire. Ou plutôt, qu'il ne voudrait pas faire, s'il arrivait à se retenir suffisamment longtemps pour reprendre le contrôle avec sa tête plutôt qu'avec son entrejambe.

Les yeux de Mateus brillèrent, retournant de toute évidence son intérêt. Crawford repensa à ses paroles, et une vague d'embarras le traversa en réalisant qu'il lui avait par inadvertance fait des avances.

— *Ah, zut.* Je ne voulais pas… hm, donc, vous reprenez simplement un avion après ? C'est bien dommage que vous n'ayez pas l'occasion de visiter un peu la ville.

— *Il y a des chances que je revienne un jour ou l'autre. Rester assis dans cet aéroport toute la journée était ma première expérience touristique. Je n'ai presque rien vu de Seattle, mais j'ai entendu dire que c'était une ville incroyable.*

— *Ça l'est. C'est l'une de mes préférées. Elle et Portland. Tout ici est bien plus vert et plus agréable qu'à L.A. Mais je suppose qu'on peut dire la même chose pour beaucoup d'autres endroits,* dit Crawford, conscient d'être en train de parler pour ne rien dire et pourtant incapable de s'en empêcher.

— *Le verger se trouve à environ deux heures de Seattle.* C'est incroyablement… quel est le mot déjà ?

Il pinça ses lèvres, en pleine réflexion.

— *... luxuriant.*

Crawford avala sa salive. L'anglais de Mateus était presque meilleur que le sien. Il doutait que le jeune homme ait vraiment eu du mal à trouver son mot. Il devait savoir qu'il était attirant lorsqu'il faisait cette tête et à quel point il pouvait être irrésistible lorsque son accent s'intensifiait. Mais contrairement aux autres hommes avec lesquels Crawford avait été depuis sa séparation avec Davis, Mateus ne semblait pas jouer la comédie. Il *était* tout simplement sexy, et même s'il l'utilisait à son avantage, ce n'était pas du cinéma.

Un brusque débordement d'activité non loin attira l'attention de Crawford et un instant plus tard, la voix du réceptionniste résonna à travers le microphone.

— *En raison de problèmes imprévus au niveau de la maintenance,* le vol 892 a été annulé. Nous vous prions de nous excuser pour les désagréments occasionnés, car notre priorité reste votre entière sécurité. Veuillez vous diriger vers le terminal trois où les membres du service clientèle seront à votre disposition pour vous aider à changer vos réservations vers d'autres vols.

Crawford laissa sa tête basculer vers l'arrière et poussa un grognement. Il avait prédit cela quelques heures auparavant. Quelle histoire !

— *Le terminal trois, ce n'est pas de là que nous venons ?* demanda Mateus, *l'air amusé.*

— *Exact.*

Ils observèrent les autres passagers se diriger vers le tram, chacun bien décidé à l'atteindre le premier. Cela n'avait plus beaucoup d'importance. C'était arrivé à Crawford à suffisamment de reprises pour qu'il sache qu'il n'y aurait pas énormément de personnel au service clientèle à la porte mentionnée. Il était clair que leur vol n'était pas le seul à avoir été annulé.

Il se tourna vers Mateus.

— *Ils peuvent faire ce qu'ils ont promis au service client à partir de n'importe quelle porte d'embarquement, nous ne sommes pas très loin de l'enregistrement. Préférez-vous suivre le reste du troupeau ou gagner du temps et tenter une autre porte ?*

Une femme avec une valise à roulettes coupa la route à un homme avec une poussette, le poussant à prononcer une série de jurons qui fit se retourner des têtes sur plusieurs portes autour d'eux. L'enfant resta insensible aux évènements, mais les adultes se mirent à agir comme des gamins de deux ans.

Mateus lui jeta un regard hésitant.

— *Tentons notre chance ailleurs.*

Ils se retrouveraient en bout de file de toute manière, alors autant trouver un autre service et ne pas se fatiguer pour rien.

— *Vous avez bien dit qu'il n'y avait pas d'autres vols disponibles pour Vancouver aujourd'hui, c'est ça ? Que vont-ils faire de nous dans ce cas ?*

Crawford haussa les épaules.

— *Nous proposer un hôtel. À moi, du moins. Si c'est votre aéroport, ils vous renverront certainement chez vous. Ils nous caleront sur d'autres vols* pour aujourd'hui ou plus certainement pour demain. Mais ce ne sera certainement pas un direct jusqu'à Vancouver comme celui-ci l'était. Il est plus probable qu'ils nous envoient ailleurs et de là, on nous redirigera vers Vancouver.

Crawford jeta un œil aux panneaux au-dessus d'eux et prit la direction inverse du reste de la foule.

— *Dans le pire des cas, ils nous feront repasser par la sécurité. Est-ce que ça vous convient ?*

Mateus acquiesça.

— *Je ne pense pas que nous allons pouvoir aller où que ce soit de sitôt, de toute façon.*

Crawford se passa une main sur la nuque.

— *Quand êtes-vous censé prendre votre vol de retour, au fait ?*

— *Ce soir, mais il va être changé aussi, non ?*

— *À vrai dire, je ne sais pas ce qu'ils font dans ce genre de cas. Ils pourraient tout simplement annuler toutes tes réservations et vous remettre sur un vol un autre jour.*

Mateus poussa un grognement.

— *Je n'en ai pas un autre.* Mon visa s'achève dans deux jours et ils ne me laisseront pas prendre cet avion s'il est expiré.

Crawford regarda par-dessus son épaule, là où une foule de personnes attendant le tram était encore visible. Cela prendrait des heures pour faire les démarches avec tous ces gens, et même s'ils étaient assez chanceux pour trouver un agent du service clientèle sur une autre partie de l'aéroport, ils n'allaient certainement pas quitter Seattle ce soir.

— *Alors, ça va vous paraître dingue. Et nous venons tout juste de nous rencontrer, et pour ce que vous en savez, je pourrais être un serial* killer. Mais écoutez-moi. Vancouver n'est qu'à environ deux heures et demie de route. Trois, au maximum. Je pourrais louer une voiture et nous y conduire ? Comme ça, je vous dépose à l'aéroport et vous ne ratez pas votre vol.

Les sourcils de Mateus se haussèrent.

— *Vraiment ?*

Crawford savait à quel point ce qu'il disait était ridicule. Bon sang, si un inconnu lui proposait une virée en voiture comme celle-ci, il refuserait sans y réfléchir. Mais Mateus avait désespérément besoin de se rendre au Canada, et pour Crawford, retarder cette réunion était ce qu'il avait de mieux à faire. Ils s'étaient plutôt bien entendus autour des bretzels et du café, et Mateus était amusant et bien élevé. Sans compter qu'il était séduisant. Les serials killer n'étaient pas du genre à être canon, si ? C'étaient toujours des solitaires asociaux dans des pantalons en polyester. Non ?

Merde. Mateus allait penser que c'était *lui* le serial killer ou même un harceleur. Il n'aurait pas dû lui suggérer cela.

— *Oubliez ce que je viens de dire, c'était...*

— *Non, je suis d'accord,* dit Mateus à la hâte. *Je veux dire, si vous voulez bien prendre le volant.* Je n'ai pas le permis de conduire international, donc je ne pourrais pas louer de voiture. Mais si vous le voulez bien, j'accepte. Vous pensez que je peux arriver à me faire rembourser cette partie de la réservation ? Ainsi, je pourrais payer la moitié de la location.

Crawford écarta ses craintes du revers de la main.

— *Il va falloir annuler les billets, mais ne vous en faites pas au sujet de l'argent. Les frais de voiture seront à ma charge. C'est ma société qui paiera. Ne vous inquiétez pas.*

Même si *Chatham-Thompson* ne prenait pas la facture, ce n'était pas comme si quelques centaines de dollars allaient faire une quelconque différence pour lui. Quoi qu'il arrive, cela vaudrait le coup.

— *Bon, je vais m'occuper de cette location pendant que nous attendons pour l'annulation des billets,* dit Crawford.

Il accéléra son allure, passant le point de non-retour derrière la sécurité en direction des guichets d'enregistrement. Il y avait déjà quelques personnes dans la file, mais il n'y en avait pas plus de deux douzaines avant eux. C'était toujours mieux que les quelques centaines du terminal trois.

Mateus lui emboîta rapidement le pas, ramassant son sac lorsque les roulettes ne parvinrent plus à garder le rythme.

— *Aviez-vous mis des affaires en soute ?*

39

— Oui, mais ils vont se charger de les amener jusqu'à mon hôtel. Il y a des chances pour qu'elles y arrivent avant nous. Elles ont certainement déjà pris un vol pour Vancouver.

Mateus lui jeta un regard.

— Vous semblez en savoir beaucoup à ce sujet. Vos vols sont souvent annulés ?

Crawford sourit.

— Pas souvent, non, mais je suis à peu près tout le temps en déplacements, donc cela arrive de temps à autre.

Ils atteignirent le bout de la file et d'après les grommellements qu'ils pouvaient entendre, plusieurs d'entre eux paraissaient avoir eu une réservation pour le même vol qu'eux.

Mateus fit claquer sa langue.

— Ça n'a pas l'air terrible.

— Hé, un vol annulé ne m'a jamais tué. Ils font de leur mieux pour vous faire parvenir à destination, vous savez. Il y a peut-être un peu de retard parfois. Mais je peux travailler depuis n'importe quel emplacement, donc une nuit dans l'hôtel d'un aéroport ne me dérange habituellement pas tant que ça.

— Non, je voulais dire : être tout le temps en déplacements. Je n'arrive pas à m'imaginer vivre ainsi. Comment faites-vous pour prendre vos racines quelque part ?

Crawford n'y avait jamais pensé de cette manière-là. Il avait moins voyagé pendant son mariage, mais depuis le divorce, il n'avait pas eu la moindre raison de ne pas se rendre là où on avait besoin de lui. Généralement, c'étaient de courts déplacements – quelques jours là, plusieurs autres ici. Tant qu'il avait ses week-ends à la maison avec Brandon chaque fois que Karen était détachée quelque part, Crawford se fichait bien de savoir où il se trouvait pendant la semaine.

— Je ne suis pas du genre à m'installer quelque part, répondit-il en haussant les épaules. J'ai essayé une fois. Ça n'a pas fonctionné.

Mateus lui lança un sourire un peu tordu.

— Cela s'appelle le choc du repiquage. Ça se soigne. La plupart du temps, quand une plante ne prend pas racine, c'est parce qu'il y a une carence dans la terre. Auriez-vous des problèmes avec la vôtre à Los Angeles, Crawford ?

C'était une façon de dire les choses.

— *Elle me convient plutôt bien, dit-il d'un ton léger.* Et vous, vous semblez en savoir beaucoup sur les plantes. Vous avez dû apprendre pour pouvoir venir en aide à votre frère ?

Ils avançaient tout doucement, et Crawford n'imaginait même pas l'agonie que cela devait être dans l'autre file. Tel que c'était parti, sachant combien de temps passer la frontière leur prendrait environ, ils allaient devoir largement pousser leur chance pour que Mateus parvienne à l'aéroport de Vancouver à temps pour attraper son vol.

— *Pas exactement. Je suis botaniste. Je ne suis pas vraiment un expert en pommiers, mais j'ai eu de quoi expérimenter.*

— *Un botaniste ? Je ne pense pas avoir déjà rencontré de botaniste.* Vous devez exceller lorsqu'il s'agit de différencier les plantes comestibles de celles empoisonnées, non ? Et comment faire pousser les choses aussi, je me trompe ? Je me disais justement qu'avec l'annulation de ce vol, comme tout le monde se met à désespérer et à courir dans tous les sens, on a l'impression de se retrouver en beau milieu d'une apocalypse zombie. Ce sera utile de vous avoir sous la main dans ces conditions.

Crawford savait que la plupart des gens avaient du mal à suivre les absurdités qu'il sortait, mais c'était ce qui arrivait lorsque votre meilleur ami était votre neveu de quinze ans. Vous aviez tendance à utiliser des références à la pop culture et à ne pas être d'une grande logique. N'empêche qu'il pouvait mettre de bonnes pâtées sur *Call of Duty* et *Mario Kart*, et grâce aux vidéos que Brandon aimait visionner, il était capable d'ouvrir une conserve avec un briquet s'il le fallait. Ce n'était pas comme s'il ne pouvait pas mettre son grain dans leur groupe de résistants contre les forces zombies, finalement.

Mateus ne paraissait pas le moins du monde alarmé par le tournant qu'avait pris la conversation.

— *J'ai bien peur de ne pas être du genre combattant. Mais je pourrais nous garder en vie en pleine nature jusqu'à ce que nous ayons atteint un avant-poste pour prendre un nouveau départ.*

Il lorgna gentiment Crawford.

— *En revanche, je pense que nous aurions du mal à travailler à la repopulation.*

— *Mais ce sera*it amusant *d'essayer, plaisanta Crawford*, se félicitant intérieurement en voyant les soubresauts qui agitaient désormais les épaules de Mateus.

— *Ça le sera*it. Stérile, mais amusant.

— *Était-ce une blague de botaniste ?*

Mateus eut un air perdu l'espace d'un instant, puis il se mit à rire doucement.

— *J'aurais aimé être assez rusé pour que ça le soit.*

— *Vous l'êtes bien assez pour moi.* Après tout, la survie de tout l'avant-poste va reposer sur vos épaules.

Et quelles épaules sublimes étaient-ce ! Large et puissantes, surplombant une taille fine et étroite et de longues jambes. Être séquestré avec Mateus pendant une apocalypse zombie ne serait certainement pas un fardeau.

Un homme se tenant à l'autre bout de la file commença à vociférer, faisant monter l'effervescence du reste de la foule. Il n'y avait apparemment plus une seule place de libre pour Vancouver aujourd'hui, ce que Crawford avait déduit depuis un bon moment déjà. La folle idée de la location de voiture avait été jetée à l'envolée dans l'euphorie du moment, mais désormais, cela semblait être leur meilleur plan d'action. Il sortit son téléphone et commença à regarder ce qu'il pouvait trouver.

— *Avez-vous une préférence pour une marque ?*

Mateus pouffa.

— *Au-delà du fait qu'elle ne nous lâche pas avant d'arriver à destination ? Non, je ne m'y connais pas trop en voitures.*

Crawford était tout le contraire, mais la compagnie n'allait certainement pas payer pour une voiture de luxe. Il ne lui restait plus qu'à voir ce qui était mis à disposition et à sauter sur l'offre la plus alléchante. Conduire une petite voiture de sport le long de la côte serait le premier pas vers la relaxation vis-à-vis de la catastrophe qui s'annonçait.

— *OK, je pense que nous allons pouvoir prendre la* I-5 *directement* jusqu'à Vancouver, ou alors, nous pouvons toujours prendre un autre chemin et monter jusqu'à la route côtière. La vue sera meilleure, mais cela prendra un peu plus de temps. Pas énormément. Je crois que nous arriverons quand même à vous emmener à l'aéroport à temps, en supposant que la frontière ne soit pas encombrée.

Mateus sortit son téléphone et regarda l'heure.

— *Je n'ai pas encore vu la côte. Nous n'avons qu'à faire cela.*

C'était une journée plaisante, surtout dans le Pacifique nord-ouest. Un peu frisquet, mais cela ne changeait pas de d'habitude.

— *Unilatéralement, je vais me décider pour une décapotable, dans ce cas. Ou au moins avec un toit ouvrant. Ce sera mieux pour apprécier la vue.*

Ils pourraient mettre en route le chauffage s'ils avaient froid. Vu que L.A était une véritable jungle constamment embouteillée, Crawford n'avait pas souvent l'occasion d'apprécier une virée. Il desserra sa cravate. Il voyageait presque toujours en costume puisqu'il ne savait jamais qui il pouvait rencontrer à l'aéroport, et la première impression comptait toujours. Mais s'ils allaient être sur la route pour plusieurs heures, il n'y avait pas de raisons pour qu'il ne se mette pas à l'aise.

— *Ça a le goût de l'aventure, dit Mateus.*

Il repoussa une mèche de cheveux et l'excitation piqua la poitrine de Crawford à l'idée de ce à quoi il ressemblerait avec ses cheveux au vent. Ils étaient trop courts pour être attachés, mais juste assez longs pour être dérangeants, et c'était vraiment ensorcelant. Exactement la bonne longueur pour pouvoir vraiment y plonger ses doigts, ce qui n'était pas une chose à laquelle il devrait être en train de penser au beau milieu d'un aéroport bondé. Ou où que ce soit d'ailleurs.

Seigneur, s'ils arrivaient à Vancouver sans qu'il se retrouve avec une érection embarrassante et très mal placée tel l'adolescent qu'il n'était plus, ce serait un vrai miracle.

Trois personnes devant eux quittèrent la file en soupirant, et Crawford et Mateus avancèrent. Ils étaient désormais assez près pour écouter d'une oreille la plupart des conversations, et il semblait qu'aucune d'entre elles ne se déroulait très bien.

Crawford fit défiler les voitures disponibles et trouva une BMW Roadster. Elle coûtait quatre cents dollars par jour, en plus des frais supplémentaires, mais il était trop émoustillé pour en avoir quelque chose à faire. Il en aurait seulement besoin pour la journée – il la déposerait à l'aéroport de Vancouver d'ici quelques heures. Alors, pourquoi ne pas se lâcher un peu ? Tous l'argent qu'il économisait partait dans des placements avantageux qui construisaient peu à peu les bases de l'auberge qu'il voulait acheter un jour ou l'autre, donc ce n'était pas comme s'il jetait vraiment l'argent par les fenêtres.

Il tourna l'écran de son téléphone vers Mateus pour avoir son avis avant de la réserver.

— *Hein ?*

La mâchoire de Mateus tomba au sol. La voiture en question était vraiment sublime. Crawford se donna mentalement une tape dans le dos pour avoir réussi à en trouver une aussi magnifique.

43

— Ça ne peut pas coûter aussi cher que ça de louer une voiture, dit Mateus, clairement atterrée.

Oh. Crawford pensait pourtant avoir mis son pouce sur cette partie de l'écran. Il n'avait pas voulu que Mateus sache le prix.

— Nous pourrions en choisir une moins chère, mais c'est celle-ci que je veux, s'entêta Crawford.

Il pouvait se la payer, et ce n'était pas comme s'il faisait ce genre de dépenses tous les jours.

— Allez, c'est une aventure, non ? Je conduis une Jetta, d'habitude. Pour une fois, j'ai envie de faire quelques folies.

Mateus éclata de rire.

— C'est votre argent. J'imagine simplement qu'il y a des milliers d'autres façons plus intéressantes de le dépenser que dans une voiture.

Crawford posa une main sur son cœur.

— Ce n'est pas qu'une voiture. C'est une petite merveille de fabrication.

— Mon frère, Duarte, avait une Maserati de 1960 qu'il avait racheté à notre grand-père. Je n'ai jamais compris pourquoi vu qu'elle tombait toujours en panne et qu'il passait plus de la moitié de son temps à la réparer plutôt qu'à la conduire.

— Il l'a toujours ?

— Euh, non. Cela aurait coûté une fortune de la faire venir du Portugal. Il l'a revendu à un collectionneur et s'est servi de l'argent qu'il a récupéré comme acompte pour le verger. Je crois bien qu'il a versé de véritables larmes lorsque l'homme est venu la chercher.

Crawford grimaça, compatissant intérieurement. S'il avait en sa possession un bien aussi précieux, il pleurerait certainement lui aussi de devoir le vendre. En l'état, il pourrait renoncer sans la moindre hésitation à sa Jetta, mais c'était l'un des avantages de conduire une voiture aussi passe-partout. Pas d'attachement émotionnel.

Il ravala un éclat de rire. Il n'arrivait même plus à s'engager auprès d'une voiture, aujourd'hui.

Ils relevèrent tous les deux les yeux lorsque la file avança de nouveau. Mateus était le prochain.

— Donc... c'est décidé, je prends celle-ci et je la conduis. Et j'adorerais avoir de la compagnie, si vous voulez vous joindre à moi. Mais je comprendrais si vous préférez prendre un autre vol ou si vous prévoyez

44

de faire autrement, ou même de suivre leurs instructions. Ne vous sentez pas obliger à quoi que ce soit, débita Crawford.

Les lèvres de Mateus s'incurvèrent dans un autre de ses magnifiques sourires.

— *Je pense que nous faisons une bonne équipe, même s'il n'y a pas de zombies.*

Une tension qu'il n'avait pas réalisée avoir quitta ses épaules devant l'utilisation du ton léger. Crawford craignait d'en avoir trop dit en proposant le « plan voiture », mais cela était logique. Il y allait de toute façon et il pourrait certainement emmener Mateus là-bas plus rapidement que le ferait l'avion. Il espérait presque qu'on ne lui trouverait pas de vols pour ce soir. Ce serait parfait comme excuse pour pouvoir profiter de sa compagnie quelques heures supplémentaires.

Un agent l'appela et Mateus attrapa la poignée de sa valise à roulettes avant de s'approcher.

— On se voit après ? demanda-t-il, en faisant un signe de tête vers un coin où ils seraient hors du chemin des autres clients.

— Oui, répondit Crawford en hochant la tête. Mais s'ils vous offrent un autre plan pour parvenir à destination, n'hésitez pas à accepter, cela ne m'offensera pas.

— Je le ferai, dit Mateus.

Il fit un petit salut à Crawford et partit en direction du comptoir. Crawford n'eut qu'à attendre à peu près une minute avant qu'on l'appelle à son tour.

Chapitre Six

— **CELA** te fait bien trop plaisir, dit Mateus, serrant davantage son sweat autour de lui.

Crawford rejeta la tête en arrière et éclata de rire.

— Qu'y a-t-il pas à apprécier ? Un paysage magnifique, une superbe voiture...

Il jeta un regard vers Mateus et lui fit un clin d'œil.

— Un bel homme.

Mateus laissa échapper un rire enchanté. Ils n'avaient pas beaucoup parlé depuis qu'ils avaient quitté l'aéroport. Ils allaient assez rapidement pour que le vent rende le reste difficile à entendre. Sans oublier le fait que chaque fois que Mateus ouvrait la bouche, il se retrouvait à s'étrangler avec une poignée de cheveux.

Crawford avait suivi la I-5 pendant un temps avant de dériver sur Chuckanut Drive, que l'employé au guichet de la boutique de location de voitures leur avait assuré être une route moins directe vers Vancouver, mais qui valait la vue panoramique. Mateus ne s'en plaindrait pas. C'était si foisonnant par ici. Il n'arrivait même pas à déterminer ce qui était le plus impressionnant : les arbres ou les aperçus qu'ils avaient de Puget Sound.

Crawford avait obtenu la petite décapotable qu'il voulait en dépit de son prix affolant, et ils remontaient maintenant la côte comme promis. Il faisait glacial, mais c'était vraiment magnifique. Les bourrasques ne semblaient pas déranger plus que ça Crawford ; enfin un peu de détente. Si Mateus devait geler sur place, il pourrait au moins prendre plaisir à observer Crawford, qui avait retiré son manteau dès qu'ils étaient montés en voiture et remonté les manches de sa chemise boutonnée. Il le dévorait littéralement du regard, et s'il n'avait pas eu d'échéances, Mateus aurait bien été tenté de le persuader de se garer et de retirer le reste de son costume.

Pour un homme d'affaires, Crawford paraissait être en bonne forme. Ses avant-bras tannés étaient bien musclés et parsemés de poils épais. Il devait faire de l'exercice pendant son temps libre.

Mateus lui jeta un regard en biais.

— Est-ce que tu surfes ?

Crawford tourna la tête vers lui, le trouble marquant son visage.

— Je ne pense pas que ce soit un très bon endroit pour surfer par ici. Il y a trop de bouts de bois et de rochers.

Le rivage était jonché de tronçons de bois semblant plus gros que des autobus, Mateus le croyait volontiers.

— Je veux dire, chez toi. À Los Angeles.

— Pas vraiment. Mon frère, oui, et je les accompagne, mon neveu et lui, de temps à autre, mais ce n'est pas trop mon truc.

C'était bien la première fois que Mateus l'entendait parler d'un frère ou d'un neveu. Il avait envie d'en savoir plus, mais il ne voulait pas être indiscret. Le visage de Crawford s'était durci lorsqu'il s'était référé à eux. Il devait certainement y avoir une histoire derrière tout cela. Ils avaient encore deux bonnes heures de route devant eux, donc il espérait pouvoir éventuellement pénétrer cette barrière à un moment donné. Cela dit, pourquoi Crawford partagerait-il quelque chose d'aussi personnel avec un parfait inconnu ? Entre le moment où ils avaient fait annuler leurs billets pour Vancouver et celui où ils avaient récupéré la voiture, ils étaient passés à la phase « flirt intensif », mais le tout était resté plutôt bon enfant. Crawford n'avait donné aucune indication que c'était plus qu'un amusement pour lui, et même si c'était plutôt évident qu'il trouvait Mateus attirant, le fait que cela ne les menait nulle part l'était encore plus.

— Alors, que fais-tu pour rester en aussi bonne forme ? Tu ne surfes pas et tu dis avoir beaucoup voyagé. C'est un véritable mystère.

— Le secret du V.T.T, quand j'ai le temps. Lorsque je travaille, je termine souvent dans la salle de sport de l'hôtel ou en ville pour une petite visite au pas de course.

Mateus avait toujours détesté les salles de sport, mais il admirait quiconque pouvait se soumettre à cette torture. L'un des avantages du travail manuel au verger, c'était qu'il avait rarement besoin de faire de l'exercice à côté. Soulever des poids en métal et des haltères dans un centre sportif ne valaient pas des tonneaux ou bien encore des troncs entiers pour se muscler un peu.

— Et ton travail ? Tu n'as pas précisé ce que tu faisais vraiment.

Crawford lui lança un nouveau regard avant de se reconcentrer sur la route.

— Ce n'est pas très intéressant. Je suis auditeur dans une chaîne hôtelière.

— Donc, en quoi cela consiste-t-il ? Compter les lits ? Que fait un auditeur hôtelier ?

Crawford ricana.

— Pas vraiment, même si c'est vrai que j'ai bien des inventaires à effectuer lorsque nous fermons un domaine et que nous mettons le tout aux enchères. La plupart du temps, je me rends dans les hôtels qui ne font pas leurs chiffres et j'en trouve la raison. Parfois, c'est simplement une conséquence inévitable du ralentissement du marché. D'autres fois, c'est à cause d'une mauvaise gestion. Quelquefois, c'est parce que l'hôtel date et qu'il a besoin d'une petite modernisation ou que le service client doit être révisé.

— Et tu fais toutes ces choses ?

Cela n'avait pas l'air « ennuyeux » du tout.

— Je guide ceux qui le font dans la bonne direction, du moins. Je mets en place une procédure pour les mettre sur la bonne voie et leur prépare quelques objectifs qu'ils doivent atteindre afin de montrer qu'ils font ce qu'il faut.

Mateus soupçonnait qu'il y avait plus que ce qu'il voulait bien lui dire. Il avait toujours aimé les hommes parlant avec autorité, et cette impression émanait de Crawford par vagues. De délicieuses et séduisantes vagues.

Il regarda par la vitre, se concentrant sur la mer agitée qu'il pouvait discerner chaque fois qu'il y avait une percée suffisante entre les arbres pour entrevoir la côte. Il faudrait qu'il renonce rapidement à son attirance pour Crawford ou c'était lui qui allait rendre le reste du trajet inconfortable, pour l'un comme pour l'autre.

Crawford parut être sur la même longueur d'onde, puisqu'il n'entama pas à nouveau la conversation. Il alluma la radio à la place, et Mateus s'installa confortablement sur son siège et se laissa simplement apprécier la compagnie silencieuse. Au bout d'une vingtaine de minutes, cela commença à leur peser, ce qui les mena à commencer à discuter de choses stupides comme de leurs chaînes de cafés préférées.

— Je dis seulement que je ne vois pas l'intérêt, déclara Crawford. Les Canadiens le vénèrent presque, mais pour moi, cela ressemble juste énormément à *Tim Hortons* ou *Dunkin'Donuts*, mais avec du café médiocre et des pâtisseries à moitié rassies.

Il fit un geste de la main pour accentuer la valeur de son argument.

Mateus n'avait pas la moindre idée de ce que pouvait bien être *Tim Hortons* – ou même *Dunkin'Donuts*, d'ailleurs –, mais c'était amusant de voir Crawford s'énerver pour quelque chose d'aussi idiot qu'une chaîne de coffee-shop. Il faisait de grands gestes et les gens qui passaient dans les voitures non loin commençaient à les dévisager.

Ou peut-être qu'ils regardaient simplement parce que Crawford était magnifique. C'était une possibilité. C'était aussi une des raisons pour lesquelles Mateus ne pouvait pas non plus détacher son regard de lui.

— Je ne comprends pas l'obsession des Américains avec les chaînes. Ma belle-sœur est pareille lorsqu'il s'agit de *Starbucks*.

Crawford arqua un sourcil, peu impressionné.

— Et vous n'en avez pas à Lisbonne ?

Mateus haussa les épaules.

— Si, bien sûr. Mais il y a aussi énormément de petits cafés et restaurants. Je les préfère. L'atmosphère est meilleure et en général, la nourriture également.

Crawford ne reprit pas la discussion après cela et Mateus commença à penser qu'il l'avait offensé. Il était sur le point de s'excuser lorsque Crawford recommença à parler.

— Je les évite lorsque je peux. Sauf dans les aéroports, bien entendu. Nous mangions souvent dehors lorsque j'étais enfant, vu que ma mère n'a jamais été une très grande cuisinière. Presque toujours dans des chaînes. Une fois à l'université, je suis arrivé à saturation pour tout ce qui était fast-food. Mon frère et moi possédions probablement tous les jouets du Happy Meal vendu vers la fin des années 70.

Il tourna les yeux et sourit à Mateus.

— Mince alors, j'aurais aimé les avoir encore. Ils doivent valoir un bras.

Mateus n'arrivait pas à s'imaginer une enfance n'incluant pas le moindre repas de famille à la maison.

— Mon frère et moi, nous avons eu de la chance, je suppose. Notre mère était très bonne cuisinière. Et notre *avó* aussi.

Il remarqua la confusion s'afficher sur le visage de Crawford.

— Notre grand-mère.

Crawford baissa la tête.

— Ah. Tu as grandi en étant proche de tes grands-parents ? Les miens se trouvaient à l'autre bout du pays, donc nous les voyions peu.

— *Avó* vivait avec nous lorsque j'étais enfant. Ou plutôt, c'est nous qui vivions avec elle. La ferme lui appartenait et nous étions sa main-d'œuvre gratuite.

La ferme était probablement la raison pour laquelle Mateus avait étudié la botanique. Il adorait travailler en extérieur et faire pousser des choses.

Mateus s'arrêta avant de pouvoir complètement se perdre dans d'ennuyeux souvenirs, mais Crawford fit un bruit lui disant qu'il était intéressé et lui lança un regard montrant qu'il s'attendait à en entendre davantage.

— C'est une oliveraie. Nous l'avons toujours, Duarte et moi. Nous en avons hérité après la mort de nos parents. Vu qu'elle n'est pas vraiment assez grande pour en faire notre gagne-pain, nous avons loué le terrain à l'un de nos voisins. Son oliveraie à lui est bien plus importante.

— Donc, c'est pour cette raison que tu te trouves à Lisbonne et non pas dans la ferme familiale ? Cela te manque-t-il ?

Bien sûr que oui. C'était une des raisons principales pour lesquelles il s'était proposé de venir aider Duarte avec son verger.

— Cela me manque, oui, mais c'est différent. On ne peut pas vivre son enfance deux fois, tu sais ? Il y a des choses qui paraissaient magiques à l'époque, comme lorsque nous allions mettre l'appareil de chauffage à gaz à l'intérieur même de l'oliveraie lorsque la température plongeait. Je me souviens encore de ces moments lorsque j'étais tout gamin, où je restais éveillé toute la nuit, à faire marcher les lampes à gaz et à les fixer, enveloppé dans des couvertures au beau milieu de l'oliveraie. Mais en tant qu'adulte ?

Tout ce à quoi je peux penser, c'est au prix du carburant et à quel point le sol était dur.

Il rit tristement et Crawford fit de même.

— Oui, je vois de quoi tu parles.

— Nous n'avons pas encore eu à le faire dans le jardin de mon frère, mais je suis certain que nous le devrons à un moment ou un autre. Il fait un peu plus frais ici qu'à Lisbonne, et les pommiers sont des arbres sensibles. Il a eu vraiment du mal avec eux, c'est pour cela que je suis venu l'aider. Et puis, Bree et lui sont ici. C'était triste tout seul à la maison, ils me manquaient.

Crawford s'éclaircit la gorge.

— Je suis toujours resté aussi proche que possible de mon frère, Adam. Il a déjà déménagé à plusieurs reprises, étant donné que sa femme est dans la Navy, mais ça fait quelques années qu'ils se sont posés à Los Angeles. C'est pour cette raison que je suis parti là-bas, afin que je puisse l'aider avec mon neveu, Brandon, lorsque Karen est déployée ailleurs. Mais ils vont s'en aller vivre au Japon dans quelques semaines. Je ne suis pas certain de ce que je vais bien pouvoir devenir sans eux.

La morosité dans la voix de Crawford donna envie à Mateus de tendre les bras pour l'étreindre, mais il ne pensait pas que ce serait bien accueilli. Peu importe la connexion qu'il pouvait ressentir en sa présence, Crawford était toujours un parfait inconnu à ses yeux. Ils avaient été poussés l'un vers l'autre, réunis par un concours de circonstances, et cela avait aidé à ce que se forge un lien plus rapidement qu'on le faisait habituellement, c'était tout. Il devait se forcer à s'en souvenir.

C'était étrangement facile de parler avec Crawford. La route défilait tandis qu'ils discutaient, et Mateus ne fut pas le moins du monde ravi de voir de plus en plus de panneaux annonçant la frontière. L'idée de perdre ce drôle de lien qui le connectait à Crawford une fois que ce dernier l'aurait déposé à l'aéroport ne l'enchantait pas.

— J'en suis navré, répondit Mateus, ne sachant pas quoi dire d'autre.

Il se souvenait encore du sentiment de perte qu'il avait ressenti lorsque Duarte avait quitté le Portugal.

Crawford secoua la tête, comme s'il tentait de se départir de la mélancolie qui l'avait envahi.

— Ce n'est pas comme si je n'allais plus jamais les revoir. Et ce ne sera que pour quelques années. J'ai toujours voulu visiter le Japon, et à présent, j'ai une excuse toute faite pour m'y rendre.

— Je n'y suis jamais allé, mais j'ai entendu dire qu'il y avait pas mal de chaînes de restaurants, le taquina Mateus.

Le tintement du rire de Crawford emplit la voiture et un frisson remonta la colonne vertébrale de Mateus à ce seul son. Cet éclat était grave et merveilleux, et Mateus avait presque envie de se pavaner à l'idée d'avoir été celui l'ayant provoqué.

— À vrai dire, il y a une chaîne là-bas qu'on appelle *Mister Donut* qui est très connue. Elle est... *littéralement* apparentée à *Dunkin' Donuts*. Elles ont été fondées par deux frères. J'ai toujours voulu l'essayer pour savoir si elles se ressemblaient seulement dans le concept ou si le goût était là également.

Mateus renifla, amusé.

— Évidemment, tu pourrais traverser la moitié de la Terre pour des donuts. Cela ne me surprend même pas après la très sérieuse expérience des bretzels.

Il ne devrait pas s'arrêter sur ces souvenirs-là plus que nécessaire ou cela risquerait de devenir très gênant, confiné comme ils l'étaient dans cette voiture. Mateus fléchit ses doigts et prit une inspiration, tentant de faire disparaître l'image.

— Tu ne peux pas comparer un donut à un bretzel, Mateus. Ce sont deux choses totalement différentes.

— Ce sont surtout tous les deux de la pâte frite. Du pareil au même.

— Espèce de sauvage. Cela n'a absolument rien à voir.

— Je ne fais que des suppositions, vu que je ne suis jamais allé au *Dunkin' Donuts*...

Crawford toussa.

— Attends, quoi ? Tu es là depuis quoi, trois mois ? Et tu n'es toujours pas entré dans un *Dunkin'* ? Ça m'étonne qu'ils te laissent rester dans le pays. C'est un véritable crime, Mateus.

Ce dernier se mit à rire devant la logique boiteuse.

— Si tu le dis. Je boirais bien un café là, peu importe d'où il vient.

— Nous ferons un arrêt dans un *Tim Hortons* lorsque nous aurons passé la frontière. Et là, tu pourras juger de la médiocrité par toi-même. Si tu dis que tu adores ça, je ne te parlerais certainement plus jamais.

Mateus sourit et secoua la tête. Il y avait des chances pour que Crawford ne lui adresse plus jamais la parole même s'il disait détester le coffee shop.

— Tu as une opinion bien arrêtée sur le café pour quelqu'un qui n'en boit même pas du vrai.

Crawford fit un bruit offensé.

— Je te demande pardon ? souffla-t-il.

— Ce que tu as pris, c'était un chocolat chaud avec un peu de café dedans, déclara Mateus, son nez se plissant à la seule pensée de la monstruosité qu'était le mocha que Crawford avait avalé à l'aéroport. Cette chose avait l'odeur d'une barre chocolatée.

— C'était une mauvaise journée, répliqua Crawford. D'habitude, je bois du café noir.

Mateus trouvait cela difficile à croire. Il ne connaissait pas très bien Crawford – bon sang, il ne le connaissait même pas du tout –, mais il le cataloguait facilement dans la catégorie des types friands de petites douceurs. Le café en lui-même était déjà une bonne preuve de cela. Mateus aurait bien voulu avoir la chance de voir si c'était vraiment une habitude ou si Crawford disait la vérité en affirmant que c'était une petite exception à cause du vol retardé et des réunions auxquelles il était si peu disposé à assister à Vancouver.

Vu qu'ils arrivaient près du petit guichet à la frontière, Mateus décida de ne pas le confronter là-dessus. Il avait déjà sorti son passeport, en plus de son billet d'avion pour prouver qu'il comptait bien retourner aux États-Unis, et il tendit les documents à Crawford lorsque le garde-frontière du poste les lui demanda.

— Où au Canada vous rendez-vous exactement, M. Hargrave ?

— À Vancouver. Je séjournerais à l'hôtel *Chatham-Thompson Lion's Gate*.

— Pour les affaires ou pour les loisirs ?

— Pour affaires, répondit Crawford et Mateus dut se retenir de poser une main sur sa cuisse et la presser.

Il n'avait aucune idée de la raison dans ce voyage qui rendait Crawford si amer et frustré, mais c'était clair qu'il n'avait pas envie d'effectuer la mission qu'on lui avait confiée.

— J'espère que vous aurez le temps d'apprécier un peu la vue, dit l'homme.

Il rendit à Crawford son passeport et ouvrit celui de Mateus.

— M. Fontes ? Vous êtes d'origine portugaise, monsieur ?

— Je le suis. Je réside aux États-Unis grâce à un permis de tourisme, répondit-il en faisant à l'homme son sourire le plus innocent.

— Monsieur, vous savez que votre visa expire dans deux jours ?

Mateus s'éclaircit la gorge et tenta de calmer les palpitations de son cœur.

— J'en suis conscient, mais je serais de retour aux États-Unis avant ça, affirma-t-il. Mon billet de retour se trouve dans mon passeport.

L'homme l'examina, les traits durs et sévères.

— Ce billet indique un départ pour aujourd'hui.

— C'est ça. Je le prends ce soir. Ce sera un séjour rapide.

Le garde tapa quelque chose et fronça les sourcils devant l'écran.

— Y a-t-il une raison pour que vous ayez fait annuler votre vol pour Vancouver aujourd'hui ?

— Euh, c'est la compagnie aérienne qui l'a fait annuler en fait. C'est pour cette raison que nous avons pris la route.

— Je vais devoir vous emmener au poste pour que vous puissiez confronter un agent de l'immigration, M. Fontes.

Mateus avala sa salive et opina.

— D'accord.

— Monsieur, si vous voulez bien suivre la ligne blanche et faire demi-tour, un autre agent sera à votre disposition dans quelques instants pour vous indiquer où vous pouvez vous garer.

Merde. Dans quoi les avait-il embarqués ? C'était censé être facile. Une simple formalité. C'était ce qu'il avait lu sur Internet. Peut-être que c'était différent lorsque vous conduisiez carrément jusqu'à la frontière ?

Crawford lui jeta un regard inquiet.

— Tu es certain que ça va aller ? As-tu besoin que nous fassions demi-tour ?

Une pellicule de sueur froide recouvrit le dos de Mateus, mais cela ne l'empêcha pas de sourire avec toute l'assurance dont il était capable.

— Je suis certain que ça va bien se passer. Et si je rate mon avion, je dormirais dans l'aéroport et j'en prendrais un demain matin.

Crawford fit claquer sa langue.

— Pas question. Si tu rates ton vol, je te trouverais une chambre à l'hôtel. Il y a un service de navettes jusqu'à l'aéroport, donc tu seras en mesure d'y retourner facilement. Ce serait bête de dormir à l'aéroport alors que tu peux avoir accès à un quatre étoiles.

Cela coûterait certainement une sacrée somme.

— Je m'en sortirai à l'aéroport, déclara Mateus. Et puis, nous sommes encore dans les temps. Mon vol n'est que dans quelques heures, je suis certain que nous arriverons en temps et en heure.

Un autre agent de la frontière canadienne au visage sinistre leur faisait signe d'avancer jusqu'à un emplacement vide qu'il pointait du doigt.

— Veuillez quitter le véhicule en laissant les clés et les bagages à l'intérieur. Je vais vous escorter au poste afin que vous puissiez y être interrogé. Votre véhicule sera passé aux rayons X et tous les bagages seront contrôlés. Les papiers sont-ils à jour ?

Ils allaient passer la voiture sous des rayons X ? Comment allaient-ils procéder ?

— C'est une location, donc je présume qu'elle l'est. Tous les papiers se trouvent dans la pochette sur la banquette arrière, répondit Crawford.

S'il n'avait pas eu l'air très sûr de lui un instant auparavant, à présent, il était redevenu un homme d'affaires à part entière. Même juste en chemise, il avait l'air d'être la personne aux commandes.

— À propos de quoi allons-nous être interrogés ?

— Vous avez été signalés pour comportements suspects.

— Sérieusement ? Tout ça parce qu'il est portugais ?

L'agent lança à Crawford un regard terne.

— Je n'en sais rien, monsieur. L'agent d'accueil a des raisons de penser qu'un interrogatoire plus approfondi est nécessaire. Nous apprécions votre coopération.

Il ouvrit la porte d'un petit bâtiment et les conduisit jusqu'à un bureau devant lequel se trouvaient deux chaises à l'air inconfortable.

— Nous vous informerons lorsque votre véhicule aura été vérifié et pourra être remis à votre disposition.

Crawford soupira et passa une main dans ses cheveux, et Mateus eut presque envie de se tordre les mains, mais cela ne servirait qu'à le faire paraître encore plus coupable.

— Je suis désolé, dit-il faiblement lorsqu'ils s'installèrent tous les deux.

Les chaises étaient étroites et proches l'une de l'autre. Leurs genoux se heurtèrent, mais Crawford ne bougea pas d'un centimètre.

— Ce n'est pas de ta faute. Je suppose que j'aurais dû réaliser que l'annulation du vol aurait l'air suspecte. Je me suis dit que puisque ce n'est pas nous qui l'avions annulé, tout irait bien.

— Je ne sais pas trop si c'est ça ou mon visa. Je ne voulais pas te causer de problèmes.

Crawford se pinça les lèvres.

— Ça va. Je ne suis pas pressé non plus, seulement inquiet que tu ne puisses pas retourner chez toi.

Mateus n'avait de toute évidence aucun instinct de conservation ; ce fut la stupide générosité de Crawford qui faisait battre son cœur encore plus fort dans sa poitrine, et non pas la peur de ce qui allait se passer lorsqu'ils se retrouveraient face à l'agent de l'immigration. Il fallait vraiment qu'il se ressaisisse.

Il donna son passeport à un autre garde-frontière à l'air ennuyé. La satisfaction professionnelle ne semblait pas être très importante ici, non pas que Mateus pouvait les en blâmer. Lui non plus n'aimerait pas avoir constamment affaire à des gens en colère.

Il offrit à l'homme en question un sourire rassurant, mais cela n'eut pas l'effet escompté.

— Que comptez-vous faire à Vancouver ?

Remettre à zéro son visa, mais Mateus avait le sentiment que ce n'était pas la meilleure chose à avouer.

— Je fais juste un peu de tourisme. Mon frère vit à Washington et j'étais parti lui rendre visite. Je voulais voir les environs.

Il dut se mordre la langue pour éviter de trébucher sur les mots. L'agent scanna son passeport et regarda l'écran, l'expression impassible.

— Vous ne pouvez pas entrer au Canada avec un visa expirant dans deux jours seulement.

Mateus déglutit.

— J'ai un billet d'avion pour retourner aux États-Unis ce soir.

La mâchoire de l'homme se contracta tandis qu'il rendait à Mateus son passeport.

— Je suis navré, monsieur.

Mateus poussa un soupir.

— D'accord. Très bien. Merci à vous.

Crawford, de son côté, n'accepta pas de se rendre si facilement.

— C'est ridicule ! Son visa est toujours valide.

— Pour les États-Unis, pas pour le Canada, rétorqua l'homme.

Mateus posa une main sur le bras de Crawford pour lui signaler d'abandonner la discussion. Il ne voulait pas entraîner Crawford dans davantage de problèmes.

— Ça va. Je peux appeler mon frère pour qu'il vienne me chercher.

Les sourcils de Crawford se froncèrent.

— Je ne vais pas te laisser tomber à la frontière. Je peux très bien te ramener à Washington.

— L'arrêt de bus suffira.

— Je me sentirais mal de te laisser là ainsi, protesta Crawford. J'ai encore le temps pour aller à Vancouver. Sais-tu au moins quels bus peuvent te ramener ?

Il n'y en avait certainement pas. Mateus n'avait pas aperçu un seul bus en ville. Mais Duarte viendrait le chercher. Il serait furieux, mais il viendrait.

Crawford se tourna vers le bureau depuis lequel l'agent de l'immigration les observait avec une expression solennelle.

— En avez-vous terminé avec notre voiture de location ? Je vais le ramener à Washington.

— À vrai dire, monsieur, il ne peut pas non plus entrer aux États-Unis.

Quoi ?

— Techniquement, il ne les a jamais quittés, répliqua Crawford, montant le ton. Et son visa est toujours valide. Donc, je ne vois pas où est le problème.

Le visage de l'agent s'adoucit sous la compassion, ce qui permit à Mateus de réaliser à quel point la situation était critique. L'homme avait été complètement stoïque depuis qu'il était arrivé. S'il avait pitié de lui, c'est que cela ne devait pas être bon du tout.

— M. Fontes ne peut pas retourner aux États-Unis puisque son visa est sur le point d'expirer et qu'il n'a aucun billet d'avion réservé. S'il tente quand même d'y entrer, il sera placé en détention et expulsé, à moins qu'il fasse une nouvelle demande et qu'elle soit acceptée.

Mateus était trop en état de choc pour dire le moindre mot, mais heureusement, Crawford n'était pas pareillement affecté.

— Dans ce cas, allons remplir cette demande afin qu'il puisse rentrer chez lui.

— Il ne peut pas le faire tant qu'il n'est pas en garde à vue, monsieur, répondit l'agent.

Il tourna son attention vers Mateus et ce dernier sursauta.

— Vous êtes dans ce qu'on appelle un vide juridique. Vous ne pouvez entrer ni au Canada ni aux États-Unis.

La gravité de la situation commençait à faire son chemin et son estomac se tordit. La gorge serrée, il ravala les larmes de panique qui menaçaient de couler.

— Comment suis-je censé prendre les dispositions nécessaires pour retourner au Portugal si je ne peux pénétrer dans aucun pays ? demanda-t-il, faisant de son mieux pour garder une voix mesurée.

— Il n'y a rien que quiconque puisse faire. Vous allez dans tous les cas être arrêté. C'est une formalité, mais nous sommes obligés d'en passer par là. Votre avocat sera en mesure de remplir cette demande pour vous et vous devrez certainement payer une amende avant d'être autorisé à embarquer dans un avion en direction du Portugal.

Il n'avait pas l'argent pour un billet à destination du Portugal et encore moins pour une amende.

— Comment suis-je censé me procurer un avocat ?

L'homme parut mal à l'aise.

— Si vous n'en avez pas déjà un ou que vous n'êtes pas en mesure d'en appeler un, nous vous en assignerons un d'office après que vous aurez été enregistré dans un centre de détention pour immigrants.

Lorsque Mateus se mit à trembler, Crawford enroula un bras protecteur autour de ses épaules. Sa chaleur lui donna une impression d'ancrage, comme si Crawford était la seule chose physiquement capable de le maintenir à la surface.

— Un centre de détention ? Ne peut-il pas tout simplement attendre ici ? Je peux avoir un avocat au téléphone dans la minute. Vous ne pouvez pas l'arrêter simplement parce qu'il se trouve ici.

Pouvait-il vraiment faire cela ? Ou n'était-ce que du bluff ? Dans un cas comme dans l'autre, c'était réconfortant.

— Je regrette, monsieur, mais M. Fontes n'a aucune prétention juridique dans un pays ou dans l'autre. Il est en violation des termes de l'attribution de son visa, et pour cela, il va être arrêté. La fraude à l'immigration est un crime très sérieux.

L'homme semblait toujours aussi compatissant, mais il y avait une note d'austérité dans sa voix. Mateus ne pensait pas vraiment que tenter de remettre son visa à jour était en soi un crime, mais apparemment, le gouvernement n'était pas du même avis.

Le bras de Crawford se resserra autour de lui, ses doigts serrant ceux de Mateus.

— Il a tous les droits d'être dans ce pays. Il s'agit de mon fiancé et je suis un citoyen américain.

Mateus était reconnaissant envers la prise que Crawford avait sur lui, car il se serait très certainement étalé par terre dans le cas contraire. Qu'est-ce que Crawford était en train de faire ?

— Je...

Crawford le serra davantage, l'interrompant.

— Dois-je faire appel à notre avocat ? demanda-t-il à l'homme avec un regard acéré.

— Monsieur, des fiançailles ne suffisent pas pour que M. Fontes puisse rester dans le pays...

— Nous prévoyions de nous marier à Vancouver. Nous voulions le faire aux États-Unis, mais j'ai dû accepter un voyage d'affaires de dernière minute, et nous n'avons pas pu nous rendre à la mairie avant que je doive m'en aller. Donc, nous avons décidé qu'il pouvait m'accompagner afin que nous puissions quand même nous marier au Canada.

Crawford fit une pause et jeta un bref regard à Mateus avant de relever la tête, les épaules bien droites, comme s'il se préparait à quelque chose.

— Beaucoup de personnes sont venues nous dire à quel point notre relation était contre nature, c'est pourquoi nous ne l'avons pas mentionné dès le début. C'est une seconde nature pour nous de garder notre relation privée.

Si Mateus avait été apte à aspirer un peu plus d'air dans ses poumons, il se serait étranglé devant la déclaration de Crawford. À cause de sa poigne de fer sur lui, il pouvait à peine respirer, et encore moins protester. Cela ne pouvait pas être un hasard. Même dans l'état de choc dans lequel il était devant leurs soudaines fiançailles, Mateus arrivait quand même à apprécier la façon dont Crawford avait coincé le garde. Il ne pouvait pas remettre en question leur histoire sans paraître homophobe. Avec un peu de chance, c'était quelque chose qu'il tenterait d'éviter.

L'attitude de l'agent changea du tout au tout. La tension qui commençait à contracter sa posture disparut et un sourire apparut enfin sur son visage.

— Où à Vancouver aviez-vous prévu votre mariage ?

Mateus arrêta complètement de respirer à cette question. On allait les démasquer à coup sûr, et les choses seraient encore pires que...

— Au *Chatham-Thompson Lion's Gate*, répondit Crawford avec assurance. Nous nous marierons à la mairie. Mais la réception se tiendra là-bas.

L'agent toisa Mateus.

— Qui a choisi l'hôtel ?

Mateus ouvrit la bouche, mais Crawford le coupa avant qu'il ait pu dire quoi que ce soit.

— Le sujet est un peu sensible, en fait. Lorsque nous avons appris que je devais me rendre à Vancouver pour le travail et que nous ne pourrions pas être en mesure de nous marier aux États-Unis dans le verger du frère de Mateus, comme nous l'avions prévu, Mateus a commencé à chercher des chapelles. Il en a trouvé une dans cet hôtel, mais tout était déjà réservé. Je suppose qu'elles se remplissent très vite durant la saison des mariages.

Mateus n'eut pas à jouer la comédie pour paraître en colère. Qu'est-ce que Crawford était en train de *faire* ?

— C'est vraiment navrant, parce que la chapelle dont il est question est vraiment très belle. Toutefois, il y a ce magnifique petit jardin que nous avons réussi à réserver pour notre réception. Nous n'avons pas énormément d'invités, donc c'est tout simplement parfait. Du lierre grimpant les murs en pierre, des petites fontaines et des parterres. Nous gardons les choses simples, vu que le jardin est déjà très beau ainsi. Telle une image sortit d'un livre d'histoire.

Il serra à nouveau Mateus et déposa un baiser sur sa tempe.

— Mais même si nous faisons cela, je pense qu'il va falloir un long moment pour me faire pardonner. Il voulait vraiment se marier dans le verger à Washington.

— Eh bien, il y a toujours des cérémonies pour le renouvellement des vœux, dit l'agent.

Il sortit un tampon d'un casier du bureau et tamponna quelque chose sur le passeport de Mateus, puis il se mit à taper furieusement pendant quelques instants.

— Cela vous permettra l'entrée au Canada, M. Fontes, mais vous aurez à faire enregistrer votre certificat de mariage auprès du Service de l'Immigration dans les quarante-huit heures suivant votre entrée dans le pays. Il vous le faudra également pour revenir aux États-Unis.

Mateus fixa son passeport lorsqu'on le lui rendit, abasourdi. Le stupide stratagème de Crawford avait réellement fonctionné.

— Veuillez prendre place dans la salle d'attente, je vous prie, et nous vous renverrons sur la route dès que nous aurons l'information que le véhicule a été contrôlé. Cela ne devrait plus être très long, expliqua l'agent. Oh, et toutes mes félicitations !

Des félicitations ?

Ah, oui.

Ils allaient se marier.

Eh merde.

Chapitre Sept

CRAWFORD n'était pas du genre très spontané. Il ne faisait pas partie de ces gars qui prenaient des décisions sur un coup de tête, et il n'agissait jamais, ô combien jamais, sans réfléchir.

Mais cela, c'était avant de voir à quel point Mateus était en panique à la frontière. La seule chose que Crawford avait eu en tête alors qu'ils se tenaient à l'intérieur de ce petit bureau avait littéralement été de faire tout ce qu'il pouvait pour apaiser la terrible tension qui émanait de l'autre homme à ce moment-là. Et pour y parvenir, il avait déblatéré la seule chose à laquelle il avait pu penser pour qu'avec un peu de chance, il puisse réussir à faire passer la frontière à Mateus – et ensuite, à le faire rentrer aux États-Unis.

Et maintenant, il allait se marier, ce qui n'était pas un drame en soi. C'était juste un bout de papier, et étant donné que Crawford avait prévu de ne plus jamais se lier de telle manière à quelqu'un, autant se servir de sa situation maritale pour une bonne action et faire en sorte qu'un gars vraiment bien puisse rester dans le pays.

Sauf que Mateus ne lui avait pas adressé un mot durant les vingt minutes qui étaient passées depuis qu'ils avaient quitté la frontière, et ça commençait sérieusement à inquiéter Crawford. Ils s'approchaient de Vancouver, mais Crawford n'avait pas envie d'attendre d'être à l'hôtel pour régler tout ça.

Il jeta un regard vers Mateus, qui fixait toujours le vide à travers le pare-brise, un gobelet de café *Tim Hortons* tenu mollement entre ses mains. Il en avait pris quelques gorgées, mais il devait déjà être froid. Crawford s'était arrêté au premier qu'il avait aperçu après qu'ils furent finalement parvenus à entrer au Canada, parce qu'il avait vraiment eu besoin de caféine et parce qu'il tremblait suffisamment pour rendre la conduite dangereuse. Mateus était resté dans la voiture tandis qu'il était parti chercher leurs boissons.

Crawford n'arrivait plus à le supporter. Il prit la prochaine sortie et s'arrêta dans le premier parking vide qu'il trouva. Mateus cligna des yeux et se tourna pour lui faire face. Enfin il progressait

— Est-ce que ça va ? Je sais que je suis allé trop loin et j'en suis désolé. Si tu ne veux pas… Nous pouvons toujours appeler mon frère. Je ne mentais pas, il est vraiment avocat. Il n'est pas spécialisé dans le droit des étrangers, mais je suis certain qu'il connaît quelqu'un que nous pourrions contacter. Il pourrait nous aider à te trouver un avocat et nous pourrions retourner à la frontière si c'est ce que tu veux. Nous devrions peut-être attendre d'avoir un représentant sur place avant que tu sois envoyé en centre de détention. Je ne voulais pas qu'ils t'embarquent ainsi sans que tu aies quelqu'un pour te venir en aide.

Les cils de Mateus épousèrent ses joues et il poussa un soupir.

— C'est certainement ce qu'il y aurait de mieux à faire. Un mariage… rit-il sombrement en ouvrant les yeux. Je ne peux pas te demander de faire un tel sacrifice. Tu ne me connais même pas. J'aurais dû dire quelque chose à la frontière, mais j'avais trop peur pour penser clairement.

C'était un soulagement d'entendre à nouveau la voix de Mateus, même si ce qu'il disait était ridicule.

— Ça ne m'embêterait pas de me marier avec toi, déclara Crawford.

Il leva une main avant que Mateus ne puisse commencer à protester.

— Je sais que ça à l'air complètement dingue dit comme ça, mais écoute-moi. T'épouser pour que tu puisses obtenir une carte de séjour serait une farce bien moins énorme que ne l'a été mon premier mariage, fais-moi confiance là-dessus. Je ne suis pas le genre d'homme qui se complaît dans ce type d'union, apparemment. Alors, pourquoi ne pas signer un bout de papier qui dit le contraire si ça peut t'aider ?

— Tu ne peux pas être sérieux, répliqua Mateus, l'air incrédule. Un mariage, ce n'est pas simplement un bout de papier. C'est une relation, quelque chose de merveilleux. Je suis navré d'apprendre que pour toi ça ne l'a pas été, mais un seul mariage raté ne veut pas dire que ce n'est pas quelque chose qui pourrait un jour te plaire. Tu trouveras bien quelqu'un qui changera ta vision des choses, et ensuite, où en serons-nous ?

Crawford était tellement fatigué de tous ces gens qui essayaient de lui vendre les mêmes platitudes à propos de l'amour et du mariage. Ce n'étaient que des absurdités. Le mariage n'était qu'une opération commerciale, un peu de paperasse qui reliait deux vies l'une à l'autre pour le fisc et pour d'autres raisons d'ordre pratique. Entamer un mariage avec Mateus, savoir que ce n'était rien de plus qu'une comédie, leur permettrait certainement d'en faire le plus honnête jamais enregistré. Tout le monde s'engageait en ayant ses propres objectifs en secret, et de cette manière, les leurs étaient clairs comme le jour. Vous ne pouviez pas dire qu'on se servait de vous si vous saviez que ça allait être le cas en le faisant.

— Ça ne me fera pas changer d'avis. Tu n'as pas à t'inquiéter à ce propos. Et tu n'auras pas besoin de moi pour toujours à ce que je sache. Seulement jusqu'à ce que tu puisses obtenir un statut d'étranger en règle, non ?

Mateus émit un son frustré.

— Je ne peux pas te demander de faire cela pour moi. C'est beaucoup trop. Cela pourrait prendre des années avant d'en avoir terminé avec tous les papiers. Mon frère est marié depuis trois ans, et il n'est toujours pas considéré comme un citoyen légal.

Crawford haussa les épaules.

— Et alors ?

Il secoua la tête lorsque Mateus soupira.

— Non, écoute-moi. Je ne vais pas… Je ne fais pas simplement ma *drama queen* lorsque j'affirme que le mariage, ce n'est même pas la peine pour moi, OK ? Ce n'est pas comme si nous allions véritablement être liés. Ce sera seulement d'ordre légal. Nous ne vivrons pas au même endroit. Une fois que nous serons officiellement mariés et de retour aux États-Unis, nous ne nous reverrons certainement jamais si nous ne le voulons pas. Je serais à L.A. et toi, dans la banlieue de Washington. Et si tu rencontres quelqu'un que tu veux vraiment épouser… eh bien, il nous suffira de divorcer. Je ne t'impose pas de t'investir complètement dans cet acte, Mateus. Ça, je peux te le promettre.

Le moment était tout ce qu'il y a de plus sérieux et pourtant, Crawford dut retenir un ricanement. Voilà là où il en était : à demander à nouveau à quelqu'un de l'épouser et à encore faire des promesses. Il se mettait exactement dans la situation qu'il s'était promis de ne plus réitérer il y a trois ans de cela. Ça semblait juste, toutefois. Spontané et stupide, mais juste. Il y avait tout simplement quelque chose chez Mateus qui était... Il n'avait même pas les mots pour le décrire. Bon. Innocent. Insouciant. Quelque chose. Crawford aurait souhaité être tout ça à la fois, lui aussi, mais il ne le pouvait pas. Et il n'avait pas envie de voir la joie de vivre de Mateus être piétinée par une arrestation et une exclusion. Seigneur, l'homme essayait juste d'aider sa famille. *Il* n'était qu'un *botaniste*. Pas une terrible menace pour le pays, en soi. Qu'est-ce qu'une exclusion apporterait en fin de compte ?

Mateus passa une main sur son visage. Il avait l'air bien plus épuisé qu'il y a quelques heures. Plus âgé, aussi. L'éclat de ses yeux s'était déjà assombri et Crawford ne voulait pas être le responsable de la perte de tout espoir.

— *Si tu n'aimes vraiment pas l'idée, nous pouvons toujours faire demi-tour.*

Il sortit son téléphone.

— *Le cabinet de mon frère a beaucoup de contacts. Nous trouverons bien quelqu'un qui pourra te venir en aide.*

Mateus tendit la main et la posa sur celle de Crawford avant que ce dernier ne puisse passer d'appel.

— *Ce n'est pas que l'idée me déplaise.*

Il jeta à Crawford un sourire plein de sarcasme.

— *En vérité, je ne pense pas que t'épouser serait un véritable fardeau. Mais c'est juste que dans l'histoire, c'est moi qui empoche tous les avantages. Tu... Pourquoi ferais-tu cela pour un total étranger ?*

Il ne le ferait pas, pas pour n'importe quel inconnu. Mais Mateus n'était pas n'importe qui et il ne lui donnait pas le sentiment d'être un total étranger pour lui. Crawford avait perdu la plupart de ses amis après son divorce, et il avait encore du mal à s'ouvrir et à faire confiance à autrui. Mais avec Mateus, ça avait paru presque évident de lui raconter l'histoire de sa vie et de lui proposer de le conduire jusqu'au Canada lorsque leur vol avait été annulé. Et ensuite, de lui offrir de l'épouser lorsqu'il en avait eu le besoin. Crawford n'arrivait pas à trouver les mots pour le rassurer, parce qu'il n'y en avait pas. Tout cela était simplement complètement dingue.

— *Cela m'a paru être la bonne chose à faire, lâcha* Crawford.

Il s'empourpra. Cela avait sonné comme s'il se prenait pour un Père la Vertu, ce qu'il n'était pas. Il faisait son recyclage, il donnait à des œuvres de charité, il tenait la porte aux personnes âgées et il rendait toujours à l'heure et en état ses livres à la bibliothèque. Mais il n'était pas le genre de gars qui se plierait en quatre pour aider un inconnu. Il ferait n'importe quoi pour sa famille, mais Mateus n'en faisait pas partie. Il n'arrivait tout bonnement pas à expliquer pourquoi le désir de le faire était si présent.

Mateus le scruta pendant un long moment, puis il hocha la tête.

— *Si nous devons en passer par là, je veux que tu puisses y mettre un terme dès que tu le souhaites. Sans te sentir coupable de me voir être expulsé du pays.*

— Idem. Pour toi, je veux dire. Tu dois pouvoir te sentir capable d'arrêter tout quand tu veux.

Mateus releva le menton et une flamme parut brûler de nouveau dans ses yeux.

— *Je sais que tu ne crois pas au mariage, mais moi si.* Donc, tant que nous serons mariés, je te serais fidèle. Je ne m'attends pas à ce que tu en fasses de même de ton côté, mais je ne me verrais pas t'épouser et me mettre avec quelqu'un d'autre ensuite.

Crawford était abasourdi. Mateus lui offrait un vœu de chasteté ?

— *Je ne te demande rien de tel, mais ce n'est pas à moi de te dire quoi faire. Nous serons simplement mariés sur le papier. Ta vie t'appartient.*

Et la mienne, à moi, songea-t-il. Il ne signait certainement pas pour plusieurs années d'abstinence. Et il n'attendait pas la moindre intimité de la part de Mateus non plus. Il aurait trop l'impression de profiter de l'avantage qu'il possédait. Crawford n'aimait pas lorsque le rapport de force dans une relation ne s'équilibrait pas, même dans celle qui n'était que purement physiques.

— *Je ne vais pas te mentir, tu m'attires beaucoup, lâcha-t-il brusquement. Mais je ne compte pas consommer notre mariage. Je ne sais pas trop pourquoi, mais ça ne me paraîtrait pas...*

Il chercha ses mots, tentant de se défendre sans sembler offensant à l'égard de Mateus.

— ... correct. Comme si j'échangeais mon droit marital contre des faveurs sexuelles ou quelque chose comme ça. Donc, pas de sexe.

Était-ce son imagination ou Mateus avait-il vraiment l'air déçu à ce sujet ? Pourtant c'était terrible en soi, car il n'avait pas menti en affirmant être attiré par Mateus. Il était séduisant, drôle et intelligent. Mais il était également intouchable, désormais.

— *Je respecte ça, répondit Mateus très solennellement.*

Crawford aurait presque souhaité qu'il s'insurge devant ses propos. Ça n'aurait pas pris très longtemps pour le convaincre que c'était une mauvaise idée. N'empêche que ça restait une bonne résolution. Et contrairement à Mateus, il n'avait pas promis de lui être fidèle. Ce n'est pas comme si Crawford était intéressé par une relation de longue durée ces derniers jours de toute façon. Tout ce qui le motivait, c'étaient les coups d'un soir et les flirts habituels. Mateus ne serait ni l'un ni l'autre, et le fait qu'ils soient tous les deux mariés rendrait les choses d'autant plus compliquées.

— *Donc, nous sommes d'accord ? Nous allons nous marier, remplir la paperasse et tu pourras repartir chez toi dès demain.*

Crawford regarda l'heure sur le tableau de bord.

— *Je ne pense pas que nous arriverons à tout terminer avant ton vol d'aujourd'hui. Mais tu peux rester à l'hôtel.* Il n'y a pas beaucoup de monde, donc cela ne devrait pas être un problème de te trouver une chambre pour la nuit.

Mateus mordit sa lèvre, l'air toujours hésitant, mais opina tout de même.

— *Nous faisons ça aujourd'hui ?*

Crawford fit défiler l'écran de son téléphone, cherchant le service de l'état civil comme l'avait suggéré l'agent frontalier.

— *Aujourd'hui, oui.*

— **TU** aurais dû me laisser payer pour les alliances, dit Mateus en tenant la porte du hall de l'hôtel pour Crawford.

Crawford n'y aurait même pas pensé si cette petite boutique de bijoux ne s'était pas trouvée juste à côté du Cabinet du commissaire matrimonial. Il y avait vu un ensemble d'anneaux en or blanc, beaux mais simples, derrière la vitrine et sur un coup de tête, Crawford était parti les acheter. Ils n'étaient pas du tout aussi ostentatoires que les alliances en platine et diamants que Davis et lui avaient échangées, mais d'une certaine manière, elle paraissait parfaite pour Mateus et lui. Crawford avait presque oublié ce que ça faisait d'avoir une bague au doigt. Il mentirait s'il disait qu'il n'aimait pas ça.

Il passa son pouce sur l'anneau, un sourire se jouant sur ses lèvres. La cérémonie n'avait pris en elle-même que cinq minutes et en sortant de la mairie, Mateus et lui pouffaient à n'en plus finir. Ils ressemblaient probablement à de jeunes mariés ivres de bonheur, mais leur hystérie ne provenait pas moins d'un « qu'est-ce qu'on vient de faire, bon sang ! » partagé, plutôt que d'une soudaine excitation.

— *Les alliances, c'est un cadeau de ma part.*

Il s'était faufilé pour aller les chercher pendant que Mateus s'était retiré aux toilettes du resto à côté du Cabinet. Ça avait paru vraiment ridicule et un peu trop romantique à son goût. Mais le mariage voulait dire quelque chose pour Mateus, c'était évident, et Crawford avait voulu honorer cela, juste un peu.

— *Je t'emmène dîner ce soir, dans ce cas*, déclara Mateus avec un regard perçant qui fit sourire Crawford.

Ils étaient à peine mariés depuis une heure et Mateus essayait déjà de le mener à la baguette. Il ravala un commentaire, sachant très bien que cela ne serait pas très bien pris. Son instinct de conservation n'était pas complètement nul, malgré le mariage aussi illégal qu'impromptu.

— *J'attends cela avec impatience*, répliqua Crawford en s'inclinant, faisant se fendre d'un sourire le visage de Mateus.

— *Vous n'avez plus besoin de chercher à me charmer, M.* Hargrave. Je vous ai déjà épousé, chuchota Mateus.

Crawford éclata de rire, enchanté de voir l'audace de Mateus revenir au galop.

— *Je ne peux pas attendre moi non plus. Je suis affamé.*

— *Une fois que nous nous serons enregistrés auprès de l'accueil, nous pourrions aller nous promener un peu pour trouver un endroit*, suggéra Mateus. À moins que tu aies une idée en tête ? Avais-tu des projets ?

Il en avait certainement eu, mais Crawford n'en avait que faire. Ce n'était jamais lui qui s'occupait de ses propres réservations pour les repas lorsqu'il travaillait. Qui que ce soit, la personne ayant planifié ce voyage avait sûrement tout prévu, et la première nuit commençait toujours par un dîner avec le personnel de la direction. Ils devraient le reporter, pour cette fois-ci. Il ne pouvait pas offrir une vraie lune de miel à Mateus, mais au moins, lui donner toute son attention lors d'un bon repas avant que Mateus ne quitte sa vie et reparte à Washington dès le lendemain, ça, il pouvait le faire.

Le Bureau de l'immigration étant fermé pour le reste de la journée, ils avaient pris un rendez-vous pour voir quelqu'un à la première heure du lendemain. Il avait encore une bonne partie du dîner et du petit-déjeuner à passer en compagnie de Mateus, et Crawford ne comptait pas en gaspiller une seule seconde.

Le hall était impeccable et tandis que Mateus se tordait le cou en tentant de tout apercevoir, Crawford ne pouvait s'empêcher de se sentir un peu fier. Il n'avait rien à voir avec l'agencement de l'hôtel ou avec sa maintenance irréprochable, mais tout était sous le contrôle de *Chatham-Thompson*, et voir à quel point cela impressionnait Mateus ne lui faisait pas peu plaisir.

Si les chambres étaient aussi bien tenues que le hall, son job s'avérerait bien plus facile que ce qu'il avait envisagé. Il s'était presque attendu à voir un hôtel sur le point de tomber en ruines, comme c'était souvent le cas pour les immeubles ayant une perte de recettes pareille. S'il lui suffisait d'ajuster quelques protocoles de service et des commodités, il arriverait certainement à tout boucler avant la limite de deux semaines qu'on lui avait allouées, ce qui était une bonne chose. Cela signifiait qu'il passerait moins de temps avec Davis et plus à la maison avec Adam et Brandon avant qu'ils ne partent pour le Japon.

Seigneur. Qu'est-ce qu'Adam allait dire de tout ça ? Pouvait-il même le lui avouer ? Est-ce que les magistrats étaient obligés par les textes de loi de dénoncer les gens qui étaient au courant d'activités illégales ?

Non, ce n'était pas possible. En fait, tout leur business ne tournait-il pas entièrement autour du fait qu'ils n'avaient pas à dénoncer leurs clients ? S'il convainquait Adam de les prendre comme clients, ils auraient sûrement le droit à la confidentialité du métier. Crawford était impatient de tout lui raconter à propos de Mateus et de leur aventure à la frontière. D'eux deux, Adam avait toujours été le frère spontané et drôle... Ça ferait du bien d'être celui à pouvoir raconter une histoire choquante pour une fois.

Une femme à l'aspect soigné dans l'uniforme que tous les réceptionnistes de la chaîne de *Chatham-Thompson* devaient revêtir, lui lança un sourire accueillant lorsque Mateus et lui approchèrent.

— M. Hargrave ! Nous vous attendions il y a quelques heures déjà. Nous avons une chambre prête pour vous.

Son regard glissa sur Mateus et sur sa valise avant de revenir sur Crawford.

— *Nous n'avions pas réalisé que vous veniez accompagné*, M. Hargrave.

— *On peut dire que c'était une décision de dernière minute*, répondit Crawford et Mateus s'étrangla de rire à côté de lui.

— *Dernière dernière minute alors*, *dit* Mateus et la femme fondit presque devant le sourire qu'il lui offrit.

Crawford lui donna son passeport et Mateus fit de même. Même s'ils savaient qui il était, c'était la procédure de l'hôtel, et il voulait lui épargner le tracas d'avoir à le lui demander.

— *Ce n'est pas un problème, dit-elle*, ses fossettes refaisant surface lorsqu'elle lui sourit à nouveau. Nous vous avons réservé une suite personnelle. Cela conviendra-t-il ou préférez-vous que nous changions la réservation pour une suite à deux chambres ?

Avant qu'il ne puisse répondre, la femme attrapa le passeport de Mateus et ses yeux s'écarquillèrent lorsqu'elle aperçut la bague. Elle tourna son attention vers celle de Crawford et haleta bruyamment.

— Oh, toutes mes félicitations ! M. Hargrave, je n'avais aucune idée que vous améneriez votre époux ! Vous auriez dû m'en faire part, nous aurions pu réserver une plus grande suite spécialement pour vous.

Crawford grimaça.

— *Nous ne...*

— *Il n'avait pas prévu que je vienne avec lui. C'était une idée de dernière minute*, interrompit Mateus. C'est tout nouveau. Ce mariage.

Son visage s'éclaira.

— *Êtes-vous ici pour votre lune de miel ?*

Techniquement, Crawford supposait que c'était le cas. Il leva les yeux vers Mateus avec un sourire narquois.

— *Absolument.*

Ses doigts volèrent sur le clavier.

— *La suite avec terrasse est libre. Je n'arrive pas à croire que vous allez passer votre lune de miel ici, à travailler !*

Sa main se posa sur sa bouche.

— *Je suis vraiment navré, monsieur.* Je veux dire, c'est tellement soudain. Non pas qu'il y ait quoi que ce soit de mal à travailler pendant sa lune de miel. Ou que ce soit effectivement la vôtre. Peut-être que vous vous rendez dans un autre de nos hôtels pour des noces en bonne et due forme ? Ce n'est pas que ce ne soit pas convenable...

Mateus s'approcha d'un pas et fit cesser ses jacasseries en reprenant son passeport.

— *Ça ira. Je sais dans quoi je m'engageais. On peut dire que Crawford est un peu marié à son travail. Je suis un peu comme* une réflexion après coup.

La femme se mit à rire.

— *Nous sommes ravies de travailler avec* M. Hargrave. M. Franklin a déjà pris sa chambre et nous sommes très chanceux de vous avoir tous les deux ici. J'espère que vous aurez le temps de visiter un peu et euh... de faire ce qu'on fait habituellement lors d'une lune de miel, tant que vous êtes en ville.

Ses joues prirent une teinte rosée et Crawford s'empourpra également.

— *Vous n'avez pas à nous donner le* penthouse, Michelle, rétorqua-t-il en lisant son nom sur son badge. En fait, je dois absolument protester et insister pour que vous ne le fassiez pas. Cette suite devrait être laissée à la disposition des invités d'honneur.

— *Mais vous êtes des invités d'honneur*, déclara une voix familière derrière lui.

Crawford grinça des dents et se prépara mentalement avant de se retourner.

— Davis, dit-il aussi cordialement que possible.

Il réussit même à afficher un sourire poli.

Mais ce n'était pas lui que Davis regardait. Il observait Mateus et l'alliance à son doigt avec beaucoup d'intérêt.

— *Je ne savais pas que tu allais te marier*, dit Davis lorsqu'il arriva enfin à détourner son regard et à lever les yeux sur Crawford.

Sa joue eut un sursaut, exactement comme chaque fois qu'il était agacé, mais c'était la seule chose qui révélait qu'il n'était pas aussi ravi que son ton le suggérait. Davis avait toujours été excellent lorsqu'il s'agissait d'évaluer une situation et d'agir en conséquence.

— *Et que tu allais amener ton tout nouvel époux à* Vancouver.

— *Ils viennent tout juste de se marier, intervint* Michelle, pour aider.

Le sursaut s'accentua encore davantage.

— *Ah oui, vraiment ? demanda-t-il en jetant à Crawford un regard songeur. Bien, dans ce cas, je me dois d'être d'accord avec* Michelle. Nous insistons pour que vous preniez le penthouse. Et vous vous joindrez bien à moi pour dîner ce soir, n'est-ce pas ? J'avais prévu de prendre le repas ici à l'hôtel, avec quelques membres de la direction, mais étant donné que l'occasion est assez spéciale, je pense que ça pourra attendre. Nous pouvons toujours demander au concierge de nous réserver une place dans un endroit suffisamment festif.

Crawford en tomba presque des nues, mais avant qu'il puisse lancer une répartie cinglante – Seigneur, il n'y avait que Davis pour faire du remariage de Crawford une affaire personnelle – Mateus prit la parole.

— *C'est vraiment attentionné de votre part, mais j'ai des projets avec mon époux pour ce soir.*

La voix de Mateus était comme du velours, insistant pour lui faire comprendre que lesdits projets n'étaient pas du domaine du public. Il fit glisser une main possessive dans le dos de Crawford jusqu'à son poignet et entremêla leurs doigts.

Davis tressaillit visiblement, ses yeux s'écarquillant.

— *Demain, dans ce cas, j'insiste.* C'est moi qui offre, pour célébrer la bonne nouvelle. C'est vraiment incroyable de voir Crawford se remarier, dit-il, sa contenance reprenant le dessus de même que son sourire en coin.

Le regard qu'il lança à Crawford était plein de spéculations, comme s'il pouvait voir à travers lui. Il avait toujours été bien meilleur pour lire les gens que Crawford. Après tout, il avait rapidement compris que lui n'était qu'une bonne poire, pas vrai ?

— Ah, je ne sais pas si j'en aurais terminé avec lui d'ici là, mais je ne voudrais pas l'empêcher de travailler. Je suppose que nous pouvons partager, roucoula Mateus.

Davis rougit légèrement devant l'insinuation qu'il n'était rien de plus qu'un collègue de travail.

— *Je me demande pourquoi tu as choisi de te remarier maintenant, dit* Davis, une lueur dans les yeux. Le *timing* est un peu curieux. Ce que je veux dire par là, c'est que tu n'avais rien dit au sujet de ton futur mari lors de nos précédentes conférences téléphoniques et ensuite tu te maries du jour au lendemain alors que tu es supposé me revoir ?

Il se tourna vers Mateus et baissa la voix sur un ton conspirateur.

— *Vous devez bien savoir qui je suis. Je ne peux pas imaginer que Crawford n'ait pas dit un seul mot à mon propos.*

Crawford eut l'impression de se retrouver en plein milieu d'un match de tennis ou d'une dispute particulièrement virulente d'un *spin-off* de *Real Housewives* [3]. Il savait qu'il devrait intervenir, mais il n'arrivait pas

3 Émission de télé-réalité dans laquelle sept Américaines relativement influentes évoluent dans le milieu bourgeois de Beverly Hills

à émettre le moindre son. Ce serait tellement plus simple de sourire et de faire abstraction de Davis, dire qu'ils étaient épuisés et qu'ils préféraient monter dans leur chambre. Ce serait totalement justifié que de jeunes mariés veuillent du temps pour eux, mais c'était également complètement mortifiant de savoir que la réceptionniste et tous ceux présents dans le vestibule penseraient que Mateus et lui montaient pour coucher ensemble.

— Oh, il l'a fait, répondit Mateus, le sourire toujours fermement accroché.

Il serra la main de Crawford.

— *On y va, meu amor* ? J'ai hâte de voir la suite que cette chère Michelle nous a si gentiment réservée, et j'aimerais pouvoir me reposer un peu avant le reste de nos activités de ce soir.

L'accent de Mateus parut plus prononcé à mesure qu'il parlait, rendant sa voix encore plus séduisante. Il le faisait exprès, c'était certain, et il obtint exactement l'effet escompté. Davis eut un geste de recul et Michelle se pencha vers l'avant, enchanté et complètement tombé sous le charme de Mateus. L'excitation monta dans le bas-ventre de Crawford, son sang se réchauffant à vue d'œil malgré l'embarras et l'anxiété qu'il ressentait.

Michelle leur tendit la carte magnétique et un porte-carte.

— *Je vous en prie, permettez-moi d'appeler le garçon d'étage pour qu'il fasse monter vos affaires, sourit-elle, ses joues s'enflammant. Les vôtres ont été apportées il y a une bonne heure,* M. Hargrave. Le room service viendra vous offrir une bouteille de champagne dans peu de temps. Nous espérons que votre séjour chez nous vous sera agréable.

Elle cligna plusieurs fois des yeux et parut se souvenir que Crawford était ici pour les affaires. Elle se redressa légèrement et prit une inspiration.

— *M. Fontes, n'hésitez surtout pas à appeler le concierge s'il vous faut quelque chose pendant que M. Hargrave est en rendez-vous.* Vancouver est une ville merveilleuse et nous pouvons toujours vous arranger une visite guidée ou faire avancer un taxi si c'est ce que vous désirez.

Mateus lui fit un large sourire et balaya ses cheveux vers l'arrière. Seigneur, il était doué. Crawford pouvait presque sentir la jalousie émaner de Davis. C'était magnifique. Il n'avait pas trop pensé à la façon dont il allait gérer les remarques insidieuses au sujet de leur relation, mais il savait qu'il n'y échapperait pas. Davis était un salaud prétentieux et il n'avait jamais fait preuve d'un grand sens moral. Ça allait rendre les choses plus faciles à bien des égards.

Et d'après la façon qu'avait Davis de rager intérieurement, ça allait également en compliquer certaines. C'était une bonne chose que Mateus soit à des centaines de kilomètres d'ici demain dans l'après-midi. Crawford aurait l'avantage de son tout nouveau statut conjugal pour détourner bon nombre des questions inquisitrices de Davis, sans avoir Mateus paradant devant lui.

— Oh, je doute que ce soit nécessaire, répondit Mateus.

Il jeta à Crawford un regard lourd de sens et fit un clin d'œil.

— Je crois que Crawford saura me tenir occupé.

Crawford toussa pour couvrir son rire et tira sur leurs mains toujours entremêlées.

— *Je suis certain que nous arriverons à nous débrouiller, dit-il à Michelle par-dessus son épaule tandis qu'il guidait Mateus jusqu'aux ascenseurs. Je vais certainement manquer le petit-déjeuner demain matin, Davis. Je suis certain que tu comprends. Nous nous verrons pour le comité de gestion dans la matinée. S'il y a des détails de dernières minutes dont tu voudrais me faire part d'ici là, envoie-moi simplement un e-mail.*

Mateus grogna avec espièglerie.

— *Ne le faites pas, tout compte fait. Pas de travail pour notre nuit de noces.*

Crawford lâcha un rire.

— *Très bien, qu'il en soit ainsi, dans ce cas. Je suis certain que tout ce que Davis voudra me dire pourra attendre jusqu'à demain, de toute façon.*

Il ne doutait pas qu'il recevrait dans sa boîte plusieurs mails écrits de manière très laconique avant même qu'il n'ait atteint sa chambre, mais la taquinerie valait bien l'expression sur le visage de Davis. Il était absolument livide, mais devait pourtant garder le sourire pour les apparences. C'était une expression que Crawford ne lui connaissait malheureusement que trop bien, vu que Davis l'avait affiché durant la plupart des cérémonies officielles auxquelles ils avaient participé lors des derniers mois de leur mariage.

— *Ne t'en fais pas*, je vais m'assurer que le reste de la direction te laisse tranquille pour le reste de la soirée, proféra Davis.

Merde, il n'avait pas pensé à ça. Même si ce n'était pas ça qui allait impacter le travail de Crawford, George n'allait pas bien prendre la nouvelle. Ce n'était pas comme si Crawford pouvait lui avouer qu'il n'était pas vraiment en lune de miel.

— Il est tout à vous dès demain, déclara Mateus alors que les portes rutilantes s'écartaient. Mais pour l'instant, dis « bonne nuit », Crawford, dit-il avec son accent.

— Bonne nuit, répéta sagement Crawford, laissant Mateus le traîner dans l'ascenseur.

Dès que les portes se fermèrent, Crawford s'écroula sur lui, riant tous les deux à pleins poumons. Ça n'étonnerait même pas Crawford si Davis s'emparait des enregistrements de la caméra de l'ascenseur pour observer leur ascension, mais tout ce qu'il verrait alors, ce serait deux hommes accrochés l'un à l'autre, pouffant. Ce qui, en principe, donnerait encore plus de crédit à leur mariage.

Crawford plaça la carte dans la fente et appuya sur le bouton dernier palier. L'ascenseur commença à monter et Crawford fit un petit pas en arrière, réclamant son espace personnel.

— Tu es vraiment bon lorsqu'il s'agit de prétendre être mon mari adoré, déclara Crawford lorsqu'il parvint enfin à reprendre son souffle. Suffisamment territorial, juste comme il faut. C'était parfait.

— Je n'ai même pas eu à prétendre le détester. C'est un bel abruti, grogna Mateus. J'avais envie de le frapper.

— Tu n'étais pas le seul. Mon frère ne s'est pas retenu lors d'une fête, une fois.

Sur le coup, ça avait été plutôt horrible et Crawford n'avait pas parlé à Adam pendant deux bonnes semaines. Mais aujourd'hui, il aurait aimé avoir écouté son frère lorsqu'Adam avait tenté de le prévenir quel crétin Davis était vraiment. Et qu'il l'ait cogné plus fort, aussi.

Les portes de l'ascenseur s'ouvrirent sur un vestibule en marbre richement décoré. C'était comme un atrium miniature et la lumière du jour donnait à la pièce un éclat rosé. Le soleil se coucherait bientôt, et Crawford pariait que la vue depuis la terrasse de la suite serait spectaculaire.

Cette folle journée le rattrapa d'un seul coup, et Crawford trébucha presque sous le soudain poids de l'épuisement.

— Tu préfères laisser le room service nous apporter le dîner ? Ou tiens-tu vraiment à sortir et visiter un peu Vancouver ?

Mateus qui marchait à quelques pas devant lui passait avec légèreté sa main sur toutes les surfaces planes. Le canapé en cuir avait l'air confortable à souhait et les meubles en acajou étaient si bien lustrés qu'ils brillaient comme des miroirs. Il n'y avait pas de plafonniers à la lumière agressive comme on pouvait en trouver dans les chambres du bas ; le penthouse était éclairé par une douzaine de lampes et elles étaient déjà toutes allumées lorsqu'ils étaient sortis de l'ascenseur. Soit quelqu'un était venu ici avant eux – peu probable, vu qu'on leur avait offert une réservation de dernière minute – soit il devait y avoir une sorte de minuterie. Crawford se fit une note mentale pour jeter un œil là-dessus plus tard. C'était une bonne idée qu'elles soient déjà allumées lorsque les clients entraient, mais éclairer une pièce inoccupée était une dépense dont l'hôtel n'avait certainement pas besoin.

Tout cela était ridiculement romantique, surtout la façon dont la ville commençait à s'illuminer dans la pénombre. Bizarrement, cette gigantesque suite paraissait bien plus intime que la voiture, et Crawford se doutait qu'ils allaient passer une soirée gênante, d'autant plus qu'il n'avait vu qu'un seul lit à travers les portes vitrées menant à la chambre à coucher. Les fauteuils ici étaient trop luxueux pour dissimuler un second matelas et même s'ils avaient l'air assez confortables pour se prélasser dessus, aucun d'entre eux n'était assez grand pour accueillir leurs gabarits. Il pouvait toujours appeler la réception pour obtenir un lit d'appoint ou même pour demander à être placé dans une chambre avec deux lits, mais cela risquerait de causer des ragots en tous genres au sein du personnel. Il faisait déjà l'objet de suffisamment de potins après être arrivé en annonçant son propre mariage ; il ne pouvait pas travailler correctement si tout le monde parlait derrière son dos sur la façon dont son époux et lui avaient passé leur nuit de noces dans deux lits séparés.

L'ascenseur sonna avant qu'il puisse aborder la délicate question de l'aménagement de leur chambre. Le garçon d'étage entra avec leurs affaires en même temps qu'une personne du room service poussant un chariot sur lequel étaient posés une bouteille de champagne dans bac à glace et une petite pièce montée sur trois niveaux.

— *Avec les compliments de la direction, dit l'homme* poussant le chariot. Toutes mes félicitations pour votre mariage ! N'hésitez pas à nous faire savoir si vous avez besoin de quelque chose d'autre qui pourrait rendre votre lune de miel encore plus mémorable.

Le garçon d'étage emporta les deux valises dans la chambre, puis ouvrit les battants menant à la terrasse pour eux.

— *Si vous préférez apprécier votre champagne à l'extérieur. Les commandes pour le jacuzzi se trouvent juste à côté de la porte,* dit-il avec un clin d'œil. Il y a aussi un petit balcon dans la chambre qui surplombe la cour. Ce n'est pas aussi privé, mais la vue est aussi splendide.

Crawford eut envie de s'enfuir tant il était embarrassé, mais au lieu de ça, il sortit son portefeuille et donna un généreux pourboire aux deux hommes. Ils s'en allèrent après que le garçon d'étage eut expliqué comment mettre l'ascenseur en mode « Ne pas déranger », ce que fit Crawford dès qu'il se referma sur eux. C'était exactement pour cette raison qu'il n'aimait pas les ascenseurs débouchant directement sur les chambres.

Mateus poussa le chariot jusqu'à la terrasse ouverte et déboucha le champagne.

— *C'est vraiment magnifique ici, dit-il en versant un verre pour* Crawford. *Je n'arrive pas à croire qu'elle soit vraiment à nous pour la nuit. Ce serait si terrible que ça si j'admettais avoir horriblement envie d'utiliser le jacuzzi ?*

Il avait l'air trop excité pour que ce soit de véritables avances, et Crawford se détendit. Il ne voulait pas que Mateus pense qu'il avait tout organisé pour le séduire. Il ne profiterait jamais de lui comme ça. Mais cela ne voulait pas dire qu'ils ne pouvaient pas apprécier ce qu'on leur avait offert.

— *Attendons qu'il fasse complètement noir. Je parie que la vue n'en sera que plus belle.*

Il plongea son doigt dans la crème de l'étage inférieur de la pièce montée.

— *Je présume que notre mariage est officialisé ainsi. Avec le gâteau et le champagne. C'est le pack complet.*

— *N'oublions pas non plus les alliances, dit Mateus.*

Il leva une main et agita son annulaire.

— *J'avoue que cela a été très agréable de pouvoir l'exhiber devant Davis. Je suis désolé si j'ai rendu les choses plus compliquées pour toi sur le long terme.*

— *Tu t'es déjà excusé et je t'ai déjà dit que c'était inutile.* Pour être honnête, je ne savais pas qu'il était possible de rendre Davis sans voix, donc je t'en dois une pour ça.

Même si Davis ne la fermerait certainement pas pendant le reste du voyage, ça valait quand même le coup. Juste pour ces petits moments durant lesquels Davis était complètement décontenancé.

Mateus prit une longue gorgée de champagne et étudia Crawford d'un regard indéchiffrable. Crawford tenta de ne pas gigoter sous son examen. Sa carrière professionnelle mise de côté, ça faisait un bon moment qu'il ne s'était pas soucié de ce qu'on pouvait penser de lui. Il n'aimait pas l'idée que Mateus puisse le scruter et deviner son sentiment.

Il avala la crème qu'il avait chipée et toussa d'un air embarrassé.

— *Alors, ce dîner ?* Nous pouvons toujours rappeler le room service, si c'est ce que tu veux.

Mateus plissa le nez.

— *Ça t'embêterait que nous nous fassions livrer quelque chose à la place ? Le room service, c'est un peu trop sophistiqué et je ne suis pas d'humeur pour ça.*

D'étranges propos venant d'un homme buvant un champagne à deux cents dollars. Crawford décida que c'était probablement mieux de ne pas partager ce détail avec Mateus, même si le vin était compris avec la chambre. Mateus se tendait dès que de l'argent était mis sur le tapis, et Crawford n'avait pas envie de gâcher ce moment en débattant de tout ça.

— *Nous ne sommes pas très loin de* Chinatown. Je suis certain qu'il aura bien un restaurant qui fait des livraisons à domicile, ou alors nous pouvons toujours aller dehors et nous promener un peu.

Il était épuisé par la route, mais l'air frais de la nuit et le champagne l'avait bien requinqué. Si on ajoutait à ça son envie de sortir de cette chambre. C'était stupide, vu qu'il n'était question que d'un simple nom, mais depuis qu'ils étaient sortis de l'ascenseur, le fait d'être dans la suite nuptiale rendait Crawford étrangement conscient de la situation. Ils étaient probablement le premier couple marié à séjourner à avoir promis de ne *pas* coucher ensemble après avoir exprimé leurs vœux.

Mateus avala la dernière goutte de champagne et déposa la flûte sur le chariot.

— *Faisons ça.* J'aimerais bien marcher. Je suis…

Il pinça les lèvres et Crawford réalisa que cela devait être l'expression qu'il affichait lorsqu'il cherchait le bon mot.

— … agité, c'est ça. Je suis resté trop longtemps assis. Je n'aime pas rester sans rien faire.

Crawford sourit.

— *Ma mère m'appelait toujours son petit écureuil.*

Le visage de Mateus s'éclaira.

— *Ça me plairait beaucoup*, petit écureuil, répondit-il, le mot roulant sur sa langue d'une manière qu'il trouva absolument délicieuse. Écureuil. Allez. Allons nous promener, tu veux ?

Crawford brûlerait bien lui-même un peu d'énergie. Il baissa les yeux vers son costume tout froissé. Il faudrait qu'il l'envoie au pressing dans la semaine, chose qu'il avait prévu de faire de toute façon vu que c'était un bon moyen d'évaluer les prestations d'un hôtel.

— *Ça te dérange si je me change avant ?*

Mateus fit un signe de la main.

— *Je ne suis pas pressé.*

Il se versa un autre verre de champagne et fit le tour de la petite terrasse jusqu'à la salle de séjour, touchant les plantes en passant et posant son regard sur la ville en contrebas.

Crawford se dépêcha de retourner dans la chambre et ferma les battants dépolis derrière lui. Il posa la tête tout contre pendant un moment, appréciant la fraîcheur de la vitre sur sa peau. Il n'avait pas eu un instant à lui depuis qu'il était parti en direction de l'aéroport ce matin même, et il avait vraiment besoin d'un petit moment de silence pour digérer tout ce qui s'était passé.

Il fallait qu'il appelle Adam et qu'il lui raconte tout à propos de Mateus. Et rapidement. Il n'avait aucune envie d'aller au rendez-vous du lendemain matin sans avoir au moins en tête le nom d'un avocat sur Vancouver spécialisé dans l'immigration qui pourrait les aider si les choses ne se passaient pas comme il l'espérait.

Il sortit son téléphone de sa poche et appela son frère, coinçant l'appareil entre son oreille et son épaule pour pouvoir déballer ses affaires en même temps. Cela prit cinq sonneries avant qu'il ne réponde et lorsqu'il entendit enfin la voix d'Adam, Crawford avait déjà son jean et un léger pull en mains.

— *Laisse-moi deviner, dit Adam*, le ton léger et taquin. Tu as déjà tué Davis et absolument besoin du nom d'un avocat qui pourrait te sortir de là.

Crawford ricana sardoniquement.

— Eh bien, tu as à moitié raison.

— *Vraiment*, sans rire ? Tu l'as déjà battu à mort ? C'est à cause de ses cheveux ? Son attitude a toujours été pourrie, mais il faut dire que ça a toujours été sa coupe à la Justin Bieber qui me donnait envie de m'en prendre physiquement à lui.

— Davis est vivant et en bonne santé, malheureusement. Mais j'ai en effet besoin du nom d'un bon avocat ici.

Adam fut silencieux l'espace d'un battement, puis un soupir résonna dans le téléphone.

— *Dans quoi t'es-tu fourré cette fois-ci ?*

Chapitre Huit

MATEUS s'étala sur le divan dans lequel il avait passé la nuit dernière et passa une main sur son visage. Il avait très mal dormi, autant parce que la position avait été des plus inconfortables que parce qu'il n'avait été que trop conscient de la proximité de Crawford qui dormait dans le lit à quelques mètres de lui seulement.

Il avait tenu le coup, mais ça avait été vraiment limite. Et ça, c'était juste parce qu'il savait qu'il reprenait l'avion pour les États-Unis dans la journée et qu'il allait enfin pouvoir mettre une distance dont il avait bien besoin entre Crawford et lui. Il avait envie de grimper sur cet homme comme il grimperait à un arbre, ce qui serait une terrible façon de lui montrer sa reconnaissance pour tout ce qu'il avait fait pour lui. Pour ce qu'il *continuait* de faire pour lui. Comme maintenant, alors qu'il venait tout juste de lui apprendre qu'il lui permettait de rester ici ces deux prochaines semaines puisque le Bureau de l'immigration leur avait bien fait comprendre que Mateus devait se trouver en compagnie de son époux lorsqu'ils reviendraient aux États-Unis, au risque dans le cas contraire de se faire arrêter par la sécurité intérieure.

Le garde-frontière avait mentionné quelque chose de similaire, mais Mateus avait été trop en panique pour bien écouter ce qu'il avait dit à ce moment-là. Ni lui ni Crawford n'avait retenu ça, apparemment, puisque la condition en question leur avait provoqué une belle surprise pour l'un comme pour l'autre. Une fois que les modalités d'entrée de Mateus sur le territoire Américain leur avaient été expliquées, ils en avaient enfin compris la raison. Même avec le certificat de mariage, la patrouille frontalière devrait affirmer qu'ils étaient bien ensemble. Mateus n'avait jamais vraiment réfléchi à la façon dont les couples pouvaient bien prouver la légitimité de leur mariage. Il n'avait jamais vraiment *eu* à penser à ce genre de choses, puisqu'il n'avait jamais projeté de faire un mariage de complaisance avec quelqu'un pour obtenir un visa.

Il changea de position et poussa un grognement. Il n'y avait pas moyen qu'il arrive à passer les deux prochaines semaines sur ce divan. Et même en suivant la proposition de Crawford et en prenant le relais, ce serait un fichu enfer. Crawford était vraiment parano à l'idée que le personnel de chambres découvre qu'ils ne dormaient pas réellement ensemble. Ils devraient faire disparaître tous les draps et oreillers du canapé avant que le petit-déjeuner ne leur soit servi dans la matinée.

Mateus n'était pas quelqu'un du matin. Ça n'irait pas. Il ne pouvait tout simplement pas se mettre à plier les draps chaque jour avant même d'avoir pris un café.

Hormis la paranoïa du matin, Crawford avait été tout bonnement incroyable. Mateus commençait à se dire qu'il devait être toujours comme ça, puisqu'il avait été son chevalier servant depuis qu'ils s'étaient rencontrés il y a un peu moins de vingt-quatre heures de cela. À chaque fois que quelque chose d'inattendu ou d'horrible arrivait, Crawford était là pour arranger les choses et trouvait une solution qui semblait toujours parfaitement raisonnable sur le coup. Comme lorsqu'il avait suggéré un mariage pour éviter à Mateus l'exclusion. Comme lorsqu'il avait invité Mateus à rester avec lui dans son sublime hôtel en voyant que le Bureau de l'immigration était fermé pour la nuit, et de le rejoindre pour manger chinois avant de passer le reste de la soirée sur la terrasse à dévorer la pièce montée et à boire du champagne éventé alors même qu'ils devaient se lever tôt le lendemain matin. En dehors de sa tendance à se mordre la lèvre lorsqu'il devenait nerveux, il était resté calme et serein dans tout ce qu'il avait fait. Cette manie qu'il avait n'était pas très discrète, mais étant donné que ses lèvres avaient l'air délectables, de toute façon, ça le rendait encore plus séduisant qu'il ne l'était déjà. Tout chez lui était adorable, même ses tics nerveux.

Ce qui l'amenait au dernier sauvetage qu'il avait effectué. Il avait bien malmené sa lèvre lorsqu'on leur avait annoncé qu'il était coincé avec Mateus pour le reste du voyage, vu que ce dernier ne pouvait pas retourner aux États-Unis sans lui. Si les choses continuaient comme ça, Crawford allait sérieusement s'abîmer la lèvre avant la fin de ce déplacement professionnel, et Mateus n'avait aucune envie que cela arrive. Il fallait qu'il trouve un moyen d'apaiser la tension. Vu que Crawford avait dû se dépêcher de se rendre à sa conférence matinale avec Davis et le restes de la direction, ils n'avaient pas vraiment eu le temps de discuter après que l'agent de l'immigration leur eut lâché cette bombe-là. Il avait même fait envoyer le room service pour qu'on lui serve le déjeuner lorsque le meeting se prolongea et qu'il dut manquer le repas qu'ils s'étaient promis.

Même si ce n'était pas un rendez-vous un rencard. Même si Mateus aurait bien aimé que c'en soit un. Pouvait-on avoir ce genre de rendez-vous galant avec son propre époux ? Il se mit à rire et s'enfonça encore davantage dans le canapé. Peut-être ferait-il la sieste. Et lorsqu'il se réveillerait, il se retrouverait de nouveau au verger, dans la chambre d'ami jaune citron que Bree avait peinte elle-même. La chambre qui ferait une nursery parfaite, si seulement Mateus ne dormait déjà pas dedans.

Il avait l'impression de gêner où qu'il aille.

Mateus soupira et se força à se relever. Il pouvait toujours s'apitoyer sur son sort ou il pouvait profiter un maximum de cette aubaine. Il fit un résumé rapide de la situation. Il était légalement marié à un très bel homme – qui avait été clair sur le fait qu'il ne désirait aucune relation d'ordre sexuel avec lui. Mais c'était pour une bonne raison, même si celle-ci était fâcheuse. Peut-être qu'avec suffisamment de temps, Mateus pourrait le convaincre qu'il ne prendrait pas avantage de quoi que ce soit, pour qu'ils cèdent à leur évidente attirance mutuelle. Et peut-être que ça pourrait déboucher sur quelque chose de plus sérieux.

Seigneur. Mais qu'allait-il s'imaginer ? Un film Disney ? Bien sûr que cela n'allait pas déboucher sur quelque chose d'autre. La situation était déjà suffisamment ridicule et exceptionnelle comme ça. Et les vrais contes de fées se terminaient souvent avec des sirènes sans le moindre souffle de vie et des belles-sœurs se tranchant leurs propres orteils. Pas de créatures de la forêt faisant le ménage dans la maison ou d'autres baisers de la part du Prince Charmant.

Il fallait que Mateus s'occupe des détails pratiques avant qu'il ne se laisse rattraper par la situation incongrue dans laquelle il s'était fourré. Pour commencer, il avait besoin de vêtements propres. Il y avait bien une boutique au rez-de-chaussée, mais elle avait l'air si haut de gamme qu'il ne pouvait certainement pas s'offrir un seul sous-vêtement là-bas. Donc, il devrait sortir et trouver un centre commercial ou quelque chose comme ça. Un Walmart ou un Target, ce serait le mieux, mais il n'aimait pas l'idée de se mesurer de nouveau à Davis vêtu d'un T-shirt à trois dollars. Il ne comptait pas mettre Crawford dans l'embarras, ce qui signifiait qu'il devrait trouver un moyen de se procurer des vêtements au moins décents.

Crawford avait été clair sur le fait qu'il ne devait pas se préoccuper du prix de la chambre d'hôtel ou de celui de la nourriture, vu que c'était de sa faute à lui s'ils étaient bloqués à Vancouver pour un bon moment. Ce n'était pas comme ça que Mateus voyait les choses, mais il appréciait sa générosité. Donc, il n'aurait pas à s'inquiéter des repas, bien qu'il soit déterminé un jour ou l'autre à tout rembourser à Crawford. Plus probablement dans un futur *lointain*, néanmoins, Mateus comptait bien s'acquitter de sa gentillesse.

Duarte lui avait proposé de lui envoyer un peu d'argent lorsqu'ils avaient discuté la nuit dernière, mais Bree et lui ne pouvaient pas se le permettre, et Mateus ne voulait pas davantage tirer sur leur budget déjà limite. Mais peut-être qu'il pouvait leur demander de lui envoyer quelques habits. Il avait ramené toute sa garde-robe lorsqu'il était arrivé aux États-Unis il y a trois mois. Il avait toujours quelques affaires et d'autres choses stockées à Lisbonne, mais même à ce moment-là, il avait su qu'il y avait peu de chances pour qu'il retourne à la maison à la fin de son visa de séjour de trois mois. Il n'avait simplement pas imaginé tous les obstacles qu'il devrait sauter pour en arriver là.

Convaincre Duarte qu'il n'avait pas été kidnappé par un Canadien psychotique qui souhaitait prélever ses organes avait été une tâche particulièrement difficile. Il avait dit à son frère que le visa avait été remis à jour dès qu'il était entré au Canada, qu'il avait rencontré quelqu'un d'intéressant dans l'avion et qu'il avait décidé de rester à Vancouver avec lui quelques jours pour relâcher la pression. Duarte avait eu des soupçons, mais après que Mateus lui eut promis d'appeler au moins une fois par jour, il avait laissé tomber et avait eu l'air plus que ravie que Mateus s'amuse un peu, au point que ce dernier avait été dévoré par la culpabilité après qu'ils eurent raccrochés. Il détestait mentir à Duarte et à Bree, mais s'il leur avait dit la vérité, ils auraient insisté pour s'en mêler et ils ne pouvaient définitivement pas se payer un avocat comme ça. La grange avait besoin d'un nouveau toit et c'était la priorité pour le moment. Ça et le bébé.

Mateus sursauta lorsqu'il entendit sonner à la porte de la suite. Une lumière au-dessus des portes de l'ascenseur s'alluma. Il se dépêcha de s'en approcher et appuya sur la touche d'appel, puis recula sous la surprise lorsque le garçon d'étage de la veille pénétra dans la pièce.

— *Généralement, je ne dérangerais pas un client ayant affiché un « Ne pas déranger »*, toutefois M. Hargrave m'a affirmé qu'il fallait rapidement que vous ayez ce message de sa part, expliqua l'homme.

Il leva un plateau avec une note de couleur crème posée en son centre, et Mateus dut se mordre la lèvre pour ne pas éclater de rire. C'était comme dans tous ces télénovelas pleins d'exagérations qu'il avait regardées autrefois avec son avó. Les riches vivaient-ils vraiment de cette manière ? Combien pouvait *coûter* cette suite, d'ailleurs ? Non pas que Crawford réglait vraiment la note, mais quand même. Il avait le sentiment que le prix à la nuit pour cette chambre était plus élevé que le loyer mensuel de l'appartement qu'il sous-louait à Lisbonne.

— *Il m'a expressément demandé d'attendre votre réponse, s'excusa le garçon d'étage.*

Sérieusement ?

Mateus n'arrivant plus à retenir son ricanement, il s'empara de la note couleur crème au grain de qualité et l'ouvrit.

> *Mateus,*
>
> *Davis s'est arrangé pour que nous dînions avec le directeur général de l'hôtel et d'importants hommes d'affaires locaux. Je suis vraiment désolé. Je comprendrais si tu préférais passer ton tour, mais je t'en serais extrêmement reconnaissant si tu venais quand même.*
>
> *CH*

Mateus cligna des yeux devant l'écriture très anguleuse. Il n'y avait aucune hésitation dans le trait ou dans les boucles et les nœuds – les lettres étaient bien formées et nettes, la marque indéniable d'un homme qui avait moins de temps que de patience. Crawford ne semblait pas avoir beaucoup de temps ou l'énergie nécessaire pour des futilités. Il misait tout dans l'action. Mateus frissonna, puis se morigéna pour s'être énervé à propos d'une simple écriture. Il se perdait dans le conte de fées à la « télénovela ».

Le garçon d'étage le regardait toujours dans l'expectative, donc Mateus rangea la note dans sa poche et tenta d'afficher autant de sérénité que d'assurance. Il était presque sûr d'avoir tout raté, mais c'était le fait d'essayer qui comptait.

— *Dites-lui que je serais enchanté d'y assister, dit-il,* même si cela ne pouvait pas être plus loin de la vérité.

Mais ce serait un bon entraînement pour leur entretien au service de l'immigration et cela agacerait certainement Davis, ce qui était définitivement un plus. Il n'arrivait pas à voir Crawford marié à quelqu'un d'aussi hypocrite.

— *Savez-vous où nous sommes censés nous rendre ?*

Il n'avait rien dans sa valise qui pourrait convenir pour un dîner dont l'invitation manuscrite était portée sur un plateau en argent. Étant donné l'état de ses vêtements après leur voyage de la veille et après la façon dont il les avait secoués ce matin, il n'avait même pas quoi que ce soit d'approprié pour un autre tour dans un *Tim Hortons*.

— *Je crois bien que M. Francklin a fait réserver une table au Cioppino.* Une voiture viendra vous chercher, vous et M. Hargrave pour dix-neuf heures trente.

Mateus fit rapidement le calcul. Il était un peu plus de seize heures, donc il avait encore le temps pour une virée shopping rapide. Il passa sa main sur sa barbe dont il ne s'était pas occupé ce matin. Une douche et un bon rasage ne feraient pas de mal non plus.

— M. Hargrave dit que vous auriez certainement besoin de vêtements pour ce soir, continua l'homme. J'ai fait avancer un taxi devant l'hôtel pour vous. Le concierge s'est assuré de vous prendre un rendez-vous avec l'un de nos assistants personnels sur Hudson's Bay.

Comment allait-il s'en sortir ? Bon sang, Mateus ne pouvait très certainement pas s'offrir le taxi, et encore moins le genre de magasin où ils avaient des assistants personnels. Mais comment décliner sans que cela paraisse évident qu'il n'était pas en possession de l'argent nécessaire ?

— *En ce qui me concerne, je préférais faire mes achats moi-même, répondit Mateus en souriant. Mais veuillez remercier le concierge pour moi, je vous prie.*

L'homme dissimula un éclat de rire derrière une sévère toux.

— *Excusez-moi. Bien entendu. Et pour la voiture ?*

Mateus mordit sa lèvre, considérant ses options. Il n'avait absolument aucune idée d'où il pouvait bien se trouver, mais un taxi entamerait de manière significative son budget.

— *Si je puis vous faire part d'une suggestion ? dit* le garçon d'étage.

— *Allez-y.*

L'homme rencontra ses yeux et après un moment, parut se détendre légèrement. Sa posture était toujours parfaite, mais pas aussi droite qu'il y a quelques secondes.

— *Je présume que vous n'êtes pas le genre de personne à aimer les créateurs? Sans vouloir vous offenser. Je ne les apprécie pas moi-même.*

Mateus pencha la tête en signe d'assentiment.

— *Bien, dans ce cas, il y a un centre commercial très bien à quatre rues au nord d'ici. Vous ne pouvez pas le manquer. Il vous suffira de sortir par la porte principale, tourner à gauche et marcher un peu.* Il y a quelques grands magasins et j'ai la certitude que vous trouverez quelque chose là-bas. Le *Cioppino* est plutôt chic, mais ce n'est pas un restaurant où le code vestimentaire est aussi formel qu'il peut l'être ici. Vous ne vous verrez pas jeter à la porte si vous vous présentez sans veston.

Il observa Mateus et ce dernier dut se battre contre l'envie de se cacher derrière quelque chose. C'était très clinique, pas sexuel, mais cela donnait toujours à Mateus l'impression d'être mis à nu.

— *Ma sœur est la responsable du* H&M, *si ce n'est pas trop bas de gamme pour vous. Je peux toujours l'appeler pour voir si elle peut vous être d'une quelconque aide.*

Ce n'était pas son style habituel, mais ça entrait dans son budget.

— *Ce serait formidable. Je ne m'y connais pas trop en vêtement, et je ne voudrais pas embarrasser Crawford.*

Le garçon d'étage se mit à sourire.

— *Je ne pense pas que ce soit possible. Je l'ai entendu parler de vous et du verger de votre frère lorsque j'ai apporté le déjeuner dans la salle de réunion. Il est vraiment épris.*

Les joues de l'homme se creusèrent en deux fossettes lorsqu'il grimaça.

— *Je n'aurais pas dû vous dire ça. Ce n'est pas très professionnel de parler de ce qu'on entend dans le centre de conférence. Mais je ne voulais pas que vous pensiez que M. Hargrave n'est pas fier de vous avoir à ses côtés.*

Mateus ne savait pas comment répondre à ça. Il se sentait étrangement protecteur envers Crawford, donc ça ne devrait pas être une surprise de constater que c'était la même chose du côté de Crawford, pourtant ça l'était.

— *Merci, répondit* Mateus, son anxiété fondant comme neige au soleil devant le sourire franc que l'homme lui offrait.

Il s'empara de son portefeuille – n'était-ce pas ce que les riches faisaient ? Donner des pourboires à ceux qui les aidaient ? – mais le garçon d'étage secoua la tête.

— M. Hargrave m'en a déjà donné un en bas, dit-il.

Il plaça le plateau en argent sous son bras.

Mateus laissa les siens retomber maladroitement de part et d'autre.

— Ah. Eh bien, merci encore, dit-il. Quel est le nom de votre sœur ?

— Julie, répondit-il.

Il tendit sa main libre pour que Mateus puisse la serrer.

— Je m'appelle Max. Voulez-vous partir immédiatement ? Je vais lui passer un appel pour la prévenir de votre arrivée, M. Fontes.

— *C'est Mateus, je vous en prie, dit-il. Par principe, quiconque me vient en aide lors d'une crise vestimentaire se voit d'avoir le droit de m'appeler par mon prénom.*

Max rit.

— *Julie s'assurera que la crise soit domptée.*

Mateus attrapa la carte magnétique sur le comptoir près de l'ascenseur et revint vers Max lorsque celui-ci pressa le bouton.

— *J'en doute. Vous avez vu Crawford ? C'est difficile de rivaliser avec un tel degré de perfection.*

Ce matin, c'était bien un gilet qu'il portait sous sa veste de costume. Un gilet. Mateus en avait eu le tournis, et ça n'avait pas été seulement à cause du rendez-vous avec le service de l'immigration. Il avait dévoré Crawford du regard.

— *C'est un homme qui en jette beaucoup,* affirma Max.

Il jeta un nouveau regard en biais à Mateus.

— M... mais vous également. Vous faites un couple merveilleux.

Mateus s'empourpra. Seigneur, il aimerait bien que cela soit vrai. Comment allait-il survivre à ce dîner à devoir jouer les maris parfaits alors que Crawford était l'exemple vestimentaire même de ses fantasmes ? Ce matin même, il n'avait pas réussi à détacher son regard de lui au Bureau. Même l'agent de l'immigration avait fait remarquer à quel point ils avaient l'air fous l'un de l'autre.

Au moins, son béguin était utile à quelque chose. N'importe qui avec un peu de jugeote pouvait deviner à quel point Mateus trouvait Crawford attirant et il était assez vaniteux pour admettre qu'il avait surpris Crawford à l'observer à plusieurs reprises également.

— *Je vous remercie, dit* Mateus.

L'ascenseur sonna et ils entrèrent tous les deux à l'intérieur de la cabine vide.

— Et merci encore d'avoir proposé de demander à votre sœur de m'aider.

Max lui fit un grand sourire.

— *Elle adore habiller de beaux hommes. En fin de compte, c'est moi qu'elle va remercier.*

MATEUS redressa son col et jeta un regard critique sur sa silhouette dans le miroir. Le pantalon noir que Julie lui avait dégoté était plus moulant que ce à quoi il était habitué, mais il devait bien admettre qu'il n'était pas si mal. À ça, elle avait ajouté une chemise lavande et une veste gris-anthracite qu'il aurait voulu détester tant ce genre de vêtement se trouvait en-dehors de sa zone de confort, mais de laquelle il était tombé complètement amoureux.

Se débarrasser de sa barbe de trois jours avait été le plus difficile à accepter. Julie lui avait donné le nom d'une parapharmacie dans le centre commercial pour qu'il puisse se procurer un rasoir décent, de la mousse à raser et quelques affaires de toilettes pour ses vacances imprévues. Il lui avait fallu un temps embarrassant pour parvenir au même résultat qu'il obtenait avec son rasoir électrique, mais il était fier de ne pas s'être une seule fois coupé.

Il entendit les portes de l'ascenseur s'ouvrirent et l'instant suivant, Crawford l'appela.

— *Mateus ? Tu es là ?*

Mateus sortit la tête de la salle de bain.

— *Je suis presque prêt. Max a dit que l'endroit serait plutôt chic. Est-ce que ça convient ?*

Crawford trébucha lorsqu'il aperçut Mateus. Le désir évident dans ses yeux était gratifiant, mais ce fut également d'autant plus frustrant de le voir disparaître derrière ce sourire poli que Mateus commençait à haïr. Il n'avait pas envie d'être une autre de ces personnes devant lesquelles Crawford devait simuler.

Mateus voulait revoir ce regard. Il fit un tour sur lui-même, exhibant sa tenue.

— *C'est bien ? Je n'étais pas certain que c'était suffisamment sophistiqué, mais Julie a dit que ça l'était.*

— *Qui est Julie ? Et Max ?* demanda Crawford d'un ton bourru.

Était-ce une note de jalousie qu'il avait entendue là ?

Une vague de satisfaction submergea Mateus, le rendant d'autant plus audacieux.

— *Max m'a dit que nous formions un beau couple, donc il fallait bien que je sois à la hauteur, dit-il.*

Il n'avait définitivement pas imaginé quoi que ce soit : le sourire de Crawford se crispait bel et bien. Mateus prit pitié de lui.

— *Max est le garçon d'étage qui m'a fait parvenir le message. Quant à Julie, il s'agit de sa sœur. Elle m'a aidé à choisir cette tenue, raconta-t-il en montrant ses vêtements.*

— *La styliste de l'hôtel ? Je ne pensais pas que tu irais vraiment la voir, mais Davis a insisté. Je pense qu'il a déjà travaillé avec elle auparavant.*

Mateus éclata de rire.

— *Seigneur, non. J'ai demandé à Max d'annuler. Julie travaille au centre commercial.*

Les yeux de Crawford s'assombrirent alors qu'il scrutait les habits de Mateus de haut en bas. Une note de chaleur grandit dans le bas-ventre de Mateus devant la pure vénération masculine que Crawford n'essayait même plus de cacher à ce moment-là.

— *Tu as trouvé ça au centre commercial ?*

Le ventre de Mateus était empli de petits papillons.

— *Ça conviendra ?*

Les lèvres charnues de Crawford se courbèrent finalement dans un sourire.

— *C'est plus que correct. Tu es superbe.*

Mateus dut presque se retenir de lever le poing en l'air en signe de victoire. C'était un gros aveu de la part de Crawford. Peut-être que les choses allaient en s'améliorant.

— *Davis va être vert de jalousie.*

L'air réjoui de Mateus disparut. Il ne pensait pas que Crawford était toujours attaché à son ex-mari, mais peut-être qu'il l'était. Peut-être que ce faux mariage finirait par remettre leur vrai mariage sur pied. Il ne se mettrait pas en travers de leur chemin si c'était ce qui rendrait Crawford heureux.

— Ah. Bien, dans ce cas, nous ne devrions pas le faire attendre.

Le désarroi traversa le visage de Crawford.

— *La voiture ne sera pas là avant dix ou quinze minutes. Je comptais me rafraîchir un peu.*

Mateus espérait que ça ne voulait pas dire qu'il allait enlever sa veste. Il regarda Crawford défaire habilement sa cravate et la jeter sur le divan. Il dut détourner les yeux lorsqu'il se mit à s'occuper des boutons du haut de sa chemise. Il se ridiculiserait probablement tout seul s'il voyait davantage de sa peau tannée. Crawford ressemblait à un puissant homme d'affaires revenant tout juste chez lui pour être débauché, et ce n'était pas une image mentale dont Mateus avait besoin.

— *J'ai parlé au directeur aujourd'hui pour qu'il nous change de suite dès demain,* dit-il en disparaissant dans la chambre. Je leur ai dit que je ne voulais pas mobiliser leur chambre la plus coûteuse pour toute la durée de mon déplacement, donc ils vont nous descendre de quelques étages dans une suite plus petite. Mais elle a une plus grande cuisine, donc nous pourrons aller faire les courses demain si j'arrive à me libérer un peu plus tôt. À moins que tu préfères prendre le room service à tous les repas ?

Il retourna dans le salon, occupé à boutonner la chemise qu'il avait enfilée. Il avait gardé le même pantalon, mais le gilet avait disparu. Dommage. Quoi que, ce haut-ci collait merveilleusement bien à son torse, donc Mateus n'avait pas trop à se plaindre.

— Non, c'est une bonne idée, répondit-il lorsqu'il réalisa que Crawford attendait sa réponse.

— *J'en suis un peu lassé*, dit Crawford.

Mateus le scruta et réalisa à quel point il avait l'air épuisé. Il avait dû passer la journée entière en réunions, probablement avec Davis ne le quittant pas d'une semelle.

— *Alors, le dîner de ce soir, à quoi ça rime ?*

Crawford laissa échapper un léger grondement qui lui donna des picotements dans tout le corps.

— Davis qui fanfaronne. Il veut conclure une affaire et pour cela, il faut que le directeur général et la chambre des commerces le suivent là-dessus. Le dîner est prévu depuis un petit moment, mais comme nous célébrons également « notre mariage »... dit Crawford.

Il abandonna assez longtemps sa nouvelle cravate pour mimer des guillemets avec un air adorablement exaspéré sur le visage.

— … il invite également tous les conjoints. C'est pour cela que tu te retrouves au milieu de tout ça. Désolé.

Mateus haussa les épaules.

— *Si tu peux le supporter, je peux le faire aussi. Je sens qu'on ne va pas s'ennuyer.*

Crawford le regarda bouche bée.

— Davis va socialiser et tenter de parler affaires toute la nuit, et nous serons coincés avec une bande de prétentieux et d'égocentriques, et de leurs femmes, qui vont roucouler sur notre dos toute la nuit. Qu'est-ce qu'il y a de bien là-dedans ?

— *Je n'ai pas dit que ça allait être merveilleux. J'ai dit que ça ne serait pas ennuyeux.*

Surtout sachant qu'ils avaient prévu de tout faire pour faire en sorte que Davis montre à tout le monde son vrai visage. Sur le long terme, ça risquait probablement de rendre les choses difficiles pour Crawford. Bon sang.

— *Tu crois qu'ils vont poser beaucoup de questions ?*

Crawford grogna.

— *Des tonnes.* Je te jure que j'ai eu davantage de questions à propos de nous que ce pour quoi j'ai été envoyé ici, répondit-il.

Il offrit à Mateus un sourire fatigué lorsque celui-ci émit un son angoissé.

— *Ce n'est pas de ta faute.* Et c'est toujours mieux que celles à propos de comment je vis le travail en collaboration avec mon ex, chose à laquelle je m'attendais en venant ici.

Mateus s'éclaircit la gorge.

— *Et comment le gères-tu ? Sans vouloir être trop indiscret.*

— *Bien sûr que tu peux le demander. Tu es une des seules personnes ayant le droit de me questionner là-dessus vu que je sais que toi, au moins, tu n'es pas une commère,* répondit Crawford, les yeux brillant tandis qu'il souriait.

Il avait toujours l'air éreinté, mais plus aussi abattu.

— *Ça va aussi bien qu'on peut l'espérer. Le fait que tu sois ici aide. Davis est toujours de très mauvaise humeur et je pense qu'il ne sait pas trop quoi faire de moi. Ce n'est pas parfait, mais c'est toujours à des années-lumière de ce à quoi je m'attendais.*

Parce que Davis le laissait tranquille ou parce que Davis était jaloux ? Mateus aimerait pouvoir lire entre les lignes pour savoir si Crawford était toujours intéressé par son ex-mari. Il espérait vraiment que ce n'était pas le cas. Non pas que Mateus ait la moindre revendication sur Crawford.

Sauf qu'il en avait une, et de la seule manière légale qui importait. Il n'avait peut-être pas le cœur de Crawford – et ce dernier n'avait certainement pas le sien –, mais il avait un droit sur son statut marital. Et ça, c'était bien plus important que son stupide béguin et sa ridicule jalousie envers l'homme que Crawford détestait ouvertement la plupart du temps. En quoi est-ce que ça le concernait si Crawford et Davis finissaient par avoir une torride aventure pleine de haine ?

Cette seule pensée fit avaler de travers Mateus. Il fallait qu'il évite les questions au sujet des sentiments de Crawford, parce qu'honnêtement, il ne savait plus vraiment s'il se posait des questions sur ses sentiments pour Davis ou ceux envers lui. Mateus savait qu'il n'était pas le seul à ressentir cette attirance entre eux, mais jusqu'ici, il paraissait être le seul à avoir envie d'agir en conséquence.

Il faudrait qu'il joue les maris attentionnés ce soir, donc c'était probablement mieux de ne pas partir là-dessus maintenant. Il aurait du mal à sourire et flirter si Crawford lui avouait qu'il se servait de leur interaction pour retourner dans le lit de Davis.

Cela pourrait vite très mal tourner. Ils avaient réfléchi à une brève histoire pour la réunion de ce matin, mais il faudrait qu'il trouve quelque chose de mieux s'ils ne voulaient pas se faire griller par tout le monde.

— *Y a-t-il quelque chose que tu leur aurais dit qu'il faut que je sache ? Pour que je ne te contredise pas.*

— Nan. Je suis resté très vague.

Crawford fit rouler ses épaules et Mateus eut tout de suite envie de glisser ses mains dessus pour apaiser la tension qu'il pouvait voir d'ici nouer ses muscles. Peut-être qu'il parviendra à convaincre Crawford de le laisser lui faire un massage plus tard. Ou au moins, d'utiliser les avantages du jacuzzi sur la terrasse. Ils n'étaient pas du tout sortis de la chambre la nuit dernière et s'ils en changeaient demain, ce serait leur dernière chance.

— *Est-ce que ça va aller pour ce soir ? Je veux dire, si les épouses en question sont aussi curieuses que tu penses qu'elles vont l'être.*

Les mains de Crawford survolèrent la veste de costume qu'il avait posé sur un tabouret du bar, mais il continua son chemin après un autre regard en direction de la tenue de Mateus. Entre le pantalon parfaitement taillé, la simple chemise et le pull bleu marine qu'il avait enfilé et qui avait l'air tout doux, il était vraiment sublime. Il était habillé de manière bien plus décontractée qu'avec son costume trois-pièces, mais il paraissait toujours aussi élégant qu'avant, comme s'il sortait tout droit d'un magazine people.

— *Bon, je suppose que nous aurons simplement l'air un peu mystérieux. Ça devrait aller. Surtout si nous nous asseyons le plus loin possible de Davis.*

Pour Mateus, cela allait de soi.

— *Va-t-il compliquer les choses ?*

— *Probablement.* Les complications, c'est sa spécialité.

Crawford plongea sa main dans sa veste et en sortit sa carte magnétique.

— *Veux-tu descendre ? Nous pouvons toujours boire quelque chose au bar en attendant Davis.*

Mateus n'était pas certain qu'ajouter l'alcool au problème « Crawford » était très bon pour lui. Il n'avait pas besoin de quoi que ce soit pouvant lui faire perdre le contrôle, surtout devant les collègues de Crawford. Mais un verre ne devrait pas faire trop de mal. Il pouvait encaisser au moins ça. Il était tendu depuis que Max était venu lui donner l'invitation à dîner.

— *Nous faisons la route avec Davis, alors ?*

Mateus appela l'ascenseur et fourra ses mains dans ses poches pour avoir quelque chose à faire d'autre que céder à la tentation de tendre la main pour voir à quel point le pull de Crawford pouvait être doux ; et qu'est-ce qu'il ressentirait d'avoir son torse sous ses doigts.

Crawford émit un bruit de dégoût.

— *Oui.* Nous aurions pu simplement prendre un taxi, mais il trouvait que réserver une voiture ferait meilleure impression.

— *Le dîner de ce soir va-t-il être remboursé par ta société ?*

Il fallait que Mateus sache s'il était sur la corde raide pour le repas de ce soir. Il n'allait certainement pas laisser Crawford payer pour lui, mais il ne dirait pas non à un repas gratuit si c'était l'hôtel qui payait. Surtout que, techniquement parlant, il s'agissait d'un repas d'affaires. Peut-être que Crawford devrait demander un petit plus pour tous ces moments qu'il devait passer avec Davis à l'extérieur de l'hôtel. Mateus avait le sentiment que ça n'allait pas très bien se passer.

— Davis va le mettre sur le compte de la compagnie, je n'en doute pas, répondit Crawford, l'air de ne pas trop s'en faire pour ça, comme s'ils payaient fréquemment l'addition d'un dîner à quatre chiffres.

Peut-être que c'était le cas. Mateus n'en savait pas tant que ça sur ce que faisait Crawford.

— *Y a-t-il des sujets que tu veux éviter ? Je pourrais aider s'ils viennent sur le tapis.*

— Beaucoup. Mais je ne veux pas te mettre dans une telle position. Je m'attends à ce que la plupart des épouses jasent sur mon divorce et sur la façon dont nous nous sommes rencontrés. Reste aussi près de la vérité que possible. Nous nous sommes vus pour la première fois à l'aéroport alors que tu venais rendre visible à ton frère, nous avons sympathisé et tout est parti de là. Ne parle surtout pas de Davis. Moi, je ne le ferais pas, dit-il, son sourire devenant sinistre.

Mateus détestait les gens qui colportaient des ragots sur les tragédies des autres pour se sentir eux-mêmes mieux dans leur peau.

— *Tu ne devrais pas avoir à penser à ça. Ce ne sont pas leurs affaires.*

Crawford sourit. Mateus avait bien envie de savourer la légère courbe de sa lèvre inférieure. À la place, il serra les dents. Il n'avait aucun droit d'embrasser Crawford.

— Ah, mais c'est dans la nature humaine. Les Allemands ont même un nom pour ça. Schadenfreude. Prendre du plaisir dans la détresse des autres.

Le ton de Crawford était guilleret, comme s'il n'était pas la cible ce schadenfreude qu'on lui jetterait à la figure durant tout le dîner. Comment pouvait-il être aussi blasé ? Ce n'était même pas de Crawford dont il était question, et ça donnait envie à Mateus de détruire quelque chose.

— *Le fait que ce soit dans la nature humaine ne rend pas les choses meilleures, craqua* Mateus.

Crawford l'étudia pendant un moment, son sourire s'élargissant.

— *La plupart des choses qu'on dit de la nature humaine ne sont pas de bonnes choses. Comme lorsqu'on confond passion et amour. Heureusement, nous apprenons de nos erreurs.* Cela aussi, c'est dans notre nature. Et maintenant, je sais qu'il ne faut pas faire confiance à tout ce qui n'est pas tangible. Le véritable amour n'existe pas.

— *Tu ne crois pas vraiment ce que tu dis, si ? L'amour existe bel et bien. Il est partout.* Et même s'il t'a fait du mal, ça ne veut pas dire que tu ne l'aimais pas à un moment donné. Ou qu'il ne t'aimait pas toi. Les gens changent et ce n'est pas toujours pour le mieux.

Crawford haussa évasivement les épaules.

— *Tout le monde à une façon différente de voir les choses.*

Mateus laissa tomber le sujet, mais il ne pouvait néanmoins pas cesser de tourner et de retourner les mots amers de Crawford dans sa tête tout le long du trajet jusqu'au restaurant. Crawford ne croyait-il vraiment pas du tout en l'amour ou dissimulait-il un cœur tendre derrière une façade d'indifférence moqueuse ? Et s'il n'était plus amoureux de Davis, alors pourquoi était-il si préoccupé par le fait de le rendre jaloux ? Où se trouvait Mateus dans tout ça ?

MATEUS s'affala sur son siège et observa les immeubles passer devant la fenêtre. Davis les avait attendus dans la voiture et Crawford et lui étaient engagés dans un débat animé sur une éventuelle expansion du spa de l'hôtel. Il leur jeta un regard.

Ils semblaient détendus en présence de l'autre. Crawford était installé entre Mateus et Davis, et Mateus ne pouvait pas s'empêcher de remarquer qu'il était plus proche de Davis que de lui. Il tenta de ne pas en faire tout un plat, mais lorsque Davis agita la main pour souligner un point et la laissa reposer sur l'épaule de Crawford, Mateus abandonna son observation et braqua à nouveau son regard sur la vitre.

Il savait bien que Crawford était attiré par lui – cela, au moins, c'était évident. Tout comme l'était la chimie qui s'opérait entre eux. Mais Crawford avait aussi des atomes crochus avec Davis. Et une histoire, aussi. Ça représentait beaucoup de choses à surmonter. Surtout vu que Crawford voulait absolument qu'il garde leur relation tout ce qu'il y a de plus pur à cause d'un sentiment de noblesse mal placé qui était aussi excitant que frustrant.

Mais à le voir avec Davis, il se demanda s'il y avait plus que ça. L'hésitation de Crawford était-elle due au fait qu'il pensait profiter de Mateus ou y avait-il plus ? Sa certitude envers l'impossibilité du véritable amour était si forte. Peut-être même un peu trop catégorique. Était-il possible qu'il ne soit vraiment plus intéressé par Davis ?

Mateus ne connaissait pas Crawford depuis suffisamment longtemps pour être blessé ou jaloux, mais il n'arrivait pas à expliquer autrement la douleur qu'il avait dans la poitrine.

Chapitre Neuf

CRAWFORD aurait dû décliner. Que ce soit le dîner qu'ils avaient dû subir ou ensuite l'invitation de Mateus de le rejoindre dans le jacuzzi de leur terrasse. Ce n'était pas comme s'il pouvait blâmer Mateus pour les émotions qu'il ressentait. Mateus n'avait fait que suivre les instructions de Crawford plus tôt dans la journée ; le vrai coupable c'était lui. Crawford lui avait demandé de faire semblant et Seigneur, il l'avait fait.

Mateus avait été formidable au restaurant. Il avait agi de manière étrangement silencieuse et réservée dans la voiture, mais dès qu'ils étaient arrivés au restaurant, il avait changé d'attitude et était devenu l'incarnation du parfait époux.

Il avait été attentif et drôle, et le regard de braise qu'il avait jeté à Crawford tout au long de la soirée était si crédible qu'il s'en languissait toujours. Personne à ce dîner n'avait la moindre raison de penser que Mateus et lui étaient autre chose qu'épris l'un de l'autre, et c'était exactement ce qu'il avait voulu. Le problème, c'était que Crawford en avait été à moitié convaincu lui aussi, et c'était de la folie.

Il avait une bonne centaine de raisons de ne pas entrer dans le jacuzzi avec Mateus et la première d'entre elles était le fait que Crawford était ridiculement attiré par son époux. Mateus avait approché de la perfection ce soir et il avait su gérer tout ce que Davis lui avait jeté en pleine face avec grâce et charme. Il avait conquis tout le monde à leur table, à l'exception de son ex.

Toute la soirée durant, Crawford et Mateus avaient à peine réussi à détourner le regard l'un de l'autre, ce qui avait causé plus d'un gloussement et d'un sourire parmi les autres convives, et une ardente et évidente jalousie chez Davis. Au lieu de contenter Crawford, ça n'avait fait que l'épuiser davantage. Il ne voulait pas jouer avec Davis. Il ne voulait rien avoir à faire avec lui. Et se servir de quelqu'un de si gentil et généreux que Mateus comme d'un faire-valoir laissait un goût amer dans sa bouche. Il n'y avait rien de faux dans la chimie entre eux, et cela faisait mal dans la poitrine de Crawford à mesure que la comédie se prolongeait.

Le fait est qu'il arrivait enfin à en savoir un peu plus sur Mateus, et il était bien plus qu'un beau visage et un délicieux accent. Il était brillant et tellement passionné par le verger que lui et son frère tenaient à Washington – Crawford pourrait l'écouter en parler toute la nuit. Bon sang, c'était pratiquement ce qu'il avait fait. Toute la table avait été captivée par les histoires de Mateus au sujet de ses parties de camping avec son appareil de chauffage pour sauver les arbres durant une période de froid inattendue et par ses expériences avec de toutes nouvelles pousses pour tenter d'endiguer les maladies. Même s'il ne se livrait que rarement à autre chose qu'un coup d'un soir, Crawford pouvait se voir dans une relation avec Mateus. C'était vraiment dommage que ce soit quelque chose qui n'était pas à sa portée, au vu des circonstances.

Au moins, la tension sexuelle entre eux les avait dispensés de prendre un digestif après le dîner. Si Mateus n'avait pas été là, Crawford aurait serré les dents et supporté le reste de la soirée, mais il lui avait offert une excuse toute faite pour partir plus tôt. En fait, il n'avait pas même eu à jouer cette carte lui-même – le directeur de l'hôtel qui s'était joint à eux les avait presque poussés dans un taxi devant le restaurant après le dîner. L'évasion valait bien les railleries et les clins d'œil qu'ils avaient reçus ensuite.

Mais à présent, il était sur le point de faire quelque chose de vraiment, vraiment stupide, donc peut-être que cela n'avait pas été une véritable évasion, tout compte fait. S'il était un peu plus intelligent, il serait déjà au lit. Il aurait dit à Mateus qu'il avait une réunion tôt demain matin, ce qui n'était pas faux, et qu'il avait besoin de repos. Il aurait pu demander qu'il reporte ça pour plus tard afin qu'il puisse s'occuper de la montagne de paperasse qui s'entassait sur la table du séjour. Il aurait simulé avoir la phobie de l'eau.

N'importe quoi qui aurait pu l'empêcher de se retrouver dans un espace clos dans l'un des cadres les plus romantiques qu'il aurait pu imaginer, en compagnie du seul homme avec qu'il ne pouvait approcher comme il le voudrait.

Mais Crawford n'était pas aussi intelligent que ça. Il lista un bon nombre d'excuses dans sa tête alors qu'il se déshabillait, accrochait avec soin son costume dans l'armoire et fouillait dans sa valise pour trouver le maillot qu'il savait avoir emporté. Pas pour cette occasion, bien sûr. Il s'était imaginé faire quelques brasses dans la piscine, pas ce bain frustrant dans un jacuzzi avec l'homme le plus séduisant qu'il avait rencontré de sa vie.

Après s'être changé, il prit son téléphone et envoya un texto à Adam, pas certain de savoir s'il espérait que celui-ci serait réveillé pour l'empêcher de faire cela ou qu'il ne voit pas le message à temps pour punir Crawford d'y avoir même pensé.

Jacuzzi sur la terrasse avec Mateus. Mauvaise idée ?

Son téléphone sonna presque aussitôt après.

La pire. Amuse-toi bien.

Zut alors.

Je ne peux pas m'impliquer, répondit-il.

Tu l'es déjà. Autant en tirer ce que tu peux.

Crawford prit une inspiration et passa une main sur son visage. Comme d'habitude, Adam était allé à l'essentiel et c'était exactement ce que Crawford avait besoin d'entendre. Ce serait mal de profiter de Mateus. Et même si celui-ci disait être intéressé, comment Crawford pouvait-il être sûr que ce soit vraiment le cas et qu'il ne le faisait pas simplement parce qu'il avait peur que Crawford change d'avis à propos de l'aide qu'il lui apportait pour son visa ? Non. Il devait garder ses distances.

Merci, frangin, répondit-il. Il jeta le téléphone sur le lit et sortit à grande enjambée de la pièce principale pour dire à Mateus qu'il ne pouvait pas se joindre à lui ce soir. Les portes de la terrasse étaient déjà ouvertes, donc Crawford n'eut qu'à les traverser. Son souffle se coupa lorsqu'il aperçut Mateus.

Sa silhouette faisait de l'ombre à l'horizon, les bras ramenés contre lui comme s'il avait froid. Il avait de toute évidence pris un maillot là où il avait acheté le reste de ses vêtements pour la soirée, parce qu'il lui collait au corps de manière très indécente, tout comme l'avait fait le bas qu'il avait porté.

Ses excuses s'évanouirent sur ses lèvres. Mateus avait l'air si sublime et si seul que Crawford ne pouvait pas se résoudre à le décevoir. Surtout lorsque Mateus se retourna vers lui et qu'un large sourire fleurit sur son visage.

— *Prêt ? Je l'ai allumé il y a quelques minutes déjà. Ça devrait être à la bonne température pour nous.*

Les yeux de Mateus étincelèrent devant les lumières tamisées, son expression joyeuse mais encore un peu incertaine. Comme s'il s'attendait à ce que Crawford tire sa révérence d'un instant à l'autre. Aurait-il l'air si vulnérable s'il ne voulait rien de plus de la part de Crawford ? Pensait-il que Crawford n'avait aucune envie de passer davantage de temps avec lui, qu'il ne voulait pas rester dans les parages ?

— *Je suis content que le ciel soit dégagé, dit Crawford en levant les yeux. Nous ne pouvons pas voir beaucoup d'étoiles à cause de la pollution lumineuse de la ville, mais il y en a quand même quelques-unes là-haut.*

Mateus frictionna ses bras et recula du bord de la terrasse pour rejoindre Crawford à côté du jacuzzi.

— *Il fait un peu froid, n'empêche.*

Crawford se mit à rire.

— *Après avoir passé dix ans à L.A.,* quoi que ce soit en dessous de dix-huit degrés me paraît glacial. Je pensais que tu aurais une meilleure tolérance après avoir vécu à Washington. C'est toujours un peu frisquet là-bas.

Mateus se hissa sur le rebord et entra doucement dans le bain à remous.

— Ah, souffla-t-il en s'immergeant dans l'eau. C'est le seul point négatif au verger. Ça et la pluie.

— *La pluie me manque.*

Crawford essayait de ne pas trop fixer Mateus du regard, mais ce n'était pas tâche facile. Sa peau était rosée à cause de la chaleur et le fait de savoir que sous la surface, il était presque nu, rendaient les choses étrangement pires que lorsqu'il s'était tenu debout à cette place un peu plus tôt.

— *Il ne pleut pas à* Los Angeles ? C'est sûr la côte, je me trompe ? Je pensais qu'il pleuvait toujours en régions côtières.

Crawford n'arrivant pas à se décider à partir, entra à son tour. C'était mieux que de rester debout à l'extérieur du jacuzzi comme un idiot alors que Mateus en profitait. Sa peau picota sous la soudaine chaleur et lorsqu'il réussit finalement à plonger complètement, un voile de sueur couvrait déjà son front. L'eau remuait contre son torse et le contraste frappant entre l'eau bouillante et les courants d'air frais envoyait des fourmillements dans tout son corps. Il comprenait mieux pourquoi les gens préféraient faire ça lorsqu'il faisait froid. Il n'avait jamais vu l'intérêt de faire un jacuzzi en extérieur à LA.

— *Il pleut rarement et quand c'est le cas, tout le monde devient fou sur les routes. On croirait que c'est l'apocalypse.*

— *Tu as grandi dans le* Michigan, c'est bien ce que tu as dit pendant le dîner, non ? La météo était-elle très différente ?

L'authentique intérêt qui résonnait dans la voix de Mateus fut presque trop à supporter. Il représentait tout ce que Crawford s'était convaincu que ça n'existait pas : un bel homme, intelligent, qui se préoccupait de lui et qui voulait en savoir plus pour vraiment faire connaissance et non pas pour se procurer des informations qui lui permettrait de lui escroquer de l'argent ou des faveurs.

— *Oui. La neige me manque un peu aussi. Mais en général, le beau temps me convient.* Quoique, les guirlandes lumineuses sur les palmiers, ça m'a toujours beaucoup dérangé. Noël, ça devrait toujours être la neige et les pull-overs, pas les rayons de soleil et les shorts.

Mateus sourit.

— *Du soleil et des shorts. Ça me plaît bien.*

— *Tu n'en trouveras pas énormément à* Washington.

Il secoua tristement la tête, faisant tomber quelques mèches de cheveux devant son visage. Mateus les brossa vers l'arrière d'une main, un geste que Crawford savait être utilisé par beaucoup d'hommes comme d'un artifice, mais que Mateus faisait sans même y réfléchir. Il n'avait pas l'air de savoir à quel point il était séduisant. Et ça ne le rendait que plus sexy encore.

— *Non c'est vrai, mais les pulls ne me dérangent pas. Et tout est tellement fleurissant* là-bas. C'est magnifique.

Son visage s'éclairait chaque fois qu'il parlait du verger. Crawford aurait lui aussi bien aimer avoir quelque chose de comparable dans sa vie. Il avait travaillé si dur pour atteindre son actuelle position, mais la satisfaction qu'il ressentait par le passé à ce sujet manquait à l'appel. Le boulot lui prenait tout son temps, mais ça ne représentait plus aujourd'hui le but de sa vie. Il ne se sentait pas aussi passionné par son travail que l'était Mateus pour ses arbres et ses plantes. Crawford voulait ça. Il voulait pouvoir suffisamment aimer ce qu'il faisait pour risquer d'aller en prison simplement pour s'assurer de pouvoir rester là où il pourrait le faire. Aller jusqu'à épouser un étranger pour le conserver quelques mois encore.

— *Il y a une forêt tropicale dans la péninsule Olympique. Y es-tu déjà allé ?*

Crawford avait bien envie de lui proposer de l'y emmener simplement pour être celui qui lui montre une chose aussi sublime. Il voulait être présent lorsque Mateus resterait ébahi et que son cœur se gonflerait de joie au beau milieu d'un lieu si magique.

— *Jamais, mais j'en ai entendu parler à la fac. La flore en climats tropical m'a toujours fasciné.*

Crawford toussa et détourna les yeux avant qu'il ne puisse céder au désir de prendre Mateus ici même. Il n'y aurait pas de tour dans des forêts tropicales de sitôt. Une fois qu'ils auraient convaincu le service de l'immigration de la légitimité de leur mariage, leurs chemins se sépareraient et ils ne se reverraient probablement jamais. Adam avait assuré qu'ils n'avaient même pas besoin de se trouver dans le même État pour entamer une procédure de divorce – dès que le verger marcherait bien, Duarte pourrait engager Mateus comme employé et monter un dossier pour obtenir un nouveau visa. Ils rompraient discrètement tous liens l'un avec l'autre et c'en serait terminé de tout ça.

Cela faisait mal d'y penser. Il ne connaissait Mateus que depuis deux jours, mais Crawford était de plus en plus sûr qu'il voulait que ces jours soient les premiers d'une longue série. Ce qui le poussa finalement à céder et à se pencher en avant, les yeux braqués sur le visage de Mateus tandis qu'il s'approchait, donnant à Mateus tout le temps de reculer si ce n'était pas ce que lui voulait.

Le cœur de Crawford chanta lorsque Mateus inclina la tête vers lui en retour, comblant l'écart entre eux, un petit sourire aux lèvres. Crawford ferma les yeux juste avant que leurs bouches entrent en contact, mais pas avant d'avoir pu être suffisamment près pour avoir catalogué toutes les nuances de couleurs dans les yeux de Mateus. Ils paraissaient bruns, mais en y regardant de plus près, il y avait également des touches d'ambre qui brillaient sous la lumière tamisée.

Le baiser fut timide et Crawford ne chercha pas à aller plus loin. Il ne voulait pas être celui qui en prendrait le contrôle, vu qu'il n'était pas encore certain d'être bien accueilli. Après un battement, Mateus en prit les rênes en approfondissant le baiser. Crawford frissonna lorsque la langue de Mateus titilla ses lèvres closes, et il les desserra, invitant Mateus à y pénétrer. Il inclina la tête pour se donner un meilleur angle, mais garda ses mains pour lui. Il désirait plus que tout toucher Mateus à ce moment-là, et c'est exactement pourquoi il ne le fit pas. La part rationnelle de son esprit s'était peut-être suffisamment déconnectée du reste pour que le baiser semble être une bonne idée, mais elle était encore assez présente pour qu'il soit conscient qu'intensifier les choses serait une très mauvaise idée.

Il se recula lorsque Mateus interrompit le baiser pour reprendre son souffle. Il se délecta de la vue des lèvres gonflées de Mateus et de sa peau s'enflammant à cause du frottement de la barbe qu'il n'avait pas pris le temps de raser avant le dîner. Ils se fixèrent pendant un long moment, le bouillonnement des jets rivalisant avec le rugissement de son propre sang battant dans ses oreilles pour emplir le silence qui régnait.

— *Je devrais aller me coucher, lâcha Crawford et le visage de Mateus se ferma, reprenant son masque d'intérêt poli. Je veux dire, il est tard. Et je dois voir Davis au petit-déjeuner demain matin. Donc, j'y vais.*

Il aurait voulu lui dire qu'il avait apprécié le baiser. Ou qu'il voulait bien qu'ils discutent de la possibilité de faire passer leur relation au niveau supérieur. Mais les mots restaient bloqués au fond de sa gorge. Une once de culpabilité le traversa. À quoi pensait-il ? Il avait complètement oublié pourquoi il se trouvait là. Ce n'était pas une aventure sans lendemain avec quelqu'un qu'il avait rencontré dans un bar, quelque chose pour relâcher la pression. C'était son mari, l'homme qui était là simplement parce qu'il devait l'être.

Aussitôt que Crawford avait reculé et avait commencé à bafouiller, le visage de Mateus s'était refermé et Crawford détestait ne pas pouvoir lire en lui. Mateus était toujours si ouvert d'habitude. Le voir assis là avec un visage aussi impassible était à la limite du supportable, surtout sachant qu'il était la source de cette expression.

Crawford sortit de l'eau. De la vapeur s'éleva de son corps et il eut la chair de poule au soudain changement de température. Ça aida à calmer l'excitation qui l'avait traversé après avoir embrassé Mateus, achevant les dernières notes qui avaient persisté après sa crise de culpabilité. Comment avait-il pu faire quelque chose d'aussi stupide ?

— Personne n'a réservé après nous, donc rien ne presse. *Nous pourrions y prendre le déjeuner demain si tu veux, et nous pourrons toujours aller voir la nouvelle suite après ça.*

Il ne devrait pas lui proposer cela. Son emploi du temps était très serré et il n'avait pas le temps de prendre une pause en plein milieu de la journée pour manger alors qu'il pourrait avoir un déjeuner d'affaires avec Davis et la direction de l'hôtel, mais Crawford n'aimait pas l'idée que Mateus déprime toute la journée dans la suite sans rien avoir à faire. La meilleure chose pour eux serait de garder leurs distances et d'agir de manière amicale et réservée avec Mateus, mais Crawford n'arrivait tout simplement pas à le faire. Il faisait un pas en avant – comme lorsqu'il avait décidé de ne pas entrer dans le jacuzzi – puis deux pas en arrière. Enfin, il fallait dire que céder à la tentation et embrasser Mateus avait représenté plus que deux pas. On pourrait carrément dire que c'était un bond en arrière.

— *Je reste encore un peu, dit Mateus,* les yeux braqués sur l'eau.

Crawford n'avait pas besoin de voir son visage pour savoir qu'il l'avait blessé. C'était encore pire que son air impassible d'avant. Il fallait qu'il serre les dents et qu'il fasse quelque chose à ce propos avant que la situation ne devienne incontrôlable. Il ne voulait pas que Mateus le déteste, mais il n'avait pas non plus envie de partir dans une discussion compliquée lorsqu'il était dans cet état.

— *Écoute, je suis désolé, dit-il, la gorge serrée. Je n'aurais pas dû t'embrasser ainsi. Je n'avais pas le droit de te mettre dans cette situation. Je me suis laissé emporter* par le moment présent.

Mateus leva les yeux et Crawford fut étonné de le voir en colère.

— *Le moment ?*

Crawford déglutit difficilement.

— *L'atmosphère. J'ai passé une très bonne soirée grâce à toi, malgré la compagnie que nous avons dû supporter. Et être assis là dehors, sous les étoiles, cela m'a simplement paru être la chose à faire. Donc, je m'excuse. Je ferai mieux à l'avenir, c'est promis.*

Crawford n'était pas certain de savoir ce qu'il promettait par là. Donnait-il sa parole qu'il respecterait les limites de l'espace personnel de Mateus et de rester à l'écart ? Ou promettait-il que la prochaine fois, ce ne serait pas un baiser raté et inconsidéré dans le noir ? Il ne le savait pas. La seule chose dont il était certain, c'est qu'il devait partir maintenant, avant qu'il ne fasse quoi que ce soit qu'il ne pourrait réparer plus tard.

— *On se voit demain pour le déjeuner. Si d'ici là tu prévois de faire autre chose, laisse-moi une note sur le bureau, OK ?*

Il n'attendit pas la réponse de Mateus. C'était lâche, mais Crawford était à bout. Ses nerfs étaient constamment à vif à cause de Davis et il avait dû se retenir durant toute la soirée de se jeter sur Mateus. On l'avait poussé vers son point de rupture et il avait fini par craquer.

Malheureusement, cela avait été au prix de la confiance de Mateus et de sa propre estime de soi.

Crawford attrapa une serviette sur le banc en faisant le chemin inverse, laissant en passant la baie vitrée ouverte lorsqu'il retourna à l'intérieur. Il avait besoin d'une douche et d'une bonne nuit de sommeil, mais il y avait plus de chances pour qu'il n'atteigne qu'un seul de ces objectifs. Surtout en sachant à quel point il avait merdé ce soir.

Crawford se rua dans la chambre, rassembla ses affaires et les jeta pêle-mêle dans son sac. S'il était assez rapide, il pourrait piquer le divan avant que Mateus rentre à l'intérieur. Ce n'était que justice vu qu'il avait obtenu le lit la nuit dernière. Et étant donné qu'il allait certainement se tourner et se retourner toute la nuit, c'était plus logique ainsi. Il n'y avait pas de raison pour qu'ils soient deux à souffrir.

Il laissa tomber ses affaires à côté du canapé et se servit des draps qu'il trouva dans l'armoire pour se faire un petit nid à lui. Il posa son sac sur le dessus pour faire bonne mesure et établir clairement qu'il disposerait de l'espace pour la nuit. Avec un peu de chance, Mateus sortirait pendant qu'il était en train de se doucher et comprendrait que la chambre était à lui. Ce serait certainement dans leur intérêt à tous les deux de ne pas se reparler pour le reste de la soirée.

La salle de bain de la suite était autant connectée à la chambre qu'au séjour, et Crawford s'assura que les deux portes étaient bien verrouillées. Il n'avait pas envie que Mateus vienne le confronter lorsqu'il était dans la douche, un nouvel acte de conservation de sa part. C'était déjà assez dur de résister à Mateus lorsqu'il était habillé. Tout serait perdu si l'un d'entre eux était nu.

Bien que Mateus ait été pratiquement nu là-bas. Le maillot qu'il portait ne laissait pas beaucoup de place à l'imagination – et Crawford avait une imagination débordante. Il tourna le jet d'eau au maximum. L'eau chaude martelait sa peau glacée, et il dut réfréner un grognement de satisfaction à cette seule sensation. Il ne voulait pas traîner trop longtemps sous la douche, mais il s'autorisa quelques longues minutes, debout, les yeux fermés, laissant juste l'eau le détendre. Le jacuzzi avait été agréable, mais la nervosité face à la proximité de Mateus l'avait rendu encore plus tendu lorsqu'il en était sorti que lorsqu'il y était entré.

Crawford tenta de ne pas penser au maillot moulant ses hanches et ses fesses, mais ce n'était pas facile. Surtout en sachant qu'il y était toujours, le tissu mince lui collant à la peau dans l'eau chaude tourbillonnante.

Crawford poussa un grognement et glissa une main sur lui. Il avait résisté à l'envie de s'en occuper depuis le début de ce fiasco, mais désormais, il était peu probable qu'il sorte de là sans prendre soin de son excitation croissante.

Chapitre Dix

EN dépit du fait qu'il avait pu coucher dans un lit moelleux, Mateus n'avait pas bien dormi. Lorsqu'il était revenu à l'intérieur la nuit dernière après le jacuzzi, Crawford, bien qu'il doutait qu'il soit déjà endormi, s'était déjà enroulé dans plusieurs couvertures dans le canapé.

Il l'avait laissé à son cocon et s'était enfermé dans la chambre. Les draps dégageaient une légère odeur lui rappelant l'eau de Cologne de Crawford. Cela, combiné à la déception qu'avait ressenti Mateus lorsque Crawford avait quasiment fui après leur baiser, l'avaient fait se tourner dans tous les sens pendant des heures cette nuit-là.

Il abandonna l'idée d'essayer de dormir autour de sept heures et demie, présumant que Crawford devait déjà être parti pour sa réunion matinale. Davis lui avait dit qu'ils se verraient vers sept heures au restaurant de l'hôtel. Mateus attendit jusqu'à ce qu'il soit à peu près certain que Crawford ait eu le temps de discrètement se glisser hors de la suite.

Mateus retira son boxer et enroula la serviette qu'il avait utilisée hier lors de sa « séance jacuzzi » autour de ses hanches. Il y avait une cafetière sur le petit coin-cuisine, et tout ce dont il rêvait pour le moment était une tasse de café et une douche.

Il s'interrompit brusquement lorsqu'il ouvrit les portes glacées et qu'il aperçut l'adorable tête ébouriffée de Crawford tout au bord du sofa. Son amas de couvertures avait bougé pendant la nuit, exposant son torse imberbe. Le pouls de Mateus s'accéléra.

Devrait-il le réveiller ? Crawford était peut-être en retard pour son rendez-vous, mais s'il dormait toujours, c'était sûrement parce qu'il en avait besoin. Son téléphone était posé sur le sol à côté du canapé, la petite lumière en haut de l'appareil clignotant furieusement. Il commença à vibrer alors que Mateus était toujours en train de le regarder. L'écran s'alluma, faisant apparaître le nom de Davis.

Avec tout ce qui s'était passé la nuit dernière, Crawford avait oublié de remettre le son après leur dîner.

L'écran s'éteignit, puis se ralluma presque aussitôt. Davis était très certainement sur le point de monter réveiller lui-même Crawford et Mateus n'aimait pas cette idée. Il n'avait pas envie que qui que ce soit, et encore moins son imbécile d'ex, le voit dans cet état.

Il s'accroupit à côté de Crawford, une main tenant sa serviette nouée à la va-vite, et posa timidement son autre main sur son épaule. Sa peau était glacée par l'air ambiant du matin, et Crawford émit un petit bruit avant de se pencher un peu plus vers lui, recherchant inconsciemment la chaleur de la paume de Mateus.

—Crawford, murmura-t-il, ne voulant pas l'éveiller trop brusquement.

Il ne savait pas comment était Crawford au réveil. Faisait-il partie de ceux qui se levaient presque instantanément ? Ou était-il plus comme Mateus qui nageait habituellement vers la conscience à contrecœur ?

Crawford se recroquevilla un peu plus sous les couvertures et Mateus poussa un soupir. Il faudrait une approche plus directe, donc.

Il passa une main dans les cheveux de Crawford, s'autorisant ce contact l'espace d'un instant. C'était ce qu'il aurait voulu faire la nuit dernière lorsque Crawford l'avait embrassé, mais ce dernier était parti avant que Mateus n'ait eu le temps de faire quoi que ce soit. Ses cheveux poivre et sel étaient tous emmêlés, chatouillant la peau sensible de la main de Mateus. Sa barbe serait certainement encore plus agréable à toucher, mais ce serait dépasser les bornes.

— Hé, Crawford, dit-il, élevant légèrement la voix. Crawford, tu es en retard.

Les paupières de Crawford s'ouvrirent et Mateus dut se retenir contre le torse de Crawford pour éviter de chanceler et de tomber sur la table basse. Les mains de Crawford apparurent soudainement d'en dessous des couvertures pour attraper le poignet de Mateus et le stabiliser.

— *Houl*à, marmonna Mateus, son corps vibrant sous l'adrénaline après sa presque chute.

Il s'était débrouillé pour garder une prise ferme sur sa serviette, et ses joues s'enflammèrent et sa peau se réchauffa lorsqu'il réalisa que seul un mince bout de tissu-éponge le couvrait aux yeux de Crawford. Il fléchir les doigts, s'assurant qu'elle était toujours bien nouée.

Crawford cligna des yeux, le regard trouble.

— *Ça va ?*

Sa voix était enrouée par le sommeil et une octave plus basse que d'habitude, ce qui n'aida pas à apaiser les papillons dans le ventre de Mateus.

— *Je vais bien, dit-il rapidement*, tirant sa main hors de la prise de Crawford à présent qu'il ne risquait plus de s'assommer contre la table. Mais tu es en retard. Il est sept heures et demie et Davis n'a pas arrêté d'appeler.

Crawford grommela un juron tout bas et rejeta les couvertures, révélant la tenue qu'il avait enfilée pour dormir : un boxer en coton usé qui enveloppait son érection matinale. La gorge de Mateus s'assécha, ses yeux fixés sur la vue alléchante devant lui.

Crawford ne parut rien remarquer. Il se mit à bouger à toute vitesse, se précipitant sur le sac qu'il avait laissé à côté de la chaise après s'être éjecté du canapé.

— *Merde, merde. Nous étions supposés prendre le petit-déjeuner ensemble pour revoir quelques chiffres avant notre réunion de ce matin.*

Juste à ce moment-là, son téléphone s'alluma de nouveau. Mateus s'en empara et le lui tendit. Crawford le lui arracha presque des mains en répondant rapidement.

— Davis ? Non, je suis juste un peu en retard.

Il fit une pause et Mateus souhaita pouvoir entendre ce que Davis avait à dire vu la façon dont les yeux de Crawford glissèrent sur lui, et ses joues se mirent à rougir avant qu'il brise soudain le contact visuel.

— *Cela ne te concerne pas, répondit-il, tendu. J'arrive dans dix minutes.*

Il cala son téléphone contre son épaule et enfila le pantalon du costume qu'il avait porté la veille au soir et qui était posé sur la chaise.

Mateus courut vers la porte et attrapa le blazer que Crawford avait laissé là hier soir pour le lui donner.

— *Je m'en fiche,* Davis. Prends-moi quelque chose, c'est tout. Tu connais mes goûts, non ?

Il raccrocha avant que Davis ne puisse répondre, et la joie fébrile que Mateus avait ressentie au plus profond de lui-même devant l'illusion de vie conjugale que donnait la situation s'évapora au rappel que c'était Davis qui connaissait le mieux Crawford. Il avait vu Crawford engloutir des quantités ridicules de bretzels dégoulinants et il connaissait la manière dont il préférait son steak grâce au dîner de la veille, mais il ne savait pas ce qu'il mangeait en général. Il serait dans l'incapacité de lui commander un café, et encore moins un petit-déjeuner complet.

Il fallait vraiment qu'il s'intéresse de plus près à Crawford, et ce, le plus vite possible. Et pas juste parce que l'agent du service de l'immigration poserait certainement des questions comme quel genre de céréales Crawford préférait ou encore s'il mettait ou non de la crème dans son café. Mateus *voulait* connaître ce genre de choses banales à propos de Crawford. Et peut-être que lorsqu'ils se connaîtraient assez, ce serait plus facile pour ce dernier d'accepter que Mateus ne lui retournait pas ses gestes d'affections par obligation.

Mateus regarda Crawford passer une chemise propre et la boutonner avec une rapidité qui lui envoya des frissons dans tout le corps. Les gestes de Crawford étaient adroits et vifs, et ce simple acte lui fit se demander ce qu'il serait bien capable de faire d'autre avec ces doigts de fée.

Il tendit sa veste sans dire un mot, un petit sourire se jouant sur ses lèvres lorsque Crawford lui permit de l'aider à l'enfiler sans la moindre hésitation.

Crawford passa une main sur sa mâchoire.

— *J'y vais un peu négligé aujourd'hui, se désola-t-il.*

— *Ça te va bien, avoua Mateus.*

La barbe contrastait légèrement avec son costume de tailleur, mais les deux allaient ensemble. Ça paraissait presque intentionnel.

— *Bien, parce que je n'ai pas le temps d'y faire quoi que ce soit. Je te remercie de m'avoir réveillé.*

Il sourit à Mateus.

— *Cela t'embête-t-il si je t'emprunte la salle de bain quelques minutes pour me laver les dents ? Ensuite, elle est tout à toi.*

Mateus baissa les yeux sur sa serviette et résista tout juste à l'envie de croiser les bras sur son torse nu. Il était davantage couvert que ne l'avait été Crawford il y avait quelques instants à peine, à se tenir là, dans son boxer, mais il se sentait pourtant très exposé de savoir qu'il n'avait rien d'autre là-dessous.

— *Je t'en prie, répondit-il, n'étant que trop bien conscient du regard de Crawford braqué sur lui.*

Il se força à se tenir droit et à garder les épaules vers l'arrière au lieu de se recroqueviller sur lui-même, et il croisa les yeux de Crawford avec un égal regard appréciateur. Se tenir là, presque complètement dévêtu, tandis que Crawford était paré de son costume d'affaires, donnait une impression agréable de clandestinité, et si Crawford ne partait pas très bientôt, Mateus allait finir par se ridiculiser.

Il s'occupa en préparant la cafetière. La petite cuisine était équipée d'une cafetière avec assez de boutons pour l'envoyer dans l'espace, et cela représenta un défi assez important pour lui permettre de garder son esprit concentré pendant que Crawford finissait de se préparer.

Le téléphone de ce dernier sur la table du séjour se ralluma une nouvelle fois et Mateus du se retenir de pousser un soupir. Il était tenté de répondre et de dire à Davis d'aller se faire voir. Cela l'agaçait de voir à quel point Crawford s'en remettait à lui et comment Davis le traitait par la suite, mais ce n'était pas à lui d'intervenir. C'était quelque chose qu'un véritable époux ferait, pas un faux.

Il releva les yeux lorsque Crawford poussa la porte de la salle de bain et s'approcha de son téléphone, lui lançant un regard noir bien avant d'avoir touché son écran et de l'avoir porté à son oreille.

— *J'ai dit que je serais en bas dans…*

Le visage de Crawford était déjà rougi par le fait de s'être précipité dans tous les sens, mais ses joues s'empourprèrent encore davantage en entendant Davis lui dire quelque chose.

— Davis, Seigneur, grommela-t-il.

Il leva une main et couvrit ses yeux avec.

— Tu es impossible. Non, ne fais pas ça. J'arrive.

Il mit fin à l'appel et rangea l'appareil dans une poche de sa veste.

— *Enfoiré, grommela-t-il, plus ennuyé que réellement en colère, ce qui ne fit qu'irriter Mateus plus qu'il ne l'était déjà.*

Pourquoi Crawford laissait-il Davis lui parler comme ça ?

— *Je ne sais pas si je vais pouvoir me libérer pour le déjeuner comme nous l'avions prévu, déclara Crawford en rassemblant les documents qui étaient empilés sur la table.*

Le ton désolé de sa voie rendit les choses encore plus « normales ».
Mateus avait le sentiment que s'ils étaient vraiment mariés, ses journées seraient remplies d'excuses comme celle-ci.

— Tu n'as qu'à commander le petit-déjeuner et le prendre sur la terrasse ? Et peut-être aller faire un tour en ville aujourd'hui ? Je serais là pour le dîner. Ils devraient nous faire parvenir la clé de la nouvelle chambre dès qu'elle sera prête. Ne t'embête pas à tout ranger, nous pouvons faire cela après le dîner de ce soir.

Il attrapa la sacoche qu'il venait tout juste de remplir avec de la paperasse et fit à Mateus un sourire si sincère que ça lui brisa presque le cœur, avant de rentrer dans l'ascenseur qui l'attendait déjà les portes grandes ouvertes. Davis devait avoir demandé à quelqu'un de le lui envoyer vu que seules les personnes ayant une clé pouvaient accéder à l'étage du penthouse. Au moins, il n'était pas monté avec.

— *Passe une bonne journée !* s'exclama Mateus juste avant que les portes se referment.

Il soupira et baissa les yeux sur la tasse de café qu'il venait de se préparer. Était-ce si minable que ça d'attendre avec impatience qu'ils changent de chambre pour qu'il puisse avoir quelque chose de productif à faire ? Il se sentait presque ingrat à l'idée de s'ennuyer dans un endroit qui proposait autant de services, mais il n'était pas du genre à s'asseoir et à regarder la télé toute la journée. Il avait envoyé un mail à son chef la veille et avait officiellement démissionné et il avait fait un Skype avec le couple qui louait son appartement à Lisbonne pour s'arranger afin qu'ils s'installent de façon définitive. Ses affaires là-bas étaient déjà entreposées dans un garde-meuble, donc il devait simplement faire en sorte qu'elles soient envoyées à Washington, mais il avait déjà payé pour les trois prochains mois, donc ce n'était pas une priorité.

Il s'ennuyait. Horriblement, douloureusement, il s'ennuyait.

Courir dans tous les sens pour trouver de quoi s'habiller la veille l'avait diverti, mais c'était surtout parce que Julie avait été amusante et qu'il avait apprécié passer du temps avec elle. Il avait envie de sortir et d'explorer la ville, mais il ne voulait pas le faire seul. Mateus n'avait aucun problème à s'occuper l'esprit lorsqu'il était concentré sur une tâche, mais se promener dehors et visiter les sites importants lui semblait vide de sens s'il n'avait personne avec qui le partager.

La réceptionniste n'avait-elle pas dit qu'elle pouvait lui réserver une visite guidée ? L'idée de rejoindre un groupe de touristes pour admirer la vue requinqua Mateus. Il aurait au moins quelqu'un à qui parler, ainsi. Il emporta son café dans la salle de bain. Il fallait encore qu'il se lave et qu'il rassemble ses affaires avant de descendre pour qu'il puisse voir quels arrangements pouvaient être mis en place pour lui pour la journée. Avec un peu de chance, il y aurait une bonne promenade pas trop chère. Faire un peu de sport semblait le meilleur moyen d'apaiser un peu la frustration sexuelle qui paraissait être devenu son nouveau quotidien.

LORSQUE Mateus revint après avoir passé tout l'après-midi à se promener en ville, il y avait deux cartes magnétiques et un panier de fruits avec une note les félicitant pour leur mariage, signée par la réception. La plupart des touristes du groupe avaient été des couples, mais cela ne l'avait pas dérangé. Son alliance avait rendu les choses moins gênantes pour lui. Il était même allé déjeuner avec un petit groupe de la visite et ils avaient passé l'après-midi ensemble au musée des beaux-arts de Vancouver.

Ç'avait été une agréable distraction face à la tension qu'engendrait le fait d'être coincé avec Crawford et l'éternel Davis qui n'était jamais très loin derrière.

Mateus dégustait une poire sur la terrasse lorsque Crawford rentra. Il ne se retourna pas lorsque celui-ci vint se placer derrière lui.

— *J'ai rangé tes affaires de toilette pour toi. La trousse se trouve sur ta valise.*

Crawford ne répondant pas, Mateus se tourna et arqua un sourcil interrogatif dans sa direction. Il avait l'air déconcerté. Mateus revint sur les mots qu'il venait de dire et ses joues rosirent. Il n'avait même pas réfléchi en rassemblant les affaires de Crawford dans la salle de bain lorsqu'il s'était occupé des siennes, mais il pouvait voir maintenant à quel point l'acte pouvait être interprété comme quelque chose d'intime.

— *Je faisais la mienne, donc... dit-il en haussant les épaules.*

— *Merci, dit* Crawford après un battement de cœur. C'est gentil de ta part. J'avais prévu de le faire ce matin, mais comme j'étais déjà en retard...

Comme si Mateus avait besoin qu'on lui rappelle l'adorable Crawford agité de ce matin.

Il avait envie de lui dire tellement de choses – parmi lesquelles le fait qu'ils soient impliqués l'un avec l'autre ne représenterait pas une erreur de la part de Crawford. Qu'il le désirait et qu'il l'avait voulu depuis la première fois où il s'était assis à côté de lui dans l'aéroport avec son encas monstrueux dégoulinant de beurre. Que le mariage était une chose très importante pour lui et qu'il voulait que le leur soit une vérité et non une imposture. Qu'il avait besoin de savoir si son but était de remettre au goût du jour sa relation avec Davis, parce que, si c'était le cas, ça changerait tout.

Cependant, aucune d'entre elles ne sortit lorsqu'il ouvrit la bouche. Il n'arrivait tout simplement pas à commencer cette confrontation. Il avait peur que Crawford ne ressente pas la même chose, même si ça semblait être le cas. Et si Crawford ne voulait vraiment pas de lui et que ce n'était pas que sa morale qui mettait un frein à tout ça ? Dieu seul savait qu'il pouvait avoir une conception déformée de ce qu'était vraiment le mariage, grâce à Davis.

Mateus n'avait jamais haï quelqu'un auparavant, mais il était presque certain que c'était ce qu'il sentait bouillonner dans de ses entrailles quand il voyait Crawford se ratatiner devant son ex-mari. Il était toujours cordial et parfaitement professionnel dans ce qu'il faisait, et il doutait que Crawford laisse cela influencer ses décisions lorsqu'il s'agissait des affaires, mais, en société, il était différent face à Davis. Effacé. Comme s'il souhaitait prendre moins de place pour ne pas se faire remarquer. Ce n'était pas quelque chose que Mateus aimait voir sur n'importe qui, mais encore moins sur quelqu'un comme Crawford qui était plus grand. Davis semblait aspirer tout l'air de la pièce lorsque Crawford était concerné et Mateus éprouvait le besoin de faire tout ce qu'il pouvait pour l'aider à respirer à nouveau.

Une bonne partie des problèmes qu'il avait n'était pas facile à tirer au clair, mais l'un d'entre eux l'était. Mateus prit sur lui et se lança. Il ne pouvait plus le supporter plus longtemps.

— *Aimes-tu toujours Davis ?*

Crawford lui jeta un regard perçant.

— *Non. Pourquoi cette question ?*

Sa réponse avait été instinctive et Mateus ne savait pas quoi en déduire. Était-ce parce qu'il avait l'habitude de nier ou parce qu'il ne ressentait vraiment plus rien ?

— *Parce que cela te rend heureux de le rendre jaloux, même si tu t'en plains. Je sais bien que cela ne t'ennuie pas autant que tu le prétends.*

Crawford renifla.

— Oh, crois-moi sur parole, il m'agace plus que je le laisse paraître. Mais c'est ainsi que fonctionne Davis. Il prend son pied en sachant qu'il peut contrôler les gens de cette manière, donc je ne lui fais pas voir à quel point il m'irrite. Cela ne veut pas dire que ce n'est pas le cas. J'ai sérieusement pensé à refuser cette mission, même si cela signifiait mon renvoi.

Crawford prit une inspiration et se passa une main sur le visage.

— *Écoute, je ne suis plus amoureux de Davis. Je ne sais même pas si je l'ai été un jour, mais ce dont je suis certain, c'est qu'aujourd'hui, ce n'est pas le cas. Notre divorce... ce n'était pas très beau à voir. Vraiment pas. L'année qui a suivi notre séparation, j'étais dans une mauvaise passe. Mais ensuite, j'ai réalisé qu'en faisant cela, je lui laissais toujours avoir de l'emprise sur moi. À cause de l'amour.*

La lèvre de Crawford se retroussa.

— Je m'en sors beaucoup mieux depuis que j'ai compris que l'amour que l'amour n'est qu'un moyen de manipuler les gens pour obtenir ce qu'ils veulent.

Mateus en resta bouche bée.

— *Ça, ce n'est pas l'amour. Seigneur. Crawford, comment peux-tu être aussi aigri ?*

Crawford lui jeta un regard dépourvu de la moindre émotion.

— Davis m'a épousé pour monter les échelons dans la compagnie et ensuite m'a trompé dans le même lit que nous partagions presque chaque fois que je partais en déplacement.

Le cœur de Mateus se serra pour lui, mais il n'arrivait toujours pas à accepter l'idée de ce que Crawford pensait être la définition même de l'amour.

— *Cela ne veut pas dire que tu ne l'aimais pas. Cela signifie simplement que c'est une mauvaise personne, mais cela n'a aucun impact sur toi.*

— *Dans ce cas, je suis un bel imbécile, pas vrai ?*

— *Non.* Ne pense jamais ça. Il est temps que tu laisses Davis partir et que tu commences à faire passer tes besoins avant les siens.

Mateus avait envie de l'enlacer, mais il savait que le contact ne serait pas le bienvenu pour le moment. Le gouffre qui les séparait à cet instant était bien plus grand que celui qu'il avait imaginé lorsqu'il pensait que Crawford en pinçait encore pour Davis.

— *L'amour n'a rien de logique. C'est seulement... naturel.*

Il tendit timidement la main et lorsque Crawford ne recula pas, il la posa sur la poche de poitrine de sa chemise.

— *Nous ne tombons pas amoureux avec notre cerveau. Nous le faisons avec notre cœur. Tu ne peux pas te couper de tout parce que tu as été blessé.*

Crawford partit en direction de la chambre, mais il laissa la porte ouverte et commença à faire sa valise.

— *Cela a fonctionné jusqu'à maintenant, dit-il par-dessus son épaule.*

Chapitre Onze

CRAWFORD finit par loucher à force de fixer les chiffres devant lui, et pourtant, il n'arrivait toujours pas à trouver un moyen de rentabiliser le restaurant gastronomique de l'hôtel. Il y avait trop d'établissements similaires dans les parages et l'hôtel n'avait pas de cuisinier célèbre pour renforcer sa visibilité. Engager un nouveau chef pourrait fonctionner, mais ça restait un pari risqué. Et vu qu'ils en avaient déjà pris un en agrandissant le spa, ils ne disposaient pas de la marge de manœuvre nécessaire pour le faire fonctionner.

C'était d'autant plus frustrant qu'il s'agissait de la dernière pièce du puzzle. Mateus et lui étaient là depuis plus d'une semaine et, entre les réunions et les audits, Crawford avait fait de bons progrès. À l'exception de Davis, personne ne s'était plaint du programme accéléré qu'il imposait, et même si Crawford était épuisé par ses courtes nuits et ses réveils à l'aube, cela valait le coup si cela voulait dire pouvoir tout terminer en avance. Ce vers quoi il tendait, mais seulement après avoir trouvé une façon de rendre le restaurant de l'hôtel rentable.

— *J'abandonne, concéda-t-il,* repoussant son ordinateur de dégoût. Une cuisine plus raffinée, ça ne marchera pas vu l'emplacement. Mais que pouvons-nous faire d'autre ? Le transformer en quelque chose de plus bas de gamme ? Utiliser l'espace pour faire un café avec un bar à dessert ?

C'étaient des choses qui avaient fonctionné dans d'autres établissements en échec financier, mais il n'y avait pas énormément de circulation piétonne devant l'entrée, ce qui voulait dire qu'il avait peu de chance d'attirer beaucoup de touristes à la recherche d'un remontant. Il s'étira et regarda Davis par-dessus la pile de papier. Il avait l'air tout aussi éreinté que lui. Mais il pouvait parier qu'il dormait mieux.

Crawford avait passé la nuit dernière sur le divan du séjour de la suite qu'il partageait avec Mateus. Vu que Mateus n'était pas celui qui devait se lever avec le soleil pour participer à des réunions et des entretiens, il lui avait offert la chambre dès qu'ils avaient changé de suite. C'était logique pour Crawford qu'il soit le malchanceux à devoir dormir sur ce canapé-lit plein de bosses, étant donné qu'il se réveillait toujours suffisamment tôt pour tout ranger et plier les draps avant que les femmes de chambre ne viennent faire le ménage.

Il avait appris que Mateus n'était pas du matin. En fait, il était généralement inutile de lui parler avant qu'il n'ait englouti sa première tasse de café du matin, et même après ça, il restait en grande partie l'esprit embrumé jusqu'à ce qu'un peu de temps ait passé.

— *À combien se montaient les chiffres pour le* room service l'année dernière ? demanda Davis en fouillant dans la pile.

Crawford loucha sur le compte-rendu devant lui, un doigt descendant la colonne du tableau.

— *Pas très haut.* Environ trente pour cent de la clientèle l'utilisent pour le petit-déjeuner, et on ne parle pas de repas complet. Peut-être qu'un coffee shop proposant les mêmes, mais en plus léger pourrait arranger ça ?

Mateus s'était plaint toute la matinée du manque de choix pour un petit-déjeuner tout en simplicité dans le menu. La plupart des suggestions consistaient en effet en des repas complets, ainsi que des muffins et autres yaourts qui étaient chers à l'unité.

Davis fredonna, l'air d'être en pleine réflexion.

— *Il y a cette chaîne de café local. Happy Bean* ? Java quelque chose ? Avec un jeu de mots, je crois. Peut-être qu'ils voudront ouvrir une boutique ici. Je ne sais pas si nous pourrons supporter les frais d'un coffee shop, mais louer l'espace ? L'idée est intéressante.

— *Ne paraît pas si surpris, dit sèchement Crawford.*

— *Je ne suis pas étonné que tu aies une bonne idée. Je suis seulement surpris que tu ne t'opposes pas à ce que nous nous passions d'un service gastronomique comme celui-ci. Tu es toujours en train de t'y accrocher de toute tes forces, d'habitude.*

— *Lorsque c'est plus judicieux. Ça ne l'est pas ici.*

Crawford ne savait même pas pourquoi il était autant sur la défensive. Si ça avait été n'importe qui d'autre que Davis, il ne se serait pas senti aussi critiqué, mais leur histoire était encore trop fraîche pour qu'il ne prenne pas tout personnellement.

Davis leva les mains dans un geste d'apaisement.

— *Je suis d'accord avec toi.* Seigneur. J'espère pour toi que ton nouveau joujou supporte ton caractère de mégère.

Crawford prit une longue inspiration et se mordit la lèvre. Elle était sensible et gercée à force de l'inquiétude permanente de ses derniers jours, et le pique de douleur l'aida de garder son calme.

— *Mais je suppose que nous pouvons essayer de trouver autre chose pour compenser, sinon.*

Crawford sursauta lorsqu'il sentit la main de Davis remonter le long de sa cuisse. Il se releva brusquement, faisant tomber la chaise sur laquelle il était assis. Ils se trouvaient dans la suite de Davis parce qu'elle avait une grande table sur laquelle travailler et parce que l'endroit était plus privé que la salle de conférence principale. Il regrettait à présent de l'avoir suivi.

— *Merde, qu'est-ce que tu fiches,* Davis ?

Davis haussa les épaules, le visage neutre.

— *Je pensais simplement que tu serais intéressé par un peu de bon temps. Après tout, cela n'a jamais été un problème entre nous. Cela a toujours été au lit que nous étions le plus compatible.*

Les lèvres de Crawford se retroussèrent de dégoût.

— *Tu es compatible avec tout le monde au lit, cracha-t-il. Et je suis marié, enfoiré.*

Le large sourire qui fendait le visage de Davis lui retourna l'estomac.

— *Cela n'a jamais été un problème pour moi.*

— *Je m'en souviens bien, gronda Crawford.*

116

Il ferma brutalement son ordinateur avec plus de force qu'il était probablement recommandé de le faire et attrapa la lanière de sa sacoche, ne s'embêtant pas à rassembler les papiers qu'il avait fait voler.

— *Je vais aller travailler dans ma chambre. Je passerai chez Sacred Grounds* pour voir s'ils sont intéressés.

Davis claqua ses doigts.

— *Je savais que c'était quelque chose dans le genre !*

Crawford secoua la tête, bouillonnant toujours intérieurement. C'était exactement ce pour quoi il n'avait pas voulu travailler avec Davis. Il n'avait absolument aucune notion de morale et c'était aussi un beau salaud.

— *Si tu as besoin de quelque chose de ma part, envoie un* e-mail. Nous avons une réunion de prévue avec la direction demain matin. Je ne veux pas te voir d'ici là.

Il se retourna lorsqu'il atteignit la porte, les muscles si tendus qu'il en tremblait.

— *Si tu oses une nouvelle fois me toucher, je te brise la main, dit-il en gardant le contact visuel pour que Davis sache qu'il était sérieux. Et je ne te veux pas près de Mateus. Laisse-le tranquille.*

Davis leva les yeux au ciel.

— *Inquiet qu'il te lâche si rapidement ?*

Crawford serra les dents et quitta la pièce, résistant tout juste à l'envie de claquer la porte derrière lui. Il passa devant les ascenseurs et emprunta les escaliers pour monter les quatre étages supplémentaires menant à sa propre suite, tremblant toujours de fureur lorsqu'il arriva à destination. Mateus était allongé dans le sofa avec un bouquin et Crawford éluda son salut en grognant tout du long.

Le temps que Mateus apparaisse dans l'embrasure de la porte de la chambre, il avait déjà sorti ses affaires de sport de sa valise. Il avait toujours son stupide livre en main et avait les yeux ronds et l'air confus. Crawford avait envie de se jeter sur lui pour faire partir cette inquiétude d'un baiser, ce qui était exactement la raison pour laquelle il allait courir.

Il n'avait pas encore évalué le centre de fitness de l'hôtel, donc il justifierait son absence en plein milieu de la journée par une inspection des installations. Il aimait s'entraîner dans les salles de sport des hôtels pour en connaître l'aménagement et s'ils étaient ou non souvent utilisés par les clients. Ce n'était pas comme s'il se détendait vraiment. Mais s'il était resté dans cette pièce avec Davis une minute de plus, il aurait cassé quelque chose, et il n'était plus suffisamment concentré pour faire la moindre chose concrète.

Mateus ne bougea pas d'un pouce lorsque Crawford s'approcha de la porte. Il tint sa position, croisant les yeux de Crawford avec un regard noir et presque provocateur.

— *Qu'est-ce qu'il s'est passé ?*

— *Rien, j'avais juste envie d'aller courir un peu.*

Crawford ferma les yeux et respira un coup pour se calmer avant qu'il ne dise quelque chose qu'il regretterait. Mateus n'était pas celui envers qui sa colère était dirigée, après tout. Ce n'était pas juste de la lui jeter à la figure. Surtout en voyant qu'il essayait de l'aider.

— Davis, dit-il platement. C'est à cause de Davis.

Mateus inspira, les dents serrées.

— *Est-ce que tu vas bien ?*

Une partie de sa tension le quitta en voyant la façon dont Mateus l'observait, cherchant de toute évidence la moindre trace de blessure.

— Juste ma fierté, répondit-il, se calmant encore davantage lorsque Mateus passa un bras autour de ses épaules et l'attira dans une étreinte.

— *Je suis désolé*, murmura Mateus.

Son souffle caressait l'oreille de Crawford, faisant se dresser les petits cheveux sur sa nuque. C'était tellement agréable d'être tenu ainsi. Il n'avait pas souvent connu ce sentiment d'intimité avec Davis. Les aventures d'un soir étaient bien pour apaiser une partie de l'agitation, mais elles ne procuraient pas énormément de réconfort.

— *Ce n'est pas de ta faute.*

Lorsqu'il devint clair que Mateus n'avait pas prévu d'expédier son étreinte, Crawford se détendit dans ses bras.

— *Qu'a-t-il fait ?*

Crawford se sentit immédiatement embarrassé à l'idée d'admettre que c'étaient les attouchements non désirés de son ex qui le mettaient dans cet état là, mais il ne voulait pas mentir à Mateus.

— *Il m'a peloté.*

Mateus se tendit.

— *C'est...*

Crawford le réduisit au silence.

— *Ça va. Il n'est pas allé très loin et je lui ai bien fait comprendre que s'il recommençait, il le regretterait.*

— *Il n'aurait même pas dû essayer.*

Mateus le pressa davantage contre lui avant de finalement se reculer. Crawford trébucha presque au manque qu'il ressentit. Il avait l'impression qu'il allait s'effondrer, la colère et la peine le dévorant toujours. Et maintenant, en plus de ça, il était complètement perdu. Pourquoi ressentait-il un tel sentiment de sécurité en présence de Mateus ? Crawford baissait rarement sa garde, mais à chaque fois, sans le moindre effort, Mateus avait franchi chacune de ses défenses.

— *C'est vrai. Mais Davis est un enfoiré, donc j'aurais dû m'y attendre. Et puis, il n'a rien fait de si grave. Il m'a seulement énervé.*

Mateus lui jeta un regard sévère.

— *C'était grave. Il t'a touché sans ton consentement. Il t'a fait te sentir menacé. Tu devrais déposer une plainte contre lui pour harcèlement sexuel. Je doute que ta compagnie soutienne ce genre de comportements, je me trompe ?*

L'écœurement à l'idée que George ou qui que ce soit d'autre apprenne ce que Davis lui avait fait lui noua les entrailles.

— *Non, répliqua-t-il, secouant la tête. Je peux m'en occuper moi-même.*

— *S'il a fait ça avec toi, il l'a probablement fait avec d'autres.*

Davis était plus intelligent que ça. Il savait qu'il mettrait Crawford en colère en faisant ça – que ce soit ensuite pour profiter de lui dans un lit ou pour l'agacer purement et simplement. Davis était un opportuniste. Il n'aurait pas essayé quelque chose comme ça avec quiconque.

— *J'en doute. Mais je le surveillerais à l'avenir, répondit Crawford, cédant sous le poids du regard réprobateur de Mateus.* S'il fait un pas de travers avec le reste de l'équipe, je le dénoncerais sans plus tarder.

Mateus fronça les sourcils, mais ne chercha pas à le pousser plus loin. Il semblait étrangement doué pour ce qui était de savoir où se trouvaient les limites de Crawford. Il recula, le livre toujours en main.

— *Je serais toujours là lorsque tu reviendras de ta séance si tu veux en parler.*

Crawford n'en avait vraiment aucune envie. Mais il était touché de voir à quel point Mateus s'inquiétait pour lui.

— *Merci.*

Il roula en boule son jogging et son T-shirt de sport et les brandit devant Mateus en se dirigeant vers la salle de bain pour aller se changer.

— *Courir quelques kilomètres sur le tapis me fera beaucoup de bien. Je vais devoir encore un peu travailler aujourd'hui, mais peut-être que nous pouvons sortir et manger un morceau ensuite ?*

Mateus le regarda avec gravité pendant quelques instants avant d'acquiescer.

— *Pourquoi pas ?*

Crawford lui offrit ce qu'il espéra être un sourire rassurant.

— *Nous passerons prendre un café sur le chemin du retour. Il faut que je jette un œil sur Sacred Grounds.* Je veux voir si nous pouvons héberger une franchise ici. Tu pourras goûter leur latte à la cannelle et me dire ce que tu en penses.

Mateus sourit.

— *Et tu pourras prendre quelque chose avec plus de sucre que de café.*

Crawford haussa les épaules.

— *Pour le bien de la science,* répondit-il en fermant la porte de la *salle de bain.*

Le rire de Mateus résonna à travers le bois, faisant naître un vrai sourire sur le visage de Crawford. Il s'aperçut dans le miroir. Il ne se souvenait pas de la dernière fois où il s'était senti au léger et heureux. Il laissa ses affaires sur le meuble et soupira. Plaisanter avec Mateus était bien trop facile. C'était rassurant et presque naturel, exactement comme l'était le fait de savoir comment Mateus prenait son café ou, lorsque Crawford proposait un restaurant, que Mateus se placerait toujours le plus près des sorties, simplement parce qu'il aimait l'extérieur.

Au fur et à mesure qu'ils apprenaient à se connaître, Crawford ne pouvait s'empêcher d'aller plus loin et d'en apprendre davantage sur Mateus. C'était bien plus qu'un intérêt amical. Il ne niait pas être attiré par Mateus, mais cela commençait à ressembler à quelque chose de plus.

Il avait définitivement besoin d'aller se dépenser.

Chapitre Douze

— *JE ne sais pas ce qui vous a mis le feu aux fesses, mais je ne peux pas dire que je m'en plains. Quoi qu'il en soit, je sais que vous étiez censé rester à Vancouver une autre semaine,* mais je suis d'accord avec le rapport que vous avez envoyé. Il n'y a pas de raison pour que vous restiez là-bas. La direction peut s'occuper d'appliquer les procédures et Davis a dit qu'il serait heureux de rester pour superviser l'accord avec *Sacred Grounds*, donc vous pouvez rentrer. Avez-vous besoin qu'Helena fasse une autre réservation pour le vol de retour ?

Étant donné la crise qu'il avait piquée dans son bureau à l'idée de bosser avec Davis il y a quelques semaines de ça, Crawford doutait que George ne sache pas pourquoi il avait travaillé si dur pour finir en avance. Mais il laissa passer le commentaire.

— *Ça ira, je l'ai déjà fait.*

Cela aurait été compliqué d'expliquer à l'assistante de George pourquoi il devait faire une longue escale à Seattle.

121

— *Dans ce cas, je vous verrais…*

— *Je n'ai rien de prévu la semaine prochaine, donc je pensais que ce serait le bon moment pour prendre les congés qui me sont dus, en fait.*

George émit un bruit évasif.

— *Il y a le…*

— *Je prends ma semaine, déclara* Crawford.

Il avait au moins deux mois de vacances accumulées et il comptait bien s'en servir. Tout d'abord, il allait s'assurer que Mateus rentre bien chez lui, dans son verger, puis il rendrait ensuite visite à Adam au Japon lorsqu'ils se seraient installés, peut-être dans un mois ou deux. Il était temps pour lui d'arrêter d'utiliser le travail comme une béquille et de faire à nouveau des choses qu'il aimait vraiment faire.

Il ne savait pas si c'était la proximité de Davis ou si c'étaient les tendres sermons auxquels Mateus l'avait à maintes reprises soumis, mais Crawford commençait à réaliser qu'il s'était laissé partir à la dérive depuis son divorce. Peut-être encore avant ça. Il était plus que ce que représentait sa carrière, d'autant plus qu'il n'aimait même pas ce qu'il faisait à présent qu'il avait été promu au plus haut niveau de la direction. C'était trop éloigné de ce qui l'avait attiré dans le métier au début.

— *Très bien.*

George avait l'air décontenancé. Certainement parce qu'il était habitué à ce que Crawford dise « amen » à tout. Cela allait changer. Il allait diminuer les déplacements et déléguer davantage à son équipe pour prendre un peu de temps pour ce qu'il projetait de faire. Non pas qu'il sache déjà quoi, mais il finirait par trouver. Mateus lui avait dit qu'il était temps qu'il pense à lui en premier, et il était prêt à embrasser cette idée.

Il jeta un œil au sofa sur lequel Mateus entassait tous ses nouveaux vêtements dans son bagage à main. Peut-être que Crawford devrait descendre au magasin dans le hall en bas pour aller lui acheter un autre sac. La majeure partie de ce qu'il vendait dans l'hôtel était de bon goût, mais il avait remarqué un modèle aux couleurs vives avec le mot « Vancouver » inscrit encore et encore dans un arc-en-ciel de nuances qui était aussi ridicule que parfait pour Mateus.

Crawford cala son téléphone à l'aide de son épaule tandis qu'il pliait sa veste de costume et la rangeait dans sa valise. Il ne s'inquiétait plus trop des plis comme il l'avait été à l'allée, vu que de toute façon, il allait tout faire passer au pressing en rentrant à la maison.

— Je serais joignable par e-mail si vous avez vraiment besoin de moi, mais je ne reviendrais pas au bureau avant lundi prochain. Davis a mon numéro. Il appellera s'il se passe quoi que ce soit, mais je ne m'inquiète pas trop.

Davis avait reçu l'instruction de ne pas appeler sauf en cas d'extrême urgence, et même là, Crawford l'avait fortement encouragé à se rapprocher du staff de l'hôtel pour faire passer son message au lieu de l'appeler lui. Personne n'y serait opposé. Davis et lui ne s'étaient plus retrouvés seuls depuis l'incident dans sa chambre la semaine dernière et la tension entre eux n'avait pas échappé au reste de l'équipe. Crawford n'avait été rien de moins que glacialement poli et Davis, fidèle à lui-même, avait pénétré sa carapace à chaque occasion qu'il avait eue. Néanmoins, il ne l'avait plus touché à nouveau et il s'était tenu à l'écart de Mateus chaque fois qu'ils s'étaient croisés dans le hall. C'était tout ce que Crawford pouvait espérer de lui.

— Votre soudaine envie de prendre des vacances n'a absolument rien à voir avec votre tout récent mariage, n'est-ce pas ?

Crawford ferma les paupières et pria pour avoir la patience nécessaire. Il s'était attendu à ce que l'info remonte jusqu'à George, mais n'ayant pas reçu le moindre signe de sa part lors de la première semaine, stupidement, il avait espéré avoir eu tort. Apparemment, ce n'était pas le cas.

— En effet, Mateus et moi allons passer un peu de temps ensemble, répondit-il aussi cordialement que possible.

Mateus releva les yeux en entendant son nom et retourna ensuite à ce qu'il faisait lorsque Crawford leva les yeux au ciel et secoua la tête dans sa direction.

— Je présume donc que des félicitations sont de rigueur ? Je n'étais pas certain de ce que je devais faire de la nouvelle lorsque Davis me l'a fait transmettre. Cela paraissait un peu soudain.

Évidemment que ça venait de Davis.

— Pas vraiment, dit-il, se forçant à ne pas prendre un ton trop cassant.

Ce n'étaient vraiment pas les affaires de George. Pourquoi le serait-ce ? Ils n'étaient pas amis. George n'avait jamais exprimé le moindre intérêt pour la vie personnelle de Crawford auparavant, si ce n'est pour quelques questions à propos de son bien-être après le divorce lorsque Davis et lui avaient eu plusieurs épisodes plutôt animés lors de conférence téléphonique avant que leurs collègues apprennent qu'il valait mieux les contacter séparément.

— Je ne savais pas que vous voyiez quelqu'un. Je suis heureux pour vous.

Il avait l'air aussi enchanté que quelqu'un parlant d'un rendez-vous chez le dentiste, mais Crawford n'en était pas offensé. Tout ce dont il avait envie, c'était d'en terminer avec cet appel pour que Mateus et lui puissent terminer de faire leurs sacs et partir avant que la nuit tombe.

— Je vous remercie. Nous nous verrons la semaine prochaine.

Il raccrocha avant que George puisse continuer la conversation. C'était probablement impoli de sa part, mais il s'en fichait bien. George ne lui avait témoigné aucune considération lorsqu'il l'avait envoyé remplir cette tâche, donc il n'avait pas l'impression de lui devoir quoi que ce soit.

Il jeta son téléphone sur le lit et regarda vers Mateus qui s'était assis sur sa valise pour tenter de la boucler.

— Je peux aller chercher un autre sac si tu veux, offrit-il.

Une légère pellicule de sueur couvrait Mateus et il était rouge d'avoir à lutter contre son bagage. Il était vraiment craquant. Descendre à la boutique souvenir serait une bonne excuse pour mettre un peu de distance entre eux avant que Crawford fasse quelque chose qu'il regretterait ensuite.

Mateus souffla bruyamment.

— Je vais réussir à tout faire rentrer.

L'image que cela lui évoqua le fit presque s'étrangler.

— J'ai simplement la gorge un peu sèche, dit-il d'une voix cassée lorsque Mateus s'approcha, l'air inquiet.

Mateus lui tapa plusieurs fois dans le dos avant de disparaître dans la salle de bain. Il en revint quelques instants après avec un verre rempli d'eau du robinet.

Elle était chaude, mais l'eau suffit tout de même à apaiser sa toux. Du moins, jusqu'à ce que Mateus engloutisse le reste lorsqu'il le lui rendit. C'était si personnel et il ne semblait même pas le faire exprès ; comme s'ils étaient ensemble depuis des années. Comme si leur mariage était une réalité.

Il n'avait jamais partagé le moindre verre avec Davis. Ce dernier avait toujours été obsédé par la propreté et les germes, chose assez ironique au vu du manque de discrimination qu'il faisait lorsqu'il s'agissait de fourrer son membre. Crawford n'avait pas réalisé à quel point une simple action pouvait être excitante.

Ou peut-être que c'était juste Mateus dans son ensemble qui l'était.

— Ça va mieux ? Tu as l'air encore un peu…

Mateus s'interrompit et fit un geste vague de la main.

Crawford toussa à nouveau et frictionna d'une main son torse.

— *Non, ça va. Tu es prêt ?*

Mateus opina.

— *J'ai tout ce qu'il me faut. Tu as encore du travail à finir avant que nous y allions ?*

Il examina de près Crawford.

— *Nous pouvons toujours rester, tu sais. Si tu as encore des choses à faire ici. J'apprécie que tu écourtes ton voyage pour me ramener, mais ça me va si tu as besoin que nous restions ici encore un peu.*

Et voilà que revenaient l'altruisme et la gentillesse. Crawford frictionna une nouvelle fois sa poitrine. Il valait mieux emmener Mateus chez lui pour qu'il puisse s'en éloigner. Non pas qu'il n'aima pas sa compagnie... c'était même l'inverse. Un peu trop, d'ailleurs. Un peu de distance ne lui ferait pas de mal.

— *J'ai pris des congés, donc cela ne me dérange pas. Et c'est toi qui me fais une faveur en me donnant une bonne raison pour écourter ce voyage. Moins de temps je passe avec Davis, mieux c'est.*

Le visage de Mateus se tordit dans une grimace adorable à la mention de Davis.

— Je serai plus heureux avec toi loin de lui aussi.

Crawford était un adulte. Il avait un portefeuille d'investissement. Bon sang, il appréciait même discuter avec son comptable. Il ne devrait pas se liquéfier en voyant Mateus aussi protecteur.

Il s'occupa en faisant un dernier tour de la chambre et de la salle de bain pour s'assurer qu'il avait bien tout emporté. Crawford n'était pas habitué à apprécier *autant* quelqu'un, et ça le tuait à petit feu. Il avait Adam, Brandon et Karen. Il avait des amis – d'accord, des connaissances de travail – avec lesquels il jouait au basket-ball les week-ends et avec qui il avait fait du camping, une ou deux fois. Ça lui convenait. Il n'avait pas besoin de Mateus.

Et heureusement, parce qu'il n'avait *pas* Mateus. Ils étaient liés l'un à l'autre uniquement sur le papier. Et plus vite Crawford délivrerait Mateus pour qu'il puisse revenir à sa vie d'avant, plus il avait de chance de garder ça en tête plutôt que de se ridiculiser à force de se languir comme un idiot.

Crawford jeta un coup d'œil sur sa montre. Tous les lundis lorsqu'il était sur la route, il prenait le temps d'appeler son neveu via Skype, mais Brandon ne chercherait certainement pas à le contacter avant ce soir. Avec un peu de chance, il reviendrait à temps à Los Angeles pour l'emmener dîner à la place. Karen et lui s'envolaient bientôt pour le Japon et Crawford ne voulait pas manquer la moindre occasion de le voir avant qu'il parte. Peut-être qu'il pourrait se servir de sa semaine de congés pour aider Adam à faire les valises pour le déménagement.

MATEUS et lui étaient censés emprunter deux files différentes, mais Crawford préférait qu'ils restent groupés pour être sûrs que Mateus passe la douane. Il avait le temps avant que son vol ne quitte Seattle pour Los Angeles, donc s'il se faisait sortir de la file et qu'on lui disait d'aller dans celle destinée aux citoyens américains après que Mateus fut passé, cela n'avait pas beaucoup d'importance.

Ils avançaient dès que la queue diminuait et la nervosité de Crawford augmentait à chaque pas qu'ils faisaient. Lorsque ce fut au tour de Mateus, Crawford resta bien sagement derrière la ligne tracée au sol tandis que Mateus avançait et tendait au douanier son passeport dans lequel était rangé leur certificat de mariage. L'homme l'ouvrit, le scanna et releva les yeux en fronçant les sourcils.

— M. Fontes, M. Hargrave est-il avec vous ?

Mateus fit un geste vers Crawford et celui-ci prit cela comme un signe pour approcher du poste.

— Crawford Hargrave ? demanda l'homme, le visage impassible.

Crawford avait l'impression d'être comme un adolescent dans le bureau du directeur.

— *C'est moi, monsieur.*

— *M. Fontes et vous vous êtes bien mariés à Vancouver ?*

— *C'est cela, il y a un peu plus d'une semaine, intervint* Mateus.

Il avait toujours le sourire aux lèvres, mais celui-ci était tendu.

L'agent émit un fredonnement et tira complètement le passeport de Mateus dans la cabine.

— *Veuillez sortir de la file, dit-il.*

Il pointa un espace pourvu d'un détecteur de métaux et de plusieurs gardes à l'air ennuyé.

Crawford posa les yeux sur Mateus et tenta de calmer la panique qui commençait à le dévorer de l'intérieur. C'était complètement dingue. Comment avaient-ils pu penser qu'ils s'en sortiraient si facilement ?

Bon sang, Adam ne lui laisserait jamais oublier ça. La seule expérience que Crawford avait de la prison venait des séries policières à la télévision, mais il était presque sûr d'avoir le droit à un coup de téléphone.

— *Monsieur ?*

C'est en voyant le douanier le regarder avec insistance qu'il se rendit compte qu'il était resté dans un profond silence.

— *Veuillez avancer jusqu'aux agents derrière la ligne jaune.*

Crawford déglutit, la gorge sèche.

— *Bien sûr.*

Le garde fit coulisser la paroi de sa cabine et en sortit, le passeport de Mateus toujours en mains.

— *Mesdames et Messieurs, ce poste ferme.*

La foule derrière eux éclata en murmures et en grognements, mais les gardes n'y firent pas attention. Il sortit un panneau à l'arrière de la cabine avec une flèche pointée en direction de la cabine à leur gauche.

Mateus tendit la main et attrapa le poignet de Crawford, le pressant gentiment.

— *Tout va bien se passer.*

Crawford mordit sa lèvre et suivit le garde derrière la ligne jaune. Les autres agents s'étaient redressés et les regardaient approcher avec un intérêt évident. Ça ne pouvait signifier rien de bon pour eux. Il n'avait pas envie d'être leur divertissement du jour. Ça prendrait certainement beaucoup de temps et serait des plus déplaisant.

La pression dans sa poitrine augmentait à chaque pas qu'il faisait. Maintenant qu'ils étaient un peu plus près, il pouvait discerner les chiens en laisse et portant une muselière à côté de deux des gardes. Il y avait un petit bureau avec une vitre derrière eux. Sur la porte, on pouvait lire : salle d'interrogatoire. Crawford tenta de ne pas hyperventiler.

Ils atteignirent la zone se trouvant à quelques pas derrière le garde qui s'était déjà rapproché de ses collègues pour leur parler. Le passeport de Mateus était ouvert devant eux. C'était presque décevant. Mais au moins, personne ne se rua vers eux, l'arme au poing.

— *Je pense que nous sommes supposés retourner près du bureau, déclara Mateus.*

Sa main chaude entourait toujours le poignet de Crawford, le réconfortant, même au travers de la manche de son haut.

—*Peut-être, mais imagine que nous soyons supposés rester ici et qu'on nous tire dessus si nous traversons la ligne jaune ?*

Mateus soupira.

— *Je ne crois pas que quiconque va tirer sur qui que ce soit. Le pire qu'ils pourraient faire, c'est de te mettre une contravention sur le dos.*

Il jeta un regard en biais à Crawford.

— *Néanmoins, si tu continues d'afficher un air aussi crispé, ils vont commencer à croire que tu caches quelque chose. C'est une fouille au corps que tu veux ?*

Crawford laissa échapper un faible rire.

— *Disons que ça pourrait pimenter un peu les choses, non ?*

Mateus lui fit un large sourire.

— *Je t'ai proposé de le faire, c'est toi qui as décliné.*

— *Par galanterie seulement, rétorqua* Crawford.

Les taquineries de Mateus lui avaient permis de reprendre le contrôle et c'était certainement être le but premier de ce dernier. Il n'était habituellement pas aussi bravache.

— *Comme tu dis, répondit* Mateus en inclinant la tête. Alors, nous y allons afin qu'ils puissent commencer l'examen des caries ?

La lèvre de Crawford palpita douloureusement, l'aidant à rester concentré. Il prit une profonde respiration.

— *Toi aussi tu en veux une maintenant ?*

— *Ce ne serait pas très juste que tu sois le seul à t'amuser, pas vrai ? Il s'agit après tout de notre lune de miel.*

Le plus triste dans tout ça, c'était que leur lune de miel avait été fabuleuse. Avec Davis, pour la leur, ils étaient partis en Jamaïque et ils avaient passé une semaine au soleil, ivres et dévêtus. Et ça n'avait pourtant pas été aussi amusant que la version platonique qu'il avait passée avec Mateus.

Seigneur, il était vraiment pathétique.

— *Tu n'as pas tort.*

Crawford laissa Mateus le guider jusqu'à l'unité en fonction. Personne ne semblait leur prêter attention. Il fit quand même tout son possible pour garder ses gestes aussi évidents et inoffensifs que possible.

— *Nous n'avançons pas vers l'abattoir. Tu n'as pas à avoir l'air si sérieux.*

Alors qu'ils gagnaient la pièce vitrée, Mateus lui donna un coup dans les côtes. Le brusque mouvement le fit sursauter et la panique remonta instantanément. Serait-ce considéré comme une menace ?

128

— *Tu vas certainement te faire expulser.* Comment peux-tu ne pas l'être ?

Mateus fit glisser sa main du poignet de Crawford jusqu'à sa main, le faisant s'arrêter.

— *Ce qui doit arriver arrivera. Moi ? Je pense que tout va bien se passer. Et si ce n'est pas le cas, nous ferons avec. J'apprécie tout ce que tu as fait pour moi, Crawford.* Je te promets de tout faire pour que tu n'ailles pas en prison à cause de moi.

Crawford nota que Mateus n'avait rien dit en ce qui le concernait lui. Peut-être qu'il prenait vraiment les choses au sérieux, finalement. C'était difficile à dire avec son perpétuel sourire et son attitude détendue. Sa petite comédie à la Suzy Sunshine serait horripilante chez n'importe qui d'autre, mais chez Mateus, c'était tout sauf une comédie. C'était une des choses que Crawford adorait chez Mateus.

Bon sang. Adorer ? Il le connaissait à peine. Il ne l'aimait pas. L'amour, ça n'existait pas. Il n'allait à nouveau confondre l'amour et le désir, surtout avec quelqu'un comme Mateus qui était aussi dépendant de lui.

— Ne mentionnons même pas le mot en « p », dit Crawford en hochant la tête par-dessus son épaule.

— *Ça marche. En espérant que les agents des douanes jouent le jeu,* plaisanta Mateus.

Il s'empara de la main de Crawford et le traîna jusqu'à la porte. *C'est l'heure du spectacle.*

L'agent de la cabine se retourna lorsqu'ils approchèrent et leur montra la porte d'un geste de la main, exactement comme Mateus l'avait prédit.

— *Quelqu'un va venir pour discuter avec vous d'ici quelques minutes. Installez-vous dans la salle d'attente.*

Mateus sourit à Crawford.

— Cela ressemble-t-il à quelque chose *que quelqu'un sur le point d'effectuer une fouille corporelle dirait ? Tu vois ? Tout ira bien.*

Crawford s'esclaffa lorsque Mateus lui tint la porte. La salle d'attente était vide et le poste de télévision dans le coin était allumé sur la chaîne Fox News. Au moins, elle était en muet. C'était la première chose qui allait dans le sens de Crawford depuis qu'ils étaient descendus de l'avion.

— *Non, tout n'ira pas bien,* grommela Crawford. *Nous nous trouvons dans un bureau sur lequel il est marqué* « *Interrogatoire* », pour l'amour du ciel.

— *Au moins, ce n'est pas une cellule de détention !*

129

Crawford ne put s'empêcher de rire au ton léger de Mateus.

— *Je te l'accorde.*

Il recommença à se mordre la lèvre, mais Mateus tendit la main et la posa sur son menton.

— *Arrête de faire ça. Tu vas te faire saigner. Ils veulent certainement simplement nous poser quelques questions.*

Ses sourcils se froncèrent.

— *Tu ne vas pas rater ton vol, si ?*

Par automatisme, dès que Mateus le lâcha, Crawford se remit à attaquer sa lèvre. Néanmoins, il cessa immédiatement en l'entendant claquer de la langue.

—*Tout cela me rend nerveux, murmura Crawford avec une moue capricieuse sur sa lèvre inférieure gonflée.*

— *J'en suis conscient, mais il se trouve que j'aime tes lèvres comme elles sont, donc arrête s'il te plaît.*

Mateus lorgna la bouche de Crawford, ses yeux s'assombrissant.

— C'est une jolie lèvre.

Crawford s'esclaffa, surpris. Mateus flirtait avec lui *maintenant* ? Était-ce seulement pour distraire Crawford de l'imminente catastrophe ou le pensait-il vraiment ?

Avant qu'il ne puisse lui poser la question, le battant de la porte s'ouvrit et un garde différent de celui auquel ils avaient parlé entra. Il avait le passeport de Mateus dans une main et leur acte de mariage dans l'autre.

— M. Hargrave ? M. Fontes ? Si vous voulez bien me suivre, je vous prie.

Ils le suivirent le long d'un court couloir jusqu'à une porte fermée à laquelle il toqua une fois. Elle s'ouvrit quelques secondes plus tard sur une femme avec un autre badge sur la poche de sa chemise. Services de l'immigration. On leur sortait le grand jeu.

— *Entrez donc, messieurs, dit-elle en ouvrant plus largement la porte afin qu'ils puissent passer.*

Le bureau était de toute évidence partagé entre plusieurs personnes. Il était dépourvu du moindre objet décoratif si ce n'est la plaque sur le bureau qui identifiait la femme comme étant l'agent Denise Charon.

L'agent Charon s'installa derrière la table, et Crawford et Mateus gagnèrent prudemment les chaises en plastiques placées devant.

— *Savez-vous pourquoi nous vous avons pris à part, aujourd'hui ?*

Elle avait leur certificat de mariage en main. Le contenu de cette feuille semblait si fragile, mais c'était la seule chose qui permettait à Mateus de rester sur le territoire. Et en liberté, mais ça, ça dépendait entièrement de la personne à qui ils avaient affaire et si elle était du genre à suivre les règles à la lettre.

Crawford dévisagea l'agent Charon. Son pantalon était si nettement plissé qu'on avait dû l'amidonner au préalable – qui faisait encore ça ? Elle avait l'air à cheval sur le règlement.

— Hum, je n'en suis pas certain.

Sa voix n'avait pas vacillé. C'était déjà une bonne chose.

L'agent Charon les toisa d'un air douteux.

— *Quelle est la nature de votre relation avec M. Fontes ?*

— *Nous...*

— *Nous sommes mariés, s'exclama* Mateus en le coupant.

Il riva un regard noir sur l'acte de mariage.

— Comme vous vous en doutez.

Crawford ne pensait pas que se mettre sur la défensive allait leur être d'une quelconque aide. Il tendit la main et enveloppa celle de Mateus avec laquelle il avait fait un geste, la faisant redescendre. Il l'approcha, pencha la tête et embrassa légèrement ses doigts. Du coin de l'œil, il vit Mateus se calmer et détourner les yeux du bureau pour les poser sur Crawford, ses traits s'adoucissant.

Crawford savait ce que l'agent de l'immigration voulait. Ce qui l'intéressait, c'est d'avoir une preuve formelle qu'ils étaient bien ensemble. Il se rapprocha de Mateus, laissant leurs genoux s'effleurer. Il ne pouvait pas le nier : Mateus était excellent lorsqu'il s'agissait de capter les signaux. Il enroula son bras autour de celui de Crawford, les serrant encore plus étroitement l'un contre l'autre.

Le téléphone de bureau sonna et l'agent Charon murmura un mot d'excuse avant de s'en emparer. Elle détourna le regard, feuilletant un dossier sur la table et répondant aux questions de la personne au bout du fil.

Il comprenait dans quelles mesures ce que Mateus et lui faisaient été nécessaire, mais le seul fait de devoir mettre en scène un tel spectacle dans une salle d'interrogatoire faisait transpirer Crawford. Heureusement, Mateus sembla comprendre exactement ce qu'il en pensait, puisqu'il le tira vers lui avant qu'il ne puisse se dégonfler.

Crawford s'attendait à un léger bisou sur la bouche, comme ces baisers expéditifs qu'ils avaient échangés devant Davis à l'hôtel. Simplement quelque chose pour montrer qu'ils étaient à l'aise dans l'espace personnel de l'autre, quelque chose de rapide et d'intime qui sous-entendait une familiarité du corps de l'autre qu'ils n'avaient pas. Un baiser de personnes mariées. Le genre de baisers que les couples échangeaient lorsqu'ils savaient pouvoir embrasser l'autre quand il leur plaisait de le faire. Il n'y avait pas de raison qu'ils soient plus que superficiel.

Ce n'est pas le genre de baiser qu'il reçut. Les lèvres de Mateus étaient douces et elles caressaient celles, abîmées et enflées, de Crawford, d'abord timidement, puis plus audacieusement lorsque Crawford lui rendit la pareille. Mateus pencha la tête et sa main plongea dans les cheveux courts et hirsutes à la base de sa nuque, ses doigts brûlants chassant le frisson de son angoisse.

Crawford s'était autorisé à quelques fantasmes… à imaginer ce que ce serait d'avoir Mateus tout contre lui, dans ses bras, mais ça ne rendait pas du tout justice à la réalité. Leur baiser dans le jacuzzi avait été incroyable, mais ça, c'était indescriptible. Mateus était comme un câble sous tension. Les lèvres de Crawford picotaient et un frisson descendit le long de sa colonne vertébrale, l'excitation nouant ses entrailles. Il n'avait jamais autant désiré quelqu'un après un seul baiser.

La main de Mateus glissa dans le dos de Crawford, sa paume laissant derrière elle une traînée de chaleur que Crawford pouvait sentir, même au travers de son T-shirt. Ce dernier voulait le toucher à nouveau lorsqu'un raclement de gorge fit éclater leur bulle.

Mateus sursauta et recula en même temps que Crawford. L'officier en avait terminé avec son coup de fil et les regardait avec un sourire indulgent, mais amusé.

Il était possible que Crawford soit encore un peu étourdi par leur baiser. Il tourna la tête, la plongea au creux du coup de Mateus et se mit à rire doucement. Mateus le rejoignit une seconde plus tard, tous les deux toujours étroitement serré, s'appuyant sur l'autre tandis qu'ils pouffaient comme des enfants.

— *Excusez-moi, finit par dire Crawford lorsqu'il réussit enfin à reprendre le contrôle.*

Le bras de Mateus était encore enroulé autour de son torse, le maintenant tout près, et le cœur de Crawford se serra en voyant à quel point cela paraissait intime.

L'agent Charon s'éclaircit de nouveau la gorge.

— *Il me semble que cela suffira pour déterminer la nature de votre relation, dit-elle avec un léger sourire. M. Fontes, votre passeport a été fiché par la sécurité intérieure pour d'ultérieures vérifications lorsque vous reviendriez dans le pays. C'est la raison pour laquelle nous vous avons pris à part.*

Ça, c'était inquiétant.

— *Lorsqu'un titre de séjour est impliqué, nous procédons à* un entretien standard *auprès des couples nouvellement mariés. Habituellement, nous faisons cela au poste de contrôle, mais étant donné que votre dossier a été marqué, vous allez devoir vous en occuper avec une assistante spécialisée dans l'immigration. Elle effectuera un premier entretien et vous supervisera tout au long de cette année.*

Cela n'avait pas l'air si terrible. Intrusif, oui, mais pas impossible. L'emploi du temps de Crawford pouvait être suffisamment souple dans la mesure où on le prévenait et Dieu seul savait qu'il avait assez de congés mis de côté. Tant qu'on lui fournissait les informations en temps et en heure, il pourrait toujours revenir à Seattle pour voir l'assistante en question si cela s'avérait nécessaire.

— *Et bien sûr, il y aura une visite à domicile.*

Il lança à Mateus un regard paniqué. Ils avaient encore le temps avant ça, non ?

— *Une visite ? répéta-t-il, stupéfait.*

— *Ce n'est qu'une formalité. Vous seriez surpris du nombre de personnes qui pensent pouvoir se jouer du système en se mariant sous de faux prétextes, dit-elle en secouant la tête.* Ce ne sera pas trop compliqué pour vous, j'en suis certaine. Nous allons fixer une date tout de suite.

De toute évidence, leur baiser avait été plus que convaincant. Bon sang, même Crawford en avait été convaincu ; un vrai succès.

L'avocat en droit étranger qu'ils avaient rencontré à Vancouver leur avait fait croire que tout ça n'allait être qu'une promenade de santé. Il avait rempli une montagne de papiers dont Mateus aurait besoin et Crawford lui en était reconnaissant à présent. C'était grâce à sa vivacité d'esprit qu'ils étaient en mesure de faire passer la frontière à Mateus. Ça pourrait prendre des semaines avant d'être approuvé, mais personne n'avait cru que cela poserait un problème sur le chemin.

L'agent Charon fit glisser une carte professionnelle sur la table.

— *Voici votre assistante. Vous devrez la rencontrer dès demain. Mais ne vous inquiétez pas. Comme je vous l'ai dit, c'est seulement pour débusquer les personnes qui ne vivent pas vraiment ensemble.*

Crawford tourna la carte pour lire le nom : agent Kathleen Suarez. Le nom ne lui inspirait rien du tout. Serait-elle aussi gentille que l'agent Charon ? Ou serait-elle une de ces matrones peu commodes qui lui demanderait la marque de dentifrice préféré de Mateus ?

À bien y réfléchir, il connaissait la réponse, en fait. Ils avaient eu un débat « Crest contre Colgate » qui avait duré dix bonnes minutes pendant le petit-déjeuner la semaine dernière. Mais tout de même... Comment allaient-ils passer la visite à domicile alors qu'ils n'habitaient même pas dans le même État ?

Il sentit le bras de Mateus se resserrer autour de lui.

— *Devons-nous lui passer un appel pour prendre rendez-vous ? Nous nous dirigeons vers* Beverly *et ce n'est pas tout près.*

— *Son cabinet ouvre à neuf heures et elle passe le début de sa journée à rencontrer les couples qui sont arrivés après la fermeture de la veille.* Elle vous rencontrera sans que vous ayez besoin de fixer de rendez-vous, mais je vous conseille d'y être dès l'ouverture. Si vous restez à Beverly, vous devriez prendre une chambre à Seattle pour la nuit. Dans tous les cas, je vous prie de m'excuser pour les désagréments causés. Je suis certaine que l'agent Suarez fera du bon travail sur votre affaire, dit-elle avec enthousiasme.

Crawford espérait que ce ne serait pas le cas.

Chapitre Treize

MATEUS s'effondra dans le lit queen-size, plissant le nez lorsqu'il rebondit au lieu de s'y enfoncer. Ça n'avait rien à voir avec les lits de plumes de *Chatham-Thompson Lion's Gate*, mais les matelas durs comme la pierre et les fines couvertures en nylon n'étaient pas une grosse surprise pour un endroit qui louait pour cinquante-neuf dollars la nuit.

Crawford avait bien tenté de leur réserver une chambre dans un hôtel plus sympa au bout de la rue, mais la fierté de Mateus en avait pris un coup. Il profitait de Crawford depuis trop longtemps, c'était donc au tour de Mateus de payer l'addition cette fois-ci, surtout en sachant qu'ils étaient coincés ici à cause de lui. Malheureusement, il ne pouvait pas se permettre des édredons ou des draps à cinq cents fils. Cependant, la chambre venait avec un petit-déjeuner continental gratuit au matin, ce qui était plutôt intéressant.

Il ferma les yeux et écouta Crawford galérer avec la petite cafetière dans le lavabo de la salle de bain. Il était tard, mais il ne commenta pas. Il avait appris qu'il ne fallait pas se mettre entre Crawford et la caféine, quelle que soit l'heure.

Quelque chose tomba dans le lavabo dans un bruit sourd et Crawford jura tout bas. Mateus ouvrit un œil juste à temps pour le voir enfoncer de nouveau une pièce de la cafetière.

— *J'ai repéré un Starbucks à tout juste deux kilomètres environ.* J'abandonne, je vais me chercher un café là-bas. Tu veux un déca au lait et à la cannelle ?

Peut-être que Mateus n'était pas le seul à prendre note des préférences en termes de boisson, en fin de compte. Il tenta d'ignorer les papillons qui le chatouillèrent en sachant que Crawford y avait prêté attention cette fameuse nuit au *Sacred Grounds* après le dîner pour le repérage de ce dernier. Mateus savait à quel point il était concentré sur son travail, mais non seulement Crawford avait remarqué que Mateus aimait tout particulièrement les lattes à la cannelle, mais en plus, il s'était souvenu que Mateus lui avait dit qu'il aimait les boissons plus sucrées le soir.

— *Si tu sors, autant en profiter. Mais ne fais pas le voyage pour moi.*
Crawford renifla, amusé.

— *J'ai à peu près quatre heures de paperasse à remplir ce soir. Fais-moi confiance, j'irai de toute façon et certainement plus d'une fois.*

Mateus grimaça intérieurement. Crawford avait été incroyable avec tout ça, jamais une seule fois en colère à propos des inconvénients qu'il subissait à cause de leur mariage. Même aujourd'hui, alors qu'il logeait dans un motel de seconde zone avec une cafetière en panne, il ne craquait pas et n'essayait pas non plus de faire culpabiliser Mateus. Au lieu de ça, il lui proposait de lui apporter au passage son nouveau favori du soir puisqu'il allait faire le plein pour une nuit de travail nécessaire, car il avait passé toute la journée à droite et à gauche pour Mateus.

— *Veux-tu que je vienne ?*

Puisqu'il était presque certain que la réponse serait « non », Mateus ne fit pas le moindre mouvement pour se redresser. Crawford et lui avaient littéralement été collés l'un à l'autre toute la journée. Crawford avait sûrement besoin d'un peu de solitude pour se reprendre. Il avait tendance à devenir tendu et grognon lorsqu'il n'avait pas de temps pour lui.

Il ferma de nouveau les yeux. Le cliquetis des clés que Crawford prit sur le bureau résonna.

— *Non, ça va aller. Je vais aussi prendre mon ordinateur pour profiter de la Wifi et terminer les comptes-rendus que je dois encore envoyer. Ici, la* connexion est plutôt mauvaise. Mais je reviens d'ici une bonne heure avec ton café, OK ?

Mateus ravala un sourire.

— *D'accord. Merci.*

— *Ce n'est rien, répondit* Crawford.

L'instant d'après, la porte se referma derrière lui.

Mateus se releva et frotta ses yeux. Il avait pris l'habitude de ne plus s'épancher en remerciements devant Crawford pour tout ce qu'il faisait pour lui, mais il savait que même un « merci » poli au quotidien le mettait mal à l'aise. Il faudrait qu'il trouve un moyen de lui exprimer sa reconnaissance sans le lui dire directement.

Enfin, il ne savait pas si ce serait un problème encore très longtemps. Au matin, ils se rendraient au cabinet, et ensuite Crawford le déposerait au verger. D'après ce qu'il avait lu sur le net, il y aurait certainement un ou deux entretiens durant l'année à venir – une fois qu'ils auraient passé la sinistre visite à domicile –, mais ce ne serait pas quelque chose d'aussi intrusif. Et ce ne serait peut-être même pas nécessaire, vu que, d'ici là, Duarte serait en mesure de l'engager officiellement et ainsi l'aider à obtenir un permis de travail.

L'idée de ne plus voir Crawford lui nouait le ventre. Il s'était laissé séduire par Crawford même s'il avait toujours su que c'était une mauvaise idée. Ce dernier avait été très clair : il ne voulait pas que tout ça évolue et qu'ils aient des rapports. Mateus le respecterait. Il se le devait. La balle était dans le camp de Crawford, pour ainsi dire, et il semblait heureux de ne pas relancer la partie. Mateus n'allait certainement pas aller à l'encontre de sa volonté et se mettre à le pourchasser. Il devait beaucoup à Crawford et étant donné que ce dernier était déterminé à empêcher Mateus de lui rendre la pareille, la moindre chose qu'il pouvait encore faire, c'était de respecter son espace personnel.

Et quel espace ! Mateus s'esclaffa et roula sur lui-même pour plonger sa tête dans l'oreiller. La vie serait tellement plus simple s'il arrivait à surmonter son obsession pour le fessier de Crawford, mais il était bien trop remarquable pour qu'il arrive à l'ignorer. Cela dit, *sans* le remarquable fessier de Crawford, celui de Mateus serait de retour au Portugal, ou en cellule. Un peu de frustration était un piètre prix à payer pour pouvoir rester dans le pays.

S'il était dans une de ces comédies romantiques que Bree lui avait appris à aimer sur Netflix, le silence emplirait toute la pièce et Mateus se redresserait, se languissant. Mais les murs étaient trop fins pour ça et sa soirée de déprime était rythmée par la bruyante conversation au sujet du dîner du couple de la chambre voisine. Il voulait tenter le bistrot qu'ils avaient vu en passant sur la route et elle préférait aller manger chez *Applebee's*. Mateus encouragea silencieusement l'homme tandis que celui-ci déblatérait à propos des chaînes de restaurants insipides et hors de prix.

Non pas que le bistrot soit bien mieux. Crawford et lui s'étaient arrêtés là-bas pour le dîner et Mateus ne se souvenait même plus de ce qu'il avait commandé. Il se rangeait du côté de l'homme par principe.

S'il était de retour au verger, il aurait déjà mis le nez dehors. Il longerait la clôture pour s'assurer qu'elle était intacte, vérifiant l'état de chaque arbre que Duarte et lui avaient tuteuré avant son départ, bricolant le tout à partir d'une machine dans la grange. Mateus détestait être cloîtré à l'intérieur. À Vancouver, ça n'avait pas été si terrible, puisqu'il avait tout son temps libre pour déambuler dans la ville. Ça ne valait pas une promenade en pleine nature, mais c'était toujours mieux que de rester à l'intérieur.

Il n'y avait pas d'échappatoire ici vu que le motel était niché dans un parc de bureau. Il faisait suffisamment sombre pour que l'idée de se balader dans un parking mal éclairé le rebute, même s'il avait bien envie d'explorer la jungle urbaine de la banlieue.

Une porte claqua dans le couloir et les voix du couple se disputant s'estompèrent. Mais entre les cliquetis de l'horloge sur le mur du fond et le vrombissement du système de ventilation, le silence n'était encore qu'un doux rêve. S'il tendait l'oreille, il pouvait même entendre le passage des voitures sur l'autoroute qui bordait le parc.

Ce n'était pas l'idéal pour une paisible introspection. Mais ça lui allait. De toute façon, il ne pensait pas qu'il aimerait ce qu'il trouverait s'il en faisait une en profondeur dès maintenant : un paquet de lamentations au sujet de Crawford et une bonne dose d'apitoiement sur son sort. Il n'avait pas le droit de songer à ce genre de choses. Tout était de *sa* faute.

Il devrait téléphoner à Duarte pour lui faire savoir qu'il revenait demain, mais à ce stade, il ne savait même plus s'il venait avec Crawford ou seul. Il allait tout simplement prendre l'option la plus facile et ne pas appeler avant demain.

Allait-il ramener Crawford au verger, chez lui ? Ils n'avaient pas reparlé des désastreuses révélations dans la salle d'interrogatoire. Il se sentait presque stupide de n'avoir pas pensé au fait qu'il y aurait sûrement une visite à domicile, mais comment aurait-il pu savoir ? Duarte n'avait jamais parlé d'un truc de ce genre après avoir épousé Bree. Crawford aurait besoin de retourner à Los Angeles pour travailler. Et il fallait qu'il y soit rapidement au risque de rater son neveu et sa belle-sœur. Mateus n'avait pas envie d'avoir ça sur la conscience. Crawford lui avait longuement parlé de Brandon. C'était évident qu'Adam et lui étaient deux parts importantes de sa vie. Mateus pouvait toujours supporter une ou deux semaines en Californie si cela permettait à Crawford de reprendre sa vie en main.

D'un autre côté, il était parti suffisamment longtemps pour que le travail commence à s'accumuler au verger. La dernière fois qu'il avait parlé à Bree, elle avait semblé stressée et il détestait ça. Peut-être que Duarte pourrait engager quelqu'un le temps d'un mois.

Mateus poussa un grognement et enfonça son nez dans l'oreiller. Duarte ne pouvait même pas se permettre de le payer *lui* ; il ne pouvait certainement pas s'offrir quelqu'un qui travaillerait pour un vrai salaire. Il fallait qu'il retourne au verger pour refaire partir tout le système ou ils pouvaient dire au revoir à une autre saison de culture.

Cela ne l'enchantait pas de devoir demander à Crawford une énième faveur, mais il semblait qu'il ne pourrait pas faire autrement. Il ne servait à rien de mettre la charrue avant les bœufs. Avec un peu de chance, l'agent Suarez n'aurait pas besoin d'une visite avant un mois ou deux. Ça lui donnerait un peu de temps pour régler ce qu'il avait à faire au verger et prendre la direction de Los Angeles pour quelques jours.

MATEUS ne se souvenait pas s'être assoupi, lorsque, tout d'un coup, Crawford le secoua pour le réveiller. Il cligna des yeux plusieurs fois pour faire disparaître sa vision floue, l'eau lui montant à la bouche en sentant avant de voir le café que Crawford lui tendait.

— *Tu avais l'air épuisé,* mais je ne voulais pas que tu dormes avec tes vêtements et que tu te réveilles mal à l'aise au beau milieu de la nuit. En plus, tu avais l'oreiller sur le visage et le lit est aussi dur que de la pierre. Tu te tuerais probablement le cou en dormant ainsi.

Mateus se redressa et s'appuya contre la tête de lit avant de prendre le gobelet. C'était parfait. Pas de crème, juste comme il les aimait. Le breuvage était encore chaud. Crawford avait dû attendre d'être prêt à quitter le *Starbucks* avant de passer commande. La considération qu'il lui accordait lui gonflait le cœur d'une douce satisfaction.

Il s'étira, son attention se portant sur la façon dont Crawford traquait le moindre de ses mouvements. Le regard de Crawford caressa la bande de peau mise à nue par le T-shirt légèrement relevé de Mateus. Ce dernier le laissa ainsi au lieu de le remettre en place comme il le ferait habituellement. L'attention que lui portait Crawford lui plaisait et même s'il n'allait rien tenter au risque de rendre Crawford mal à l'aise, ça ne le gênait pas non plus de se la jouer vicieux.

— *Merci pour le café, dit-il en prenant une autre lente gorgée.*

Il ne pensait pas imaginer des choses en entendant le souffle de Crawford s'accélérer.

— *C'est quand tu veux.*

Crawford cligna des yeux, puis sortit son téléphone en jurant tout bas.

— *Merde. Tu as vu l'heure. J'avais un* Skype *avec Brandon et il m'a déjà appelé deux fois. Ça te dérange ? Je peux aller dans le couloir si cela t'embête.*

Mateus fit disparaître ses préoccupations d'un geste de la main.

— *Pas de problème. Je peux mettre des écouteurs si tu veux un peu d'intimité.*

Crawford secoua la tête.

— *En fait, il voudra certainement te voir. Ça t'ennuie ?* Il était déçu de ne pas avoir pu te rencontrer lorsque je l'ai eu la semaine dernière.

Mateus était sorti avec les amis qu'il s'était fait lors de la visite guidée, à ce moment-là. Ça l'avait lui-même déprimé d'avoir raté une pareille occasion.

— *Si ça ne te dérange pas qu'on se voie, ce serait avec plaisir. Il a l'air d'être un chouette gamin.*

Crawford avait déjà ouvert Skype sur son téléphone. Il composa le numéro de Brandon en riant par-dessus les sonneries.

— Oh vas-y, répète-lui mot pour mot. Il déteste qu'on le traite comme un gosse. Il pense qu'il est déjà un homme. C'est à se tordre de rire.

Mateus se poussa un peu pour laisser de la place à Crawford, sa cuisse et son bras chatouillant ceux de Crawford lorsque ce dernier s'assit contre la tête du lit.

Sur l'écran, le visage de Brandon apparut lorsqu'il répondit. En saluant son oncle, il avait un sourire jusqu'aux oreilles et Crawford avait la figure pareillement illuminée.

— *Salut, vaurien. Comment se sont passés tes derniers jours à l'école ?*

Brandon leva les yeux au ciel.

— *Maman veut que j'y aille jusqu'à la veille de notre départ. Tu peux y croire toi ?*

Crawford éclata de rire.

— *Hé, dis-toi que c'est davantage de temps avec tes amis. Et puis, ce n'est pas comme si tu étais celui qui s'occupait des cartons, si ?*

Brandon lui jeta un regard indigné.

— *J'ai un peu aidé.*

Il fit tourner la caméra autour de la pièce. Il y avait quelques bagages et de l'un d'entre eux dépassait une queue blanche à l'air cotonneuse.

— *Tu n'essaierais pas de me piquer mon chat, à tout hasard ?*

— *Bel,* sors de là !

Une chaussure apparut dans le champ de la caméra et frappa la boîte. Le chat se précipita en dehors dans un feulement et détala vers la porte de la chambre.

— *Ça, c'était Belzébuth, expliqua Crawford. Il a toujours préféré Brandon et je ne vois vraiment pas pourquoi. Je ne lui aurais jamais lancé de chaussure, moi.*

Brandon se retourna vers la caméra.

— *Imposture, s'exclama-t-il.* Tu lui as jeté bien plus qu'une paire de godasses.

Crawford pencha la caméra et s'approcha davantage pour que Mateus et lui soient tous les deux dans le champ.

— Bran, voici Mateus. Mateus, mon neveu : Brandon.

— Oh, salut, ravie de te rencontrer ! Est-ce que tu vas venir à L.A. avec oncle Crawford ? Papa dit que vous vous êtes mariés à Vancouver. Sans mentir, je trouve ça complètement dingue.

Il lui plaisait déjà.

— *C'est sympa de pouvoir enfin de te voir également. Eh oui, ton oncle et moi nous sommes bien mariés. Mais pour tout te dire, je ne pense pas que je vais approcher L.A. de sitôt. M*on frère a un verger ici à Washington et il y a beaucoup à faire avec les arbres à cette période de l'année.

— *C'est super cool. Il faut absolument que je vienne y faire un tour lorsque je reviendrais l'été prochain. D'ailleurs, puisqu'on en parle...*

Il se mordit la lèvre, geste qui donna un air très semblable à Crawford.

— *Est-ce que papa t'en a parlé pour les vacances ?*

Adam n'avait rien dit, mais cela ne dérangeait pas Crawford. Cela lui ferait plus que plaisir d'avoir Brandon à la maison pendant l'été.

— Non, mais je suis certain que nous pouvons nous arranger.

— Peut-être que je pourrais travailler un peu là-bas ? Est-ce que tu vas déménager à Washington ? Je veux dire, vu que nous ne retournons plus à L.A., tu n'as plus aucune raison d'y rester, je me trompe ?

Crawford toussota et se frotta la nuque.

— À ce propos, nous n'en avons pas vraiment déjà discuté. Tout a été un peu soudain.

Brandon explosa de rire.

— Un peu soudain ? Ouais, oncle Crawford, que toi tu épouses quelqu'un que tu viens à peine de rencontrer, j'appellerai aussi ça un peu soudain. La vache. Et tu te demandes encore pourquoi je ne t'ai pas demandé le moindre conseil de drague pour le bal.

Ses joues se creusèrent en deux fossettes et son visage se fendit d'un sourire.

— Ne le prends pas mal, Mateus.

— Pas de problème. C'était assez rapide. Ton oncle est un type génial. J'ai de la chance de l'avoir.

C'était la pure vérité. Crawford poussa le genou de Mateus avec le sien et celui-ci sourit.

— N'empêche qu'il faudrait qu'il apprenne à accepter les compliments. C'est un de ses gros défauts.

Brandon se mit de nouveau à rire à gorge déployée, ses yeux brillaient tandis qu'il dévisageait Crawford sur l'écran. Si on oubliait les rondeurs qui commençaient à s'estomper, Mateus pouvait deviner chez lui la même mâchoire carrée et le même nez que Crawford. Il allait en jeter en grandissant, tout comme son oncle. Il parierait même qu'Adam était canon dans son genre également. La génétique chez les Hargrave était plutôt généreuse.

Le rire de Brandon s'effaça, ne laissant derrière lui qu'un affectueux sourire.

— Je suis content de savoir que tu ne seras pas seul lorsqu'on partira pour le Japon.

— Non, mais, dis donc, j'ai encore Bel, répliqua Crawford.

— Peut-être, mais qui va le garder lorsque tu partiras en déplacements ? Il faudrait que tu le mettes dans un de ces hôtels pour animaux de compagnie bling-bling ou quelque chose du genre. Est-ce que Chatham-Thompson en possède ? Peut-être que tu pourrais avoir une remise.

— *Ce sera toujours moins cher que ton taux horaire à toi.*

Brandon se pinça les lèvres.

— *Tu me paies une bagatelle.*

— *Je te paie plus que correctement. Bon mot, n'empêche. C'est le tutorat qui fait ça ?*

Brandon expira bruyamment.

— *J'ai essayé de convaincre papa que je n'en avais plus besoin maintenant que nous allons vivre au Japon, mais il n'en démord pas.*

— *Tu t'en sortiras.* Et tu en auras besoin pour entrer à l'université et trouver un bon travail.

Le regard de Brandon glissa sur Mateus.

— *Peut-être que je pourrais travailler pour ton frère.*

Mateus lui fit un large sourire.

— Dis-toi que j'ai mon master en botanique et que Duarte a un diplôme en gestion. Donc, il vaudrait m*ieux pour toi que tu gardes la fac en tête.*

Brandon poussa un grognement.

— *Je ne suis plus certain de t'apprécier tant que ça finalement.*

Crawford renifla, amusé.

— *Tu ferais mieux d'aller dormir, gamin.* Tu as l'école demain matin. Fais une grattouille à Bel pour moi et dis à ta maman et à ton papa que je leur passe le bonsoir.

— *Ce sera fait. Est-ce que tu seras là avant notre départ ?*

Crawford jeta un regard à Mateus avant de le reposer sur l'écran.

— *Aucun problème. Mais je ne sais pas pour combien de temps.* Mateus et moi avons plusieurs choses à régler ici, mais pour rien au monde je ne manquerais votre fête de départ. C'est promis.

Brandon se mordit la lèvre.

— *Tu as juste peur que j'emporte Belzébuth avec moi.*

Crawford posa une main au niveau de son cœur.

— *Tu m'as eu. Bonne nuit, Bran. Je t'aime, bonhomme.*

— *Je t'aime aussi, oncle* Crawford. Salut, Mateus.

Lorsque Brandon raccrocha, Crawford laissa tomber le téléphone sur le lit et s'affala contre la tête du lit, les yeux clos.

Tout ce dont Mateus avait envie, c'était de se pencher vers lui et de le prendre dans ses bras, mais il n'était pas sûr que le geste soit apprécié.

— *Il va beaucoup te manquer lorsqu'il ne sera plus là.*

— *Énormément. Mais nous aurons toujours Skype, et puis, apparemment, il va passer tout l'été avec moi. Nous finirons bien par nous y faire.*

Il rouvrit les yeux et soupira.

— *Il faut encore que nous voyons comment nous nous arrangeons pour les visites à domicile et comment nous allons les gérer,* mais je suis crevé. Cela t'ennuie-t-il que nous remettions cela à demain ?

Mateus, lui-même, n'aurait pas dit mieux. Fuir leurs problèmes ne résoudrait rien, mais retarder un peu l'échéance ne leur ferait pas grand mal.

— *Cela m'est égal.*

Il considéra le lit.

— *Tu peux le prendre. Je dormirais dans le canapé.*

Ce dernier était bosselé et ne se dépliait pas, mais c'était Crawford qui avait pris le divan à Vancouver la dernière fois, donc il méritait bien le lit. Ce n'était sûrement pas beaucoup plus confortable de toute manière.

La main de Crawford se tendit et se referma sur le poignet de Mateus lorsque celui-ci commença à descendre du lit.

— *Nous pouvons partager. Quelqu'un de ta taille ne pourra pas tenir sur un si petit sofa, et le lit est assez grand pour deux.*

Le pouls de Mateus s'affola à la seule idée de dormir avec Crawford, néanmoins, d'après l'épuisement présent dans ses épaules, il comprenait bien que l'invitation signifiait littéralement ce qu'elle voulait dire : dormir.

Il aurait dû refuser.

Chapitre Quatorze

CRAWFORD se réveilla – littéralement – du mauvais côté du lit. Il s'était couché de son côté, dos à Mateus en laissant le plus d'espace que possible entre eux. Les muscles de Crawford étaient endoloris après qu'il fut resté sans dormir dans une position tendue tout au bord du matelas pendant toute la première partie de la nuit.

Apparemment, à un moment de celle-ci, son corps avait fini par céder et s'était laissé aller à la dérive. Et c'est comme ça qu'il se retrouvait maintenant face à face avec un Mateus endormi. Leurs jambes étaient entremêlées et un des bras de Mateus était passé autour des épaules de Crawford. Ses doigts caressaient son dos à chaque respiration et ce simple contact en plus des chatouillis des poils des jambes de Mateus sur les siennes le fit passer du sommeil à un état d'éveil en un temps records.

Mateus avait l'air serein et détendu, et Crawford priait presque pour qu'ils puissent rester dans le lit de cet hôtel miteux pour toujours. Des pensées de ce genre étaient dangereuses. C'était très clair : il fallait qu'il se lève et qu'il mette un peu de distance entre eux.

145

Crawford déglutit et se dégagea de la légère prise de Mateus. Il roula de son côté du lit et en sortit prudemment, mais pas assez apparemment, puisque le sommier craqua et les vieux ressorts crissèrent sous son poids. Quel soulagement d'arriver à la salle de bain, là où il ne pouvait voir le visage endormi ridiculement parfait de Mateus. Tous les murs que Crawford avait construits s'étaient effondrés au moment même où il s'était réveillé suffisamment près de lui pour compter ses cils. Il n'y avait rien de simple dans le fait de reprendre conscience, leurs souffles se caressant et leurs corps s'entremêlant, peu importe à quel point cette position pouvait sembler innocente.

C'était exactement le genre de souvenirs que Crawford ne voulait pas avoir en tête. Il se sentait possessif, alors que rien ne pouvait être plus éloigné de la vérité. Il n'avait aucun droit sur Mateus et il ne pouvait rien faire contre le fait que Mateus avait indéniablement un droit sur lui, malgré tous ses efforts pour le garder à distance.

Il était ridiculement tôt, mais pour Crawford, il était peu probable que le sommeil l'emporte de nouveau. Il se glissa dans la douche pour évacuer les douleurs et les crampes d'une nuit d'insomnie. Si Mateus était encore dans les vapes lorsqu'il sortirait, il irait au *Starbucks* pour leur prendre le petit-déjeuner. S'ils partaient assez tôt, ils pourraient être dans les premiers pour voir l'agent Suarez. Bien qu'il redoutait la fin de son temps avec Mateus, il lui fallait avant tout un plan d'action. Il détestait ne pas savoir ce qu'il allait se passer ensuite et pour le moment, sa vie était réduite à un gros point d'interrogation.

Les serviettes fournies par l'hôtel étaient fines et rugueuses, mais elles avaient une rassurante odeur de javel et de propre. Il avait visité un bon nombre de chambres d'hôtel durant toute sa carrière, et même si celle-ci n'était pas très luxueuse, au moins, était-elle salubre et bien entretenue. C'était plus que ce qu'il pouvait dire de certains endroits haut de gamme dans lesquels il s'était rendu, donc, en l'enroulant autour de sa taille, il essaya de tempérer son snobinard intérieur et retourna dans la chambre. Mateus avait insisté pour payer et Crawford respectait bien trop cela pour commencer à se plaindre des draps rugueux et du manque d'aménagements.

Mateus se levait à peine, les couvertures glissant dans le mouvement jusqu'à ses hanches et les cheveux emmêlés par sa nuit.

— *Il est encore tôt, murmura-t-il, la voix cassée.*

— *Tu peux te rendormir si tu veux. J'allais sortir pour nous trouver de quoi manger.*

Mateus se redressa.

— *Et du café ?*

— *Non, je pensais plutôt que c'était un bon jour pour arrêter la caféine.*

Mateus poussa un grognement et retomba sur le matelas.

146

— Il est encore tôt.

Crawford ricana. Mateus n'était définitivement pas du matin. Pourtant, il arrivait encore à être attirant, même dans ces moments-là.

— *Tu l'as déjà dit. Rendors-toi. Je te réveillerai lorsque je reviendrai avec le petit-déjeuner.*

CRAWFORD s'agrippait à son seconde latte de la journée comme à une bouée de sauvetage, toujours sous le choc après leur entretien avec l'agent Suarez. Mateus et lui s'en étaient étonnamment bien sortis lors du questionnaire initial. Cela aidait qu'aucun d'entre eux n'ait une très grande famille. Ces questions-là avaient été plutôt simples. Ça avait bien moins été du genre *Newlywed Game* [4] et bien plus basique que ce à quoi il s'était attendu.

Peut-être que s'ils avaient directement raté cette partie-là, l'agent Suarez aurait été bien moins encline à prévoir immédiatement une visite au domicile.

— *N'aurions-nous pas plutôt dû lui dire que nous serions chez toi à L.A. ? Peut-être que cela aurait tout retardé. Elle aurait dû trouver quelqu'un sur place pour s'occuper de la visite, tu ne crois pas ?* Nous pouvons toujours la rappeler…

Crawford secoua la tête.

— *Chez moi, c'est… disons*, un peu vide. Vu que j'y suis rarement, je n'ai jamais vraiment pris le temps pour décorer.

— *Nous avons deux semaines devant nous. Tu pourrais toujours retourner à L.A. et revenir un jour ou deux avant la visite,* proposa Mateus sans grande conviction.

Même si c'était son idée, il n'avait pas lui-même l'air très convaincu.

— *C'est ce que nous avions prévu de faire. Est-ce un problème ?*

Mateus grimaça.

— *Pas vraiment ? Mais peut-être un peu.* Mon frère, il est…

Il s'arrêta et l'espace d'un instant, il fixa la table.

— *Il est du genre antiquado.* Vieille école. Le mariage, c'est quelque chose de sacré pour lui et il serait terriblement contrarié de constater que nous sommes en train de déshonorer ce rite de cette façon. Duarte est progressiste lorsqu'il s'agit de sa façon de voir la sexualité, mais il reste très catholique au niveau de la sacralisation du mariage. Il ne me le pardonnerait jamais s'il savait que je t'ai épousé pour une carte verte. Il va falloir que nous lui mentions.

4 Ancien jeu télévisé américain diffusé sur ABC dans lequel de jeunes couples mariés répondaient à des questions pour savoir qui de l'homme ou de la femme connaissait mieux l'autre

Crawford se sentit sourire à la seule idée de continuer leur petite comédie de mariage. Ce n'était pas normal. Mais il ne pouvait pas s'empêcher de se sentir à l'aise avec Mateus, et l'idée qu'il allait bientôt rencontrer les membres de sa famille et voir le verger dont Mateus avait parlé avec tant d'enthousiasme était tout bonnement séduisante. Même si cela voulait dire forcer Mateus à être malhonnête envers eux.

— *Je... est-ce que cela t'ennuie ? Nous sommes allés trop loin pour revenir en arrière, mais nous pouvons toujours tout avouer au service d'*immigration et engager un avocat. Nous pouvons lutter contre l'expulsion.

Mateus éclata de rire.

— Crawford. Tu es sérieux ? Cela ne risque pas de fonctionner. C'est tout le but d'une visite à domicile. S'ils apprennent que notre mariage n'est qu'une illusion, je serais arrêté sur-le-champ. Et toi aussi d'ailleurs.

— *Dans ce cas, nous pouvons continuer de jouer le jeu le temps de la visite et ensuite, tu pourrais dire à ton frère que nous nous sommes disputés et que nous prenons nos distances pendant quelque temps. Il suffit d'une longue séparation, puis il sera en mesure de t'engager et si l'immigration pose encore des problèmes, tu pourras finalement obtenir un permis de travail à ce moment-là.*

Les lèvres de Mateus formèrent un ourlet.

— *Il n'y a aucune chance que ma famille gobe ça. Ils me connaissent trop bien. Tu es exactement mon type. Je ne laisserai pas quelqu'un comme toi simplement partir, surtout si je t'ai suffisamment aimé pour t'épouser.*

Crawford eut une boule dans la gorge.

— *Tu te battrais pour moi ?*

Mateus sembla réaliser ce qu'il avait dit une seconde trop tard. L'inquiétude qu'il ressentait fit s'affaisser son visage et il attrapa la main libre de Crawford.

— *Sans même me poser de questions. Tu es quelqu'un d'incroyable,* Crawford. Et Davis n'est qu'un crétin pour t'avoir quitté. J'en suis désolé.

Crawford détourna le regard, mal à l'aise vis-à-vis de la vague d'émotions qui le traversait. Il prit une nouvelle gorgée du latte dont il n'avait pas vraiment voulu, mais qu'il avait commandé pour avoir quelque chose entre les mains.

— *L'agent* Suarez vient dans presque deux semaines. Il faut que je voie Brandon avant qu'il parte et j'aimerais y retourner pour passer un peu de temps avec Adam avant qu'il s'en aille lui aussi, mais je peux venir après ça.

Il leva les yeux vers Mateus.

— *J'aurais aimé avoir un peu plus de temps pour emmener Brandon au verger. Je pense qu'il aurait adoré.*

— *Il est le bienvenu. Toute ta famille l'est.* Duarte et Bree seraient enchantés de les avoir à la maison.

Dans un froncement de sourcils, Crawford secoua la tête.

— *Il y a encore tant de choses à faire avant qu'ils puissent partir. Je lui ai promis que je serais présent à sa fête, mais je peux faire l'aller-retour sur une journée.* Ce serait pendant ce week-end, donc ça ne devrait pas interférer avec la visite.

— *Et même si c'était le cas. Brandon reste ta priorité. Il faut que tu y sois.*

— *Je n'ai pas vraiment emporté de vêtements pour le travail manuel, donc peut-être que nous pourrions trouver deux ou trois choses en ville ? Juste pour dépanner jusqu'à ce que je rentre et que je puisse ramener quelques vêtements propres.*

Les yeux de Mateus s'écarquillèrent.

— *Je ne t'emmène pas au verger pour que tu y travailles !*

— *Et pourquoi pas ? D'après ce que tu m'as dit, il y a pas mal de choses à faire. J'ai pris ma semaine et je vais même peut-être m'en accorder une deuxième. Je ne prétends pas avoir la main verte, mais je peux très bien faire ce que vous trouverez. Il doit bien y avoir du travail où on n'a pas besoin d'être qualifié pour le faire.*

— *Bien sûr que nous pouvons toujours trouver quelque chose, mais ce n'est vraiment pas nécessaire.*

— *J'insiste.* Nous pourrons faire un arrêt en route vers Beverly et trouver quelques trucs.

Mateus lâcha sa main et se rassit correctement.

— *Je peux toujours appeler Duarte pour qu'il vienne nous chercher. Il n'y a que deux heures de route jusqu'à* Beverly.

— *Nous pouvons louer une voiture...*

Mateus lui jeta un regard noir.

— *Non.* Où la déposerions-nous de toute façon ? Duarte viendra. Et Bree voudra probablement l'accompagner pour faire un peu de shopping ici. Ça ira très bien comme ça.

Crawford poussa du sien le genou de Mateus sous la table.

— *De toute façon, tu voulais faire un peu de tourisme, non ? Ce serait une honte de perdre une journée à Seattle.*

Crawford aurait préféré louer une voiture pour l'avoir à portée de main au verger, mais il n'avait pas envie d'insister sur la question. Le grand sourire qu'il obtint valait bien une journée de vagabondage en ville.

149

Le sourire de Mateus s'estompa lorsque le téléphone de Crawford sur la table qui les séparait sonna. Le nom de Davis était inscrit sur l'écran.

— *Tu devrais le prendre. Ton travail est plus important que de me laisser jouer les touristes. Je vais aller téléphoner à Duarte pour voir quand il pourrait venir nous chercher.* Je ne m'excuserais jamais assez pour toutes les difficultés que mes problèmes ont créées. Je n'ai jamais voulu que tu sois si impliqué.

Crawford fit glisser le curseur pour renvoyer le destinataire sur la boîte vocale.

— *Je suis en congés.* Rien de ce qui se passe ne peut être si important que ça ne puisse pas attendre quelques heures le temps que nous allions au marché de Pike Place et peut-être même aller nourrir quelques otaries.

Il fut presque surpris de constater qu'il ne mentait pas.

— *Et pour ce qui est de la complexité de la chose… La vie est compliquée. Et c'est mon mensonge qui nous a entraînés là-dedans, donc si c'est la faute de qui que ce soit, c'est bien la mienne. Mais si je le devais, je le referais sans regret. Tu as droit au bonheur. Et si c'est d'être ici et de travailler avec ton frère au verger* qui te rend heureux, alors je vais tout faire pour m'assurer que tu y parviennes.

Il poussa à nouveau le genou de Mateus.

— *Et puis, j'ai vraiment envie de voir le jardin pour lequel tu risques l'expulsion et la prison, continua* Crawford, se surprenant une fois de plus de la véracité de la déclaration.

En toute logique, il aurait dû désespérément vouloir que les deux prochaines semaines passent le plus vite possible afin qu'il puisse rentrer chez lui et mettre tout ça derrière lui. Une bonne fois pour toutes. Mais il y avait quelque chose chez Mateus, quelque chose d'apaisant, en dépit du fait qu'il avait le chic pour le désarçonner.

Mateus expira et opina lentement.

— OK. Oui, d'accord, murmura-t-il et Crawford se demanda s'il disait cela plus pour se rassurer lui-même que pour tout autre chose. Je vais appeler Duarte. Et il faut aussi que nous trouvions quoi faire de nos sacs.

Crawford leva les yeux au ciel.

— *Il y a quatre Chatham-Thompson* à Seattle, dont un à environ 400 m de Pike Place. Nous pouvons les laisser là-bas et aller les chercher lorsque nous serons prêts à partir.

Mateus sortit son téléphone de sa poche et se leva.

— *Juste pour que tu le saches, dit-il sur le ton de la conversation alors qu'il commençait à taper. Ma belle-sœur va te dévorer tout cru.*

150

Chapitre Quinze

MATEUS était épuisé, mais c'était une bonne fatigue. Le genre de douleur qui venait après avoir passé des heures à se balader dans une grande ville pour la visiter. Comme il l'avait prédit, Bree avait voulu faire un peu de shopping et ensuite, Crawford les avait emmenés tous les quatre dîner. Il était presque neuf heures lorsqu'ils se garèrent près de la maison. Il faisait trop noir pour montrer à Crawford le verger.

À la place, ils s'étaient installés dans la cuisine avec une bouteille de vin, et Mateus avait été agréablement surpris de voir à quel point Duarte et Crawford s'entendaient bien.

Comme il l'avait pensé, Bree s'était immédiatement attaqué à Crawford. C'était aussi elle qui avait remarqué leurs alliances la première – trente secondes après que Duarte et elle furent sortis de la voiture – et cela avait été une vraie scène. C'était tellement romantique, d'après ce qu'elle avait dit. Comme dans les contes de fées.

C'était exactement ce que c'était, en fait. Bien sûr, pas les versions épurées de Disney. C'était comme un conte des Grimm en devenir et c'était Mateus qui allait terminer en morceaux à la fin.

Il n'avait pas encore réalisé l'heure avant qu'il relève les yeux et qu'il constate la chaise vide de Bree.

— *Elle est montée se coucher il y a une heure, expliqua* Duarte.

Il tenait une bouteille de vin à moitié pleine entre ses mains, dans l'expectative, mais Mateus secoua la tête. Il était déjà assez éméché comme ça. En plus, il ne se souvenait plus quand Duarte avait décidé d'ouvrir une troisième bouteille. Il devait cependant l'avoir fait à un moment ou un autre, puisque le cadavre des deux autres étaient alignés sur la table.

— Elle ne l'avouera jamais, mais la grossesse l'épuise.

— *Faire grandir une personne est un travail pénible,* acquiesça Crawford.

Mateus rit. Il mit une main sur son verre lorsque Duarte pencha la bouteille au-dessus.

— *J'en ai eu plus qu'assez et je pense que Crawford aussi. Nous devrions aller au lit et toi, va rejoindre ta charmante femme avant qu'elle descende et nous étrangle pour nous être mis dans cet état en sachant qu'elle ne pouvait pas faire de même.*

— *Vrai, vrai, marmonna Duarte.*

Il était minuit passé lorsqu'ils parvinrent finalement dans la chambre de Mateus, trébuchant à l'intérieur, pouffant comme deux idiots, le pas chancelant à cause de l'excellent vin que Duarte avait insisté qu'ils ouvrent pour fêter ce récent évènement. Il semblait être tout à fait d'accord avec Bree pour dire que tout ça résultait du destin et d'une heureuse coïncidence, ce qui n'était pas tout à fait faux, quand on y pensait.

— *Je n'arrive pas à croire que tu aies dit à ton frère que j'ai gloussé lorsque nous nous sommes embrassés à la douane, dit Crawford en reprenant la conversation d'il y a quelques heures.*

— *Tu ne peux pas nier, Crawford. J'étais là, répliqua Mateus, ses sourcils se haussant d'une façon très dramatique. Tu as gloussé.*

Crawford s'empourpra.

— *C'était juste de la comédie, Mateus. Tout comme l'étaient tes petits miaulements, rétorqua-t-il, souriant d'un air triomphant lorsque les joues de Mateus prirent une teinte rouge pivoine et qu'il détourna les yeux.*

— *Premièrement, je ne miaule pas. Et deuxièmement, je suis certain que je pourrais te faire recommencer, affirma Mateus, la voix rauque.*

— C'est moi qui parie que je peux te faire recommencer, répondit Crawford en arquant un sourcil lorsque Mateus entra dans son espace personnel, leurs corps se touchant à peine. Je pourrais te prouver que c'est toi qui as commencé.

— Bien.

— Bien.

La bouche de Crawford fut sur la sienne avant que Mateus n'ait eu le temps d'entièrement digérer le challenge. Son cœur battait à tout rompre tandis que son cerveau luttait pour comprendre ce qui se passait. Ses pensées étaient toutes emmêlées par le vin et l'odeur enivrante de Crawford.

Mateus n'avait aucune envie de faire marche arrière. Il mit un terme à l'espace les séparant légèrement en levant sa main pour la poser derrière la tête de Crawford et fusionna leurs lèvres. Crawford avait le goût du vin et d'une épice qu'il n'arrivait pas à définir mais qui semblait chaque fois lui faire perdre tout contrôle. Il se colla à Crawford, se glissant dans sa bouche à l'aide de caresses intenses tout ce qu'il y avait de plus osé, son autre main se posant sur sa mâchoire, l'effleurant avec révérence.

Mateus ne put retenir un bref gémissement. Crawford fredonna triomphalement tout contre lui, mais avant qu'il ne puisse reculer et clamer sa victoire, Mateus enveloppa ses bras autour de lui pour l'en empêcher et approfondit le baiser.

Crawford tituba et rencontra le mur derrière lui assez brutalement pour secouer les cadres. Une part de Mateus lui hurlait de tout arrêter, mais il n'arrivait plus à se rappeler pourquoi embrasser Crawford était une mauvaise idée. Embrasser Crawford… c'était brillant, et il était clair pour lui qu'il devrait continuer pour le reste de l'éternité.

Lorsque le bassin de Crawford pressa contre le sien, Mateus soupira à nouveau, une étincelle de désir le traversant en sentant à quel point Crawford le voulait aussi. Il donna un coup de hanches et fut récompensé par un grognement de la part de Crawford. Il glissa sa main dans ses cheveux, ses doigts caressant son crâne tandis qu'il tentait de réduire encore l'espace entre eux.

Il poussa une seconde son bas-ventre vers l'avant, mais cette fois-ci, au lieu de lui retourner le mouvement, Crawford s'écarta.

— C'est match nul, exhala Crawford et Mateus cligna des yeux, confus. J'ai gloussé, tu as gémi, nous sommes quittes, expliqua Crawford et Mateus se rappela un peu tardivement ce qui avait entraîné leur fougueuse session d'embrassades.

— Oui, répondit-il en déglutissant bruyamment.

Qu'était-il en train de faire ? Embrasser Crawford alors qu'ils avaient bu avait été une belle erreur.

Crawford s'éclaircit la gorge, accentuant le malaise de Mateus. Avec Crawford, il était sans cesse désemparé.

— *Donc, nous allons tous les deux dormir ici ?*

Mateus suivit son regard posé sur le lit queen-size qui lui avait semblé parfaitement correct jusqu'à maintenant. Celui qu'ils avaient partagé la nuit dernière était plus grand, mais ce dernier devrait convenir pour le moment.

— *Ce serait bizarre de ne pas le faire. Il y a bien une chambre d'ami, mais c'est une vieille maison.*

Mateus changea d'appui et le parquet craqua.

— Tu ne peux aller où que ce soit sans que tout le monde le sache.

Crawford ne paraissait pas très ennuyé par l'idée.

— *Tu veux prendre la salle de bain en premier, ou j'y vais ?*

Ce qu'il voulait vraiment, c'est d'y aller d'abord pour qu'il ait au moins une toute petite chance d'avoir sombré lorsque Crawford se glisserait à côté de lui, mais la probabilité était véritablement infime.

— *Vas-y toi. Je vais aller nous trouver des draps propres.*

Bree portant toujours son maquillage le trouva dans le couloir. Il avait bavé lorsqu'elle s'était endormie et cela la faisait ressembler à un panda triste. Non pas qu'il allait lui en faire la remarque.

— *Tu as besoin de quelque chose ?*

Il ne savait pas pourquoi elle s'embêtait à parler aussi bas. Crawford était dans la salle de bain à l'autre bout du couloir avec l'eau qui coulait et Duarte dormait à poings fermés.

— *Ça va aller. Je t'ai réveillée ?*

— *C'est le bébé qui m'a réveillé, répondit-elle en grimaçant. J'ai l'impression de devoir aller aux toilettes toutes les cinq minutes.*

— *Je prends juste des draps propres. Tu devrais retourner te coucher.*

Elle opina d'un air ensommeillé.

— *Je vais y aller. Je voulais juste te donner ça, répondit-elle en lui déposant une boîte dans la main.*

Il baissa les yeux, cherchant les rayons de la lune pour tenter de comprendre ce qui était écrit dessus. Un air mortifié s'afficha dès qu'il y fut parvenu.

— *Des préservatifs ? Bree !*

— *Écoute, ce n'est pas comme si Duarte et moi en avions besoin pour le moment. Autant qu'ils soient utiles à quelqu'un.*

— Bree, soupira-t-il.

Elle sourit.

— *Passe une bonne nuit, chantonna-t-elle.*

Elle lui envoya un bisou avant de disparaître à nouveau dans sa chambre, en prenant soin de refermer derrière elle.

Il jeta un coup d'œil à la boîte ouverte de préservatifs qu'il tenait, souhaitant pouvoir effacer les dernières minutes de son esprit. Il aurait dû rester dans sa chambre et dormir sur des draps qui sentent le renfermer. Ç'aurait été préférable à ce qui venait juste de se passer.

Il dissimula les préservatifs au fond du placard à linges lorsqu'il entendit la porte de la salle de bain s'ouvrir. Qui pouvait savoir ce que Crawford ferait s'il les voyait. Il l'accuserait certainement de vouloir le séduire. Non pas que ça ne plairait pas à Mateus, mais il n'allait pas aller vers lui tant que Crawford ne cessait pas de passer du chaud au froid. Ces signaux contradictoires étaient en train de le tuer.

Il rassembla les draps propres et retourna dans la chambre en jurant contre Bree pour lui avoir mis de telles images dans la tête lorsqu'il n'en avait vraiment pas besoin.

C'ÉTAIT un peu déconcertant de voir à quel point Crawford s'était bien adapté à leur routine journalière. Il était incapable de différencier les mauvaises herbes des bonnes, ce qui le rendait complètement inutile dans le jardin, mais il était plus qu'en mesure de débarrasser le terrain des branches et autres débris et de réparer les clôtures.

La résolution de Mateus consistant à ne pas lui sauter dessus s'effritait chaque jour. Ce n'était pas facile de garder la tête froide lorsqu'il était confronté à la vision de son torse nu et dégoulinant sous le soleil alors qu'il soulevait des balles de foin et des sacs d'engrais d'une cinquantaine de kilos. Il avait plus de muscles qu'un gratte-papier n'avait le droit d'en avoir et cela rendait Mateus complètement dingue.

Ses nuits n'étaient pas meilleures. Elles étaient pires… bien pires. Après qu'ils se furent réveillés pour la seconde fois collée l'un à l'autre dans le lit de Mateus, ils avaient abandonné l'idée de faire comme si. La nuit dernière, Crawford s'était accroché à lui dès qu'il s'était glissé sous la couette et ça n'avait pas du tout semblé platonique.

Non pas qu'ils en aient parlé par la suite. Mateus n'avait pas envie de le pousser à faire quoi que ce soit, pas quand Crawford commençait enfin à se détendre à ses côtés. Mais il avait envie de bien plus qu'une étreinte mutuelle avec Crawford. Il ne savait simplement pas comment en arriver là sans le faire fuir.

Mateus mit sa main au-dessus de ses yeux pour se protéger du soleil tandis qu'il observait Crawford qui se trouvait près d'une rangée d'arbres qu'il avait tuteuré un peu plus tôt. La tempête de la nuit dernière avait fait beaucoup de dommages et Mateus faisait tout ce qu'il pouvait pour sauver ce qui pouvait l'être. De sa position, il pouvait voir Crawford en train de rafistoler la clôture au loin.

Il avait l'air aussi à l'aise avec un marteau entre les mains qu'avec son ordinateur portable et son tableur. Il ne semblait pas y avoir grand-chose que Crawford ne sache pas faire. Les nausées matinales de Bree s'allongeaient à présent sur toute la journée, et la nuit dernière, c'était Crawford qui avait pris les devants et avait préparé le dîner. Il était tellement parfait que ça faisait presque mal. Mateus se lamentait déjà du manque qu'il ressentirait en son absence, et ils avaient encore une semaine devant eux.

— *Tu ferais mieux d'aller prendre une douche, cria-t-il en mettant ses mains autour de sa bouche pour faire porte-voix. Duarte t'emmène à l'aéroport dans une heure !*

Crawford retournait à L.A pour la fête d'adieu de Brandon. Il se plaignait d'être le seul que Brandon avait invité d'assez âgé pour voter, mais Mateus savait au fond qu'il était heureux d'être là pour lui. Il partait pour un jour et demi seulement, mais un *break* ne leur ferait pas de mal. Peut-être cela permettrait-il à Mateus de se remettre un peu les idées en place.

Il regarda Crawford finir la clôture sur laquelle il travaillait avant de s'essuyer les mains sur son jean. Il n'était pas assez près pour apprécier pleinement le mouvement qui tendait le tissu sur ses fesses, mais ça n'empêchait qu'il était béni – ou peut-être, dans ce cas-ci, maudit – d'une excellente imagination.

Crawford trottina jusqu'à lui, la boîte d'outils tenue contre sa poitrine.

— *Il y a trois rangées d'arbres qui se sont rompues avec le vent de la nuit dernière, déclara-t-il en approchant.*

Mateus soupira. Il n'y avait pas grand-chose qu'il puisse faire si les troncs étaient complètement abattus.

— *Je vais m'en occuper. Merci pour la clôture. Cela faisait des semaines que Duarte essayait de la réparer. Nos voisins ont des vaches et de temps à autre, elles entrent dans le verger.*

Crawford lui offrit un large sourire.

— *J'aimerais bien voir ça.*

La dernière fois que c'était arrivé, ils avaient passé trois heures à les renvoyer là d'où elles venaient.

— *Crois-moi, c'est moins drôle que tu le penses.*

Il sortit le téléphone de Crawford de sa poche arrière.

— *Tu as laissé ça dans la grange. Cela fait une bonne heure qu'il n'arrête pas de vibrer.*

Crawford fit une grimace et fit défiler ses messages. Il inspira brusquement de l'air.

— *Fils de pute, cracha-t-il.*

Ses yeux s'assombrirent l'espace d'un instant lorsqu'il releva la tête, la mâchoire contractée. Tout le relâchement qu'il affichait une minute plus tôt avait disparu.

— George veut me parler. Il a une autre mission pour moi. Étant donné l'efficacité dont nous avons fait preuve à Vancouver, il veut que Davis et moi nous occupions d'un hôtel en difficulté à Bruxelles.

L'estomac de Mateus se noua. Ce n'était pas comme s'il n'avait pas su que Crawford allait finir par retourner à sa petite vie et à son travail, mais l'entendre le dire aussi clairement rendait la chose encore plus réelle. Surtout si ça voulait dire renvoyer Crawford dans les griffes de Davis.

— *Es-tu obligé d'y aller ?*

Les lèvres de Crawford formaient une ligne sinistre.

— *Non, pas vraiment.* Et je vais m'assurer que George comprenne que si travailler avec Davis devient quelque chose de récurrent, il peut reprendre son foutu poste et se le foutre là où je pense.

— *Tu ne le penses pas. Tu es en colère, mais tu n'as pas vraiment envie de tout ficher en l'air.*

La tension marqua davantage les épaules de Crawford.

— *Pour tout te dire, j'en ai envie. Je ne suis plus heureux de ce que je fais depuis un bon moment et si c'est ainsi qu'ils comptent me récompenser après des années de dur labeur, alors je n'ai aucune intention de continuer de travailler avec eux.*

Un frisson remonta la colonne vertébrale de Mateus à la seule idée que Crawford puisse démissionner. C'était complètement ridicule ; même s'il quittait ce poste, ça ne voulait pas dire qu'il allait déménager à Beverly. Il trouverait un autre job et il partirait certainement encore plus loin. Mateus ne put quand même pas arrêter le sentiment d'étourdissement qui le prit aux tripes à cette possibilité.

Le sentiment d'enjouement qu'il ressentait s'opposait à la note de culpabilité qui accablait son cœur. C'était de sa faute si la vie de Crawford avait pris un tel tournant. Cela semblait lui convenir pour le moment, mais serait-ce toujours le cas dans une semaine ? Dans un mois ?

— *Je vais prendre une douche et je l'appellerai ensuite. On se voit dimanche prochain, dit* Crawford.

Il hésita, puis fit un pas vers lui et pressa un léger baiser sur la joue de Mateus.

— Merci.

Chapitre Seize

CRAWFORD avait insisté pour louer une voiture lorsqu'il reviendrait de
L.A, et après deux voyages aller-retour à Seattle en moins d'une semaine,
Duarte n'avait plus rien dit. Cette fois, vu qu'il ne savait pas combien
de temps il allait la garder, Crawford n'avait pas fait trop de folies en la
choisissant. Il n'avait pas encore pris de billet pour L.A non plus. Il avait
tout le temps du monde maintenant qu'il n'avait plus de travail.

Donner sa lettre de démission avait été purement cathartique. Il y
était allé le dimanche avant de se rendre à l'aéroport, et George avait tout
tenté pour l'en dissuader. Il n'avait pas voulu abandonner l'idée de faire
bosser Davis et Crawford ensemble et si ce dernier devait être honnête avec
lui-même – quelque chose qu'il s'était promis de faire plus souvent – il
en avait été soulagé. C'était un vrai bonheur de pouvoir quitter *Chatham-
Thompson*, même s'il avait construit une bonne carrière là-bas ces vingt
dernières années. Il était prêt à passer à autre chose et tenter quelque chose
de différent.

Mateus avait été étrangement distant depuis son retour, mais ce ne fut pas avant qu'il ait accidentellement entendu une conversation entre Mateus et Bree qu'il avait compris pourquoi. Ils se trouvaient à l'extérieur sous une fenêtre ouverte à débattre, lorsque Crawford était entré dans la cuisine pour se prendre à boire.

— … ne te rend pas heureux ?

Le ton de Bree était assourdi, mais coupant, et ce fut ce qui attira en premier l'attention de Crawford avant qu'il réalise que Mateus était là également.

— Bien sûr que si.

Pour quelqu'un qui affirmait être heureux, Mateus avait l'air misérable.

— Mais tout va très vite, Bree. Imagine qu'il se réveille demain et qu'il regrette tout ça ? Et s'il finissait par me reprocher sa démission ? Je n'ai pas envie d'être la raison pour laquelle il a foutu en l'air sa carrière.

Crawford, mal à l'aise, avait regagné le salon sans sa boisson. Mateus lui avait déjà exposé cette incertitude auparavant, mais pas en utilisant ces mots-là. Était-ce la raison de sa subite réserve à son égard ? Il s'attendait, au pire, à ce que Crawford regrette d'avoir quitté son travail et blâme Mateus ? Ce changement avait été le bon choix. Soudain, sans aucun doute. Mais c'était pour le mieux. Crawford ne s'était plus senti aussi libre depuis des années. C'était peut-être ironique, mais il avait la forte impression que la vie lui offrait plus de possibilités qu'il en avait eue depuis un bon moment, même s'il ne savait pas par quoi commencer. Il avait tenté de lui faire comprendre ça, mais il avait bien peur que ça n'ait pas été très concluant, en fin de compte.

Lorsque Bree et Mateus étaient revenus à l'intérieur quelques minutes plus tard, Bree avait poussé Mateus à s'asseoir avec Crawford dans le salon, dans un silence gêné, mais poli, et était retournée faire ce qu'elle avait à faire dans la cuisine.

— Je… tu sais que ça devait arriver d'une manière ou d'une autre, pas vrai ? Je n'aimais pas travailler comme auditeur interne.

Crawford ne savait pas trop comment aborder le sujet sans montrer qu'il avait écouté leur conversation.

— Tu m'as donné le courage d'enfin faire ce que je voulais et je te dois beaucoup pour ça.

Mateus releva les yeux et croisa pour la première fois son regard depuis qu'il était rentré de L.A.

— Tu ne penses pas que c'est le stress qui te fait dire ça ?

Crawford sourit.

— Tu te fiches de moi ? Cela fait des mois que je n'ai pas été aussi détendu. Peut-être même des années. Mateus, c'était la bonne décision.

Bree, portant un énorme panier en osier, fit son apparition dans l'entrebâillement de la porte de la cuisine.

— Tu vois, Mat ? Crawford est enchanté d'avoir pu démissionner, intervint-elle, accentuant le mot « enchanté » et jetant à Mateus un regard lourd de sens.

Elle tendit son panier.

— Je vous ai préparé à manger. Fêtez donc ça.

Mateus s'approcha d'elle pour prendre le panier rempli.

— Tu n'avais pas besoin de faire ça. J'aurais pu m'en occuper.

Elle écarta sa remarque d'un geste de la main.

— Je n'avais pas à le faire, mais je l'ai quand même fait. Je suis heureuse pour vous. Va donc lui montrer à quel point le verger peut être magnifique, Mateus. Donne-lui une raison de rester ici maintenant qu'il n'est plus rattaché à L.A. !

Ils marchèrent un bon moment à travers le verger et au-delà. Crawford n'était même pas sûr que les terres sur lesquelles ils se baladaient appartenaient encore à Duarte. Mateus ne semblait pas trop préoccupé par la question, donc Crawford supposa que les voisins devaient être amicaux. Ils restèrent loin du pâturage des vaches, mais en dehors de ça, ils se baladèrent simplement sans destination en tête.

Ç'avait été plus qu'agréable, du moins jusqu'à quelques minutes plus tôt, lorsqu'ils avaient choisi un endroit pour manger et que les cieux s'étaient mis à se déverser sur leurs têtes.

La pluie tombait en clapotis autour d'eux, de grosses gouttes éclaboussant la peau de Crawford et trempant la contre-pointe que Bree avait mise dans le panier.

— Nous devrions ranger ça, s'exclama Mateus en jetant un regard inquiet vers l'ouest. Je pense que ça risque d'empirer avant de s'améliorer.

La douce pluie n'était pas vraiment le problème, mais les nuages noirs et les occasionnels éclairs à quelques kilomètres de distance présageaient des ennuis. Crawford était d'accord avec Mateus. Il n'avait pas envie de se retrouver au milieu d'un pré si la tempête approchait.

Mateus était déjà sur ses genoux à rassembler les restes du pique-nique. Crawford se releva et attendit qu'il en ait terminé avant de plier la couverture, la ramassant sur le sol dès que Mateus eut achevé sa tâche.

Un coup de tonnerre éclata au-dessus d'eux, assez fort pour que Crawford le sente faire écho à l'intérieur de lui. La tempête était plus proche qu'il ne le pensait.

— On court jusqu'à la maison ?

Mateus secoua la tête, écartant des mèches trempées de son visage.

— Nous n'allons pas y arriver à temps. Nous pouvons toujours essayer de trouver un abri dans le verger, mais je ne pense pas que ce soit une bonne idée de rester sous les arbres. Nous arriverons certainement à trouver mieux par-là, dit-il en pointant son doigt vers l'autre côté de la clairière.

Les arbres y étaient plus hauts et touffus.

Des éclairs rompirent le ciel et une seconde plus tard, l'averse devint déluge.

— Cela vaut toujours mieux que de rester là, cria Crawford pour que sa voix porte au-dessus de l'orage.

Il replia la couverture contre lui et après s'être assuré que Mateus le suivait bien, il trottina jusqu'au bosquet.

Le feuillage ralentissait une bonne partie de la pluie, mais l'orage n'en était pas moins inquiétant. Une fois qu'ils furent à l'abri des arbres, Crawford sortit son téléphone. Pas de réseau.

— Je n'arrive pas à capter, dit-il en montrant l'écran à Mateus. Nous restons là ou nous essayons de trouver une grange ou quelque chose dans le genre sur la propriété ?

Mateus regarda l'averse tomber.

— Le terrain de Duarte s'arrête là, répondit-il, en faisant un geste du menton vers la clôture de bois en zigzag qu'ils avaient enjambés lorsqu'ils s'étaient arrêtés dans la prairie. Je ne sais pas ce qu'il y a par là. Mais il n'y a rien sur le terrain qui puisse servir d'abri en dehors de la grange à côté de la maison.

Crawford était certain que Mateus connaissait aussi bien la propriété que Duarte lui-même, si ce n'est mieux. S'il disait qu'il n'y avait pas un seul refuge, c'est qu'il n'y en avait pas.

— Nous devrions peut-être aller explorer ce côté-ci dans ce cas, qu'en dis-tu ? Y a-t-il un verger là aussi ?

Mateus secoua la tête.

— Seulement du terrain, je pense. Pas de prairie, seulement de la forêt. Duarte dit qu'il y a une maison quelque part ici, mais je ne l'ai jamais trouvée. Elle doit être plutôt éloignée des chemins.

L'orage gronda, suffisamment proche pour faire grincer les dents de Crawford. Une maison semblait tout ce qu'il avait de mieux pour le moment.

— Peut-être que les propriétaires nous laisseront rester jusqu'à ce que la tempête se calme.

— Elle est vide, rétorqua Mateus, les sourcils froncés. Elle l'est depuis que Duarte et Bree ont emménagé. Mais peut-être qu'il y a une grange ou une cabane là-bas qui n'est pas verrouillée.

Crawford était trempé jusqu'aux os et même si la pluie n'était pas glacée, il n'allait pas tarder à attraper un rhume. Mateus frissonnait et s'accrochait au panier comme s'il pouvait le réchauffer. Ils n'avaient aucun moyen de savoir combien de temps le déluge durerait ou si la tempête empirerait. Il fallait qu'ils trouvent un abri, même si c'était juste sur le porche couvert d'une maison abandonnée.

Passant sa manche sur sa figure pour tenter d'éponger l'eau qui gouttait de ses cheveux en travers de son champ de vision, Crawford reprit la parole.

— Par où allons-nous, à ton avis ?

Mateus scruta les alentours.

—Vers le nord.

Il fit demi-tour et pencha la tête.

— Par-là, affirma-t-il après un battement, inclinant davantage sa tête vers les arbres dans la direction qu'il voulait prendre.

La situation dans laquelle ils se trouvaient aurait dû être suffisante pour calmer sa libido, pourtant il ressentit un pique d'excitation en voyant à quel point c'était facile pour Mateus de connaître la direction à prendre. Qui aurait cru qu'une bonne orientation était quelque chose qui l'attirait ? C'était peut-être une bonne chose qu'il n'ait pas rejoint les scouts avec Adam. Les soirées de camping auraient pu rapidement devenir gênantes.

— Je te suis, dit-il en ravalant un sourire tandis qu'il emboîtait le pas de Mateus entre les arbres.

Là où il se trouvait, il n'y avait pas de chemin, mais le feuillage n'était pas trop dense. Ils durent quand même enjamber plusieurs troncs d'arbre qui s'étaient effondrés. La forêt semblait les engloutir à mesure qu'ils avançaient.

Il pleuvait toujours, mais ils étaient suffisamment protégés pour ne recevoir que quelques gouttes qui perlaient des branchages au-dessus. Les arbres leur cachaient aussi presque entièrement la vue sur le ciel sombre. Ce qu'il pouvait apercevoir au travers des trous dans le feuillage n'avait rien d'encourageant. Les cieux avaient presque complètement pris une teinte d'encre, et les coups de tonnerre résonnaient de plus en plus fréquemment. La tempête se trouvait juste au-dessus de leurs têtes. Crawford espéra qu'ils trouvent rapidement un refuge.

La pluie revint à sa rencontre et il cligna des yeux en réalisant que les arbres étaient de moins en moins abondants. Ça signifiait qu'ils allaient s'en prendre plus en plein visage, mais aussi qu'ils approchaient peut-être d'une clairière. Il espérait que c'était l'endroit dont Mateus avait parlé.

Mateus s'arrêta brusquement et Crawford lui fonça presque dedans en glissant sur les feuilles mouillées. Il siffla lorsqu'il aperçut ce qui avait retenu son attention : c'était une maison. Elle était magnifique, et pas seulement parce qu'elle constituait en ce moment même leur seule bouée de sauvetage. Ses lucarnes et la mansarde la faisaient ressembler à quelque chose tout droit sorti d'un conte de fées, et elle était entourée d'un cairn de pierres en guise de clôture qui délimitait le périmètre. Le porche était surplombé par un joli porte-à-faux, mais le vent s'était levé et la pluie tombait maintenant à l'horizontale, échouant sur les fenêtres de la maison et trempant le plancher blanchi. Ça ne les protégerait pas de la pluie, mais ça les mettrait au moins à l'abri du tonnerre.

Mateus agrippa son coude et le tira jusqu'à l'orée du bois.

— Il y a une grange, déclara-t-il en pointant à l'est.

Elle se trouvait à environ 500 mètres de la maison, mais elle avait l'air d'être solide, et c'était la seule chose qui intéressait Crawford à ce moment-là.

Ils avancèrent de quelques pas avant que la pluie ne s'arrête soudain de tomber et que le ciel ne s'illumine et prenne une teinte d'un vert maladif. Crawford n'avait jamais vu ça. Mais Mateus, apparemment, si, puisqu'il fit pendre le panier à pique-nique à un de ses bras tandis qu'il tendait l'autre pour attraper la main de Crawford et le tirer vers l'avant juste avant de faire un sprint.

— Vite ! hurla-t-il en baissant la tête.

Crawford ne put poser la moindre question avant qu'il sente quelque chose lui piquer la nuque. Une fois, puis deux, et soudain, le déluge, bien trop pour tous les compter, de lancinantes piqûres s'abattirent sur lui. Il baissa la tête comme Mateus, puis profita de sa main libre pour déplier la couverture pour s'en servir comme protection. Il se dégagea de la poigne de Mateus et la maintint au-dessus d'eux du mieux qu'il le put alors qu'ils continuaient de courir. Le sol était couvert de petits grêlons. Ils n'étaient pas plus gros que des pois, mais ils donnaient l'impression de se recevoir un rocher lorsqu'ils vous tombaient dessus. La couverture ne suffit pas à tous les écarter, mais c'était toujours mieux que d'être complètement exposé.

— Tu penses que c'est fermé ? hurla-t-il alors qu'ils approchaient de la grange cloisonnée de planches blanchâtres.

— Il y a peu de chances, lui cria Mateus en retour. Ce genre d'étable à poteaux doit être cadenassée pour pouvoir être fermée, et je n'en vois pas.

Crawford n'avait aucune idée de ce que pouvait bien être une étable à poteaux, mais il se promit d'en lire un peu plus sur le sujet et même de devenir un expert à ce propos s'ils s'en sortaient. Ils titubèrent en s'arrêtant devant les immenses portes de la grange. Il soupira de soulagement en voyant qu'elles étaient simplement verrouillées par une grosse planche. Il y avait un crochet où entrer le cadenas, mais rien de pareil en vue.

Mateus souleva la large planche et les portes de la grange s'ouvrirent dans un craquement. Ils se pressèrent à l'intérieur, mais Mateus ne referma pas derrière eux. Il n'y avait pas la moindre fenêtre dans la grange et le faire ne servirait qu'à les plonger dans le noir complet.

Crawford laissa la couverture tomber dans un rire, hors d'haleine.

— Seigneur, haleta-t-il.

Mateus lui jeta un coup d'œil avant d'exploser de rire. Il mit le panier à pique-nique par terre à ses pieds et réduisit la distance entre eux, ses mains allant directement frictionner les mèches de Crawford. Ce dernier se mit à rire à son tour en réalisant qu'il avait des grêlons plein les cheveux. Mateus aussi. Ça semblait naturel de lui retourner le compliment. Ses doigts jouant avec les mèches sombres de Mateus pour évacuer les grêlons en train de fondre.

Le cœur de Crawford battait à cent à l'heure après leur petit sprint et cela sonnait anormalement fort à ses propres oreilles dans le lourd silence de la grange déserte. Mateus et lui se tenaient suffisamment près pour que leurs souffles s'entremêlent, et Crawford ne put s'empêcher de s'approcher encore un peu, assez près pour pouvoir compter les gouttes d'eau dans les cils de Mateus.

Il eut un moment d'hésitation, se tenant à la bonne distance pour venir caresser les lèvres de l'autre jusqu'à ce que Mateus baisse les paupières et fasse le reste du chemin. Il avait le goût de la pluie, de la terre et de la liberté. De l'électricité, comme celle qui les avait pourchassés jusque dans cette grange abandonnée. Crawford pressa davantage ses lèvres contre les siennes, recherchant cette saveur sur lui et dans sa bouche lorsque Mateus fondit dans le baiser et lui autorisa l'accès.

Les mains de Crawford s'accrochèrent au sweat mouillé de Mateus et tirèrent dessus jusqu'à ce que ce dernier recule et l'enlève d'un mouvement rapide. Il le jeta sur une meule de foin dans le coin et Crawford se démena pour enlever de son propre T-shirt. Les boutons représentaient un véritable défi pour ses mains frigorifiées par l'averse. Heureusement, Mateus vint à sa rescousse et à deux, ils parvinrent à arracher le tissu trempé de son propriétaire.

Crawford frissonna lorsque sa peau nue fut exposée, mais lorsque Mateus se colla contre lui une seconde plus tard, le frisson disparu. Peau contre peau, une vague de chaleur passa entre eux. Crawford glissa ses mains le long de son dos, ses doigts avides de découvrir chaque parcelle de son corps. Cela faisait des *semaines* qu'il en avait envie et il n'allait pas perdre de temps maintenant qu'il avait Mateus nu devant lui.

Il poussa un grognement lorsque les lèvres de Mateus quittèrent les siennes, l'exaltation le prenant aux tripes lorsque, la seconde suivante, Mateus attaqua son cou, léchant et l'embrassant doucement, laissant derrière lui une traînée de fourmillements. Ils s'étaient bien embrassés à l'aéroport une semaine plus tôt, mais ça n'avait jamais été comme ça. Mateus semblait savoir exactement sur quel bouton appuyer. Cette fois-ci, les frissons de Crawford n'avaient plus rien à voir avec le froid et l'humidité. Il fondait sous les mains de Mateus et ils ne faisaient que commencer.

Il écarta vivement la partie de son cerveau qui lui disait qu'aucune de ses objections n'avait été prise en compte. Les choses n'étaient pas différentes de ce qu'elles avaient été lorsqu'il avait freiné les choses deux semaines plus tôt, sauf que cette fois, il n'avait pas la volonté nécessaire pour faire marche arrière.

Mateus semblait dans le même bateau que lui, s'il pouvait se fier à sa façon de se coller à lui. Toutefois, Crawford n'allait pas se satisfaire de quelques baisers cette fois-ci, et il fallait qu'il sache si c'était pareil pour Mateus.

— Je dois… Seigneur, exhala Crawford lorsque Mateus le palpa à travers son jean. Bon Dieu, attends. Attends, Mateus. Stop.

Mateus recula, pantelant. Il y avait juste assez de lumière venant d'une fenêtre dans le fenil pour qu'il puisse distinguer ses yeux brillants. Ils semblaient fiévreux de désir, mais Crawford voulait en être certain.

— J'ai envie de toi, déclara Crawford de sa voix râpeuse. Bon sang, j'ai envie de toi depuis que je t'ai vu la première fois à l'aéroport. Mais je…

il faut que je sois certain. Est-ce ce que tu veux ? Pas parce que tu t'y sens obligé, mais parce que tu le veux vraiment ?

Mateus bascula la tête en arrière et éclata de rire. Le son fit écho dans la grange, remplaçant le constant clapotis de la pluie contre le toit.

— Il n'y a rien que je ne veuille plus que ça à cet instant. Je te le promets.

Il avança, se rapprochant à nouveau.

— Tu es l'homme le plus frustrant, ignorant, têtu, magnifique et incroyable que j'ai rencontré de toute ma vie.

Mateus était nez à nez avec lui à présent, son regard verrouillé à celui de Crawford.

— Et je veux tout ce que tu voudras bien me donner.

Les genoux de Crawford cédèrent presque sous le soulagement.

— Dieu soit loué, murmura-t-il.

Il prit tout son temps maintenant qu'il savait qu'il pouvait le toucher sans problème. Leurs baisers n'avaient été que des moments volés jusque-là et Crawford avait bien l'intention de savourer ce qui allait arriver ensuite. Il ne pouvait pas faire la moitié des choses auquel il souhaitait soumettre Mateus dans cette grange, mais Crawford n'allait pas laisser cela l'arrêter.

Il tenta d'allonger Mateus sur le tapis de foin, mais ce dernier se dégagea de sa prise en secouant la tête.

— On voit que tu es un gars des villes, s'esclaffa-t-il.

Il s'empara de la couverture abandonnée et l'étala sur le tas.

— Crois-moi, il y a des endroits où tu ne préfères pas avoir de foin.

Le rythme cardiaque de Crawford s'accéléra à cette insinuation. Lorsque Mateus se mit à déboutonner son jean, Crawford se concentra à nouveau sur lui, retirant désespérément le sien. Ils étaient tous les deux trempés, ce qui rendait la chose plus comique qu'érotique, mais ils s'en fichaient bien. Lorsqu'ils parvinrent finalement à sortir de leurs vêtements, Mateus s'allongea sur la couverture et tendit les mains pour inviter Crawford à en faire de même.

Il se plaqua contre Mateus, avide du moindre contact qu'il pouvait obtenir. Ça ne paraissait pas gêner Mateus. Il rit doucement, puis embarqua Crawford dans un autre baiser qui lui fit voir des étoiles.

Crawford ne put se retenir de rouler son bassin contre celui de Mateus, son souffle se coupant chaque fois qu'il sentait le membre de Mateus caresser son ventre. Mateus émit un son de pure frustration et les fit rouler sur le côté. Il se frotta au membre de Crawford et un éclair de plaisir le traversa, le laissant à bout de souffle. Mais ce n'était pas suffisant. Donc il humidifia la paume de sa main et l'enroula autour de leurs deux longueurs, faisant sortir chez Mateus une série de gémissements des plus sensuels alors qu'il les caressait.

Mateus passa une main sur le flanc de Crawford, poussant son bassin plus près alors qu'il roulait des hanches au même rythme que Crawford. Entre la friction tout contre le membre de Crawford et les sons délicieux que faisait Mateus, Crawford pouvait à peine se retenir. Il resserra son emprise sur eux et Mateus poussa un grondement, inclinant son bassin vers l'avant en de brefs à-coups tandis qu'il atteignait le paroxysme de sa jouissance. Crawford ne fut pas très loin derrière, le sperme de Mateus aidant, il se caressa plus vite et plus fort jusqu'à passer lui-même de l'autre côté, leur foutre se mélangeant.

Mateus se rapprocha, l'embrassant paresseusement jusqu'à ce qu'ils aient tous les deux retrouvé leur souffle. Une pellicule de sueur s'était formée sur la peau de Crawford et elle rafraîchissait à présent sa peau. Il frissonna et Mateus l'apaisa d'un doux baiser avant de ramener les pans de la couverture sur eux pour former un cocon.

Mateus se colla contre son flanc et posa sa tête contre le torse de Crawford. La pluie continuait sa course, bruyante dans le silence ambiant de la grange à présent que leurs respirations étaient revenues à la normale. Crawford ressentit le besoin de dire quelque chose, mais il ne voulait pas briser la magie du moment. Il était véritablement satisfait pour la première fois depuis longtemps, et il ne voulait pas risquer de perdre ça.

Mateus semblait se contenter de rester allongé là et il prit exemple sur lui et resta immobile jusqu'à ne plus sentir son bras et qu'il commence à ressentir une crampe dans le pied. La pluie s'était arrêtée de tomber peu de temps auparavant, et même s'il détestait l'idée de quitter leur petit nid, il serait plus sage de prendre le chemin de la maison au cas où ce n'était qu'un moment de répit avant qu'elle reprenne.

— Nous devrions rentrer, dit Mateus.

Il se redressa et enleva un brin coincé dans ses cheveux.

— Duarte et Bree risquent de s'inquiéter.

Crawford ne sachant pas quoi en penser se concentra pour renfiler ses couches de vêtements.

Chapitre Dix-sept

LE ciel était encore couvert lorsqu'ils émergèrent de la grange, mais même la moindre lueur semblait vive après les ténèbres de l'intérieur. Mateus cligna des yeux en tentant de s'ajuster au soudain changement tandis que Crawford refermait les battants derrière eux.

Mateus remonta le chemin de gravier en direction de la maison. Des rideaux en dentelle pendaient derrière les fenêtres, mais ils étaient suffisamment ouverts pour lui permettre de jeter un coup d'œil à l'intérieur. Il y avait une grande cheminée en pierre, un plancher brillant et des napperons sur toutes les surfaces planes. Le mobilier était ancien et abîmé, mais l'endroit paraissait plutôt bien tenu.

— À qui cela appartient-il ? demanda Crawford lorsqu'il rejoignit Mateus sur le porche.

— Je n'en sais rien. Je sais seulement que c'est à vendre. C'était un pensionnat, je pense. Dans les années quarante. Duarte m'en a parlé il y quelque temps.

Il y avait une boîte *Realtor* [5] devant la porte d'entrée, et Crawford sortit son téléphone et entra le numéro dans son carnet d'adresses.

— Tu es intéressé par la maison ? demanda Mateus, incrédule.

— J'aimerais y jeter un petit coup d'œil.

Mateus tenta de ne pas se faire de faux espoirs. Crawford ne lui avait rien promis. Il avait été plutôt clair dans la grange : il le désirait, et ça lui avait suffi à ce moment-là. Mais ils ne s'étaient pas vraiment échangés de mots doux couchés dans le foin. Ça n'avait été rien d'autre que du sexe. Torride, désespéré et sans retenue. À présent, Mateus n'avait aucune idée d'où ils en étaient.

La seule chose qu'il savait, c'était que Crawford cherchait une maison sur Beverly.

Cela devait bien signifier quelque chose, non ?

Crawford faisait les cent pas sur le porche. Le bruit de ses pas était étouffé contre les planches défraîchies.

— Il y a beaucoup de potentiel, tu ne crois pas ? D'après ce que je peux voir, la charpente est en bon état. Je changerais la porte avec une belle paire à la française, et elles s'ouvriraient sur le séjour avec des fauteuils rembourrés et quelques lampadaires pour la lecture. Et je laisserais un feu brûler, même en plein été.

Mateus essaya de voir ce que voyait Crawford, mais il n'avait pas la même perspective en tête. Crawford mordit sa lèvre, l'air concentré en regardant par toutes les fenêtres du porche qu'il pouvait atteindre.

— Je parie que la cuisine est un peu vétuste, mais j'aurais besoin de la mettre à jour avec quelques appareils du commerce de toute façon. Je devrais servir à manger aussi, vu que nous nous trouvons dans un endroit assez reculé. Ce n'est pas comme s'il y avait une montagne de restaurant en ville, je me trompe ?

Sans dire un mot, Mateus secoua la tête.

— Il n'y a pas vraiment de ville, en fait. À quoi penses-tu ? J'ai du mal à te suivre.

Le visage de Crawford s'éclaira.

— Un *bed-and-breakfast*.

Mateus observa les environs. L'endroit était charmant, c'est vrai. Mais ce n'était pas comme si Beverly était un nid à touristes.

5 Site web de gestion de biens immobiliers

169

— Ici, avec ce terrain et cette vieille ferme, c'est le fantasme de tous les hipsters. Je pourrais envisager un jardin potager et faire passer cela comme une expérience du genre « de la ferme à la table ». L'écotourisme prend beaucoup d'ampleur en ce moment, et il ne fera que se développer. Les gens veulent ressentir une connexion avec la terre et nous pourrions avoir cela ici. Nous pourrions même intégrer le verger dans le tout. Une cueillette de pommes en automne ? Et la grange… elle est parfaite pour un mariage. Avec les aménagements qu'il faut, un bon traiteur et une excellente promotion, cela pourrait être un véritable succès.

Il se retourna.

— Ce serait complètement fou d'acheter cette maison, pas vrai ? Dis-moi que ce serait dingue.

Mateus détestait l'idée de devoir lui donner raison sur ça, mais ça l'était.

— Ce serait dingue, répéta-t-il d'un ton neutre.

Le visage de Crawford se décomposa.

Mateus détestait le voir comme ça.

— Mais ça ne peut pas faire trop de mal de contacter *Realtor* pour aller voir à l'intérieur. Et peut-être faire quelques petites recherches aussi. Tu ne peux pas vraiment ouvrir un *bed-and-breakfast* sur un coup de tête.

Crawford sourit.

— Ce n'est pas un caprice. Je veux dire, cet endroit, peut-être. Ça, c'est un caprice. Mais j'ai toujours voulu me trouver un endroit qui m'appartiendrait complètement. J'économise depuis des années pour m'acheter quelque chose. C'est un peu plus rapide que je l'avais prévu, mais je n'ai pas de travail et si cet endroit n'est pas excessivement cher, j'aurais de quoi me l'offrir. Je peux toujours tenter le coup. Ça t'ennuie que j'appelle *Realtor* maintenant ?

Il fit un signe avec son téléphone.

— J'ai du réseau ici.

L'idée de se séparer si vite après que Crawford fut arrivé lui pinça le cœur. Mateus ne voulait pas freiner l'excitation de Crawford à ce propos, mais il avait besoin de retourner au verger et il avait pensé qu'ils pourraient passer encore quelques minutes ensemble ici.

— Je devrais y aller, dit Mateus en ravalant un soupir. Il faut que j'aille m'assurer que la grêle n'a rien endommagé. Tu penses que tu pourras retrouver ton chemin tout seul ?

Crawford était déjà en train de taper sur son téléphone.

170

— Sans problème. Et puis, si je n'y arrive pas, je passerai un coup de fil.

Mateus prit une inspiration pour se donner du courage et opina.

— OK. Je vais prendre le panier avec moi.

Et la couverture toujours couverte de leurs précédentes activités. Mateus était tenté de la déplié pour s'assurer qu'il n'avait rien imaginé de ce qui s'était passé entre eux dans la grange.

Se lamenter n'allait le mener nulle part, de toute façon, et il avait du travail à faire. Tandis qu'il prenait la direction des arbres, Mateus ne posa pas une seule fois les yeux sur Crawford. Il avait pensé que coucher ensemble aurait rendu les choses plus claires entre eux, mais ça n'avait fait que tout compliquer.

CRAWFORD était réapparu juste avant le dîner, les joues rouges et l'air extatique. Alors qu'ils mangeaient, il avait parlé à toute allure pour leur exposer tous les détails. Il avait fait l'inventaire de la maison avec *Realtor* et il avait déjà discuté avec Adam pour signer les papiers et l'acheter. Il était sans doute complètement fou, mais Mateus semblait être le seul à le penser.

Bree avait trouvé les sites de quatre autres *bed-and-breakfast* tendant vers l'écotourisme sur le net et avait aussitôt commencé à établir une liste de ce qu'il fallait faire avec Crawford. Entre tous, c'était elle qui avait été la plus enchantée par l'idée de Crawford d'utiliser la grange pour les mariages. En une heure à peine, elle avait rempli un tableau très complet sur Pinterest avec des idées sur la manière de décorer l'espace et Crawford avait bu chacune de ses paroles.

Même Duarte avait offert d'aller sur place et de rendre compte de l'état de la grange pour voir si elle était utilisable en l'état ou si elle aurait besoin de quelques rénovations.

Mateus avait réussi à ne pas rougir lors Duarte avait fait mention de la grange, mais ce n'était pas passé loin. Il avait mis la couverture à la machine dès qu'il était rentré et Bree lui avait jeté un regard sournois lourd de sens. Probablement parce qu'il avait encore des brins dans les cheveux et que son sweat était à l'envers.

Incapable de supporter davantage la discussion sur les linges en bambou, qu'importe ce dont parlait vraiment Crawford et Bree, Mateus finit par monter très tôt. Il avait passé trois bonnes heures dans le verger à déblayer les dommages causés par la tempête et a tuteuré à nouveau tous

171

les arbres qui avaient été emportés. Tout ce dont il avait envie maintenant, c'était d'une douche bien chaude et d'aller au lit.

Serait-ce gênant de partager un lit avec Crawford après ce qui s'était passé entre eux ? Mateus n'avait toujours aucune idée d'où ils en étaient dans leur relation, et ça le dévorait de l'intérieur. La chose la plus mature à faire serait de prendre Crawford à part pour en discuter, mais Mateus n'était pas prêt pour ça. Il était possible – probable, même – qu'étant donné sa façon de voir l'amour et les relations avec autrui, que Crawford ne voit Mateus que comme une passade et rien d'autre. Il avait été clair et net sur le fait qu'il avait besoin de son consentement, mais ça n'avait été que pour le sexe.

S'il finissait avec le cœur brisé, il ne pourrait s'en prendre qu'à lui-même.

Vu qu'il n'arrivait pas à se débarrasser des frissons qu'il avait depuis l'averse, il prit une douche brûlante et en émergea la peau tendre et rouge, mais enfin réchauffée. La bonne chose pour ce qui était de dormir collé à Crawford, c'était qu'ils partageaient leur chaleur corporelle respective, mais Crawford était toujours en bas. Il pouvait entendre sa voix monter jusque dans les escaliers, alternant avec celle de Bree alors qu'ils échangeaient des idées.

Mateus enfila un boxer et glissa sous les couvertures froides. Ils avaient encore une semaine avant que l'agent Suarez vienne pour leur visite à domicile et ensuite ? Après ça ? Crawford resterait-il là s'il achetait vraiment cette maison ? Ou ne serait-ce qu'un investissement dont il délèguerait à quelqu'un d'autre la gestion tandis qu'il retournerait à L.A. ?

Alors que Mateus plongeait sa tête dans son oreiller, il souhaita être encore dans cette grange, recroquevillé contre le torse de Crawford, avant que les choses ne se compliquent et ne deviennent gênantes.

Trois heures plus tard, il était toujours éveillé lorsque Crawford entra sur la pointe des pieds dans la pièce sombre, évitant soigneusement les lattes qui faisaient le plus de bruit et parvenant à se changer sans avoir besoin d'allumer. Mateus aurait aimé qu'ils restent dans la chambre d'amis. Maintenant, il ne pourrait plus dormir ici sans se souvenir de ce que c'était de passer la nuit ici avec Crawford. Peut-être qu'il y déménagerait une fois qu'ils auraient fini de jouer la petite famille parfaite pour l'agent Suarez.

Crawford monta dans le lit derrière lui et se cala contre Mateus, le ceinturant au niveau des côtes. Mateus se retourna pour lui faire face, espérant que, peut-être, Crawford voulait discuter.

C'est exactement ce qu'il fit, mais ce dont il voulait parler n'avait rien à voir avec eux.

— J'ai rappelé Adam et il dit que toute la paperasse est sur le bon chemin. Les propriétaires étaient désespérés à l'idée de vendre. Ils ont déménagé en Floride l'année dernière et l'endroit est vide depuis. *Realtor* a engagé quelqu'un pour s'occuper des lieux et maintenir le terrain, donc tout est en plutôt bon état. Nous avons prévu le passage d'un inspecteur en bâtiment demain matin, mais si tout se passe bien, je devrais pouvoir signer les papiers dans l'après-midi.

— Tout cela ne va-t-il pas un peu trop vite ?

Crawford soupira d'un air rêveur, comme l'aurait fait un adolescent devant un magazine people.

— Un peu, si. Mais ça paraît presque naturel. La bonne maison au bon moment. Et vu que je n'ai pas besoin d'aide pour le financement, je serais en mesure de finaliser la vente plus rapidement. Et ils me laissent garder tous les meubles. C'est génial, comme ça je n'aurais pas besoin de tout recommencer à zéro.

— C'est super. Je suis content pour toi, si c'est ce que tu veux vraiment.

Crawford se tortilla pour qu'ils se retrouvent tous les deux couchés sur le dos, les yeux vissés au plafond, épaule contre épaule.

— Bree a eu une idée. Tu peux dire non, mais je trouve ça vraiment parfait. Dingue, mais parfait.

Mateus retint sa respiration. Après cette journée, il n'était pas sûr de vouloir entendre ce qu'avait à dire Crawford s'il le plaçait lui-même dans la catégorie « folies ».

— Que dirais-tu d'avoir nôtre cérémonie de renouvellement des vœux dans la grange durant notre visite à domicile ? Cela montrerait à l'agent Suarez que nous, c'est du sérieux.

Est-ce qu'eux, ça allait vraiment être du sérieux ? Ou continuaient-ils à le prétendre ? Avant que Mateus ne puisse lui poser la question, Crawford reprit la parole.

— Et comme ça, en même temps, nous pourrons entamer la promo du *bed-and-breakfast*. Bree a une amie qui est photographe professionnelle et elle serait libre vendredi prochain, donc nous pourrions prendre quelques clichés de la cérémonie pour nous faire connaître. Je ne serais pas prêt à ouvrir au public avant quelques mois, mais la plupart des mariages sont planifiés des mois, si ce n'est des années à l'avance, donc le timing est parfait.

Et certains mariages étaient arrangés une heure avant l'échange des vœux, avec des alliances qu'on avait achetées cinq minutes avant la cérémonie avec des étrangers en guise de témoins.

Mais ceux-là ne comptaient pas. En tout cas, le leur ne comptait pas.

Mateus déglutit bruyamment et tenta de se laisser emporter par le sommeil tandis que Crawford continuait de murmurer dans son oreille les détails de son projet. C'était bien loin des confidences sur l'oreiller qu'il pensait qu'ils auraient après leur moment dans la grange. Il était clair que leur aventure ne signifiait pas autant pour Crawford que pour lui, et Mateus ne pouvait s'en prendre qu'à lui-même pour ça. Crawford lui avait plus que répété ce qu'il pensait vraiment du mariage et de l'amour. C'en était presque douloureux.

Il se recroquevilla davantage sur lui-même, espérant pouvoir faire abstraction de la chaleur corporelle qui l'embrasait à chaque point de contact. Mateus avait été suffisamment naïf pour penser que le sexe allait changer quelque chose entre eux, mais il ne comptait pas refaire deux fois la même erreur. Il avait précipité les choses et il ne pouvait s'en vouloir qu'à lui-même pour ça. Il ne recommencerait pas. Mateus freinerait un peu le mouvement et ferait ça bien, mais la présence si tentante de Crawford à côté de lui rendait déjà les choses compliquées.

Chapitre Dix-huit

Cinq jours plus tard

ILS avaient manqué de temps pour blanchir l'intérieur de la grange. Crawford était ravi qu'ils ne l'aient pas fait. Les planches en bois usées par le temps renvoyaient magnifiquement bien les ombres diffusées par les lanternes suspendues. Couplé au fait que l'espace entre les planches laissait entrer les rayons du soleil couchant, tout l'endroit était plongé dans une douce ambiance vaporeuse. Dans tout le grenier à foin, quelqu'un avait accroché de délicates lumières blanches, les arrangeant de manière qu'elles se croisent entre les poutres pour pouvoir illuminer l'allée qui traversait la grange. Ça lui donnait un air complètement éthéré.

Il n'avait jamais vu quelque chose de pareil avant. Tous les mariages auxquels il avait assisté au fil des ans avaient été sublimes à leur façon, cependant, ils lui semblaient maintenant stériles et froid comparé au décor époustouflant de la grange. Il en ressortait une impression de confort et de chaleur qui les confortait dans l'impression d'un espace intime et cosy, même si l'endroit était plus vaste que toutes les églises dans lesquelles il s'était déjà rendu pour ce genre de cérémonies. C'était tout ce que son premier mariage n'avait pas été. Crawford dut ravaler la boule qu'il avait dans la gorge et se rappeler que tout ça n'était qu'une comédie. Ils avaient pris de magnifiques photos de la cérémonie pour la brochure de l'auberge et avec un peu de chance, l'agent Suarez serait suffisamment satisfaite pour les laisser en paix durant les prochains mois.

Le personnel de cuisine qu'ils avaient engagé posait les dernières touches sur la table du gâteau qu'on avait poussé tout au fond de la grange. Ce n'était pas très formel comme réception, juste quelques tours sur la piste de danse, des boissons et un buffet de hors-d'œuvre très rustiques que Bree avait été ravie de choisir avec eux. Et il y avait le gâteau, bien sûr. Ne souhaitant pas les voir le couple de mariés souriants sur le dessus, Crawford détourna les yeux.

Il s'étrangla presque lorsqu'il aperçut le sourire sur le visage d'Adam alors que celui-ci remontait l'allée dans sa direction. Il avait beaucoup de chances que son frère ait pu venir, même si Brandon et Karen s'étaient déjà envolés pour Japon.

Adam lui donna une frappe dans le dos.

— Frérot, il faut que je t'avoue que tu ne fais vraiment pas les choses à moitié. Non seulement tu vas te remarier à un parfait inconnu, mais tu le fais avec style… sur le terrain que tu as achetée sur un coup de tête.

Crawford lui offrit un sourire peiné et celui rieur d'Adam disparut.

— Qu'est-ce qu'il y a ? Tu joues les frileux, maintenant ?

Il jeta un œil aux alentours, se redressant en voyant l'agent de l'immigration en train de décliner une flûte de champagne offert par un serveur qui passait par là.

— C'est un peu tard pour une crise de conscience, si c'est ce qui se passe.

Crawford ricana.

— Pas vraiment. Puis-je te parler à la maison une minute ?

Vu qu'ils avaient fourni autant d'efforts pour aménager la grange pour le mariage et la séance photos, la maison était interdite d'accès aux invités. Il y avait toujours des trous dans le parquet à l'étage, donc ils avaient verrouillé les portes pour éviter que des yeux curieux viennent fouiner. C'était leur seule chance de trouver un peu d'intimité au milieu de la foule.

Adam jeta un second regard à l'agent de l'immigration qui avait sorti un petit bloc-notes et qui discutait avec Bree et une autre femme.

— Tu veux parler avec ton frère ou ton avocat ?

— Mon frère.

— Dans ce cas, c'est d'accord et ça ne te coûtera rien, affirma Adam, faisant brièvement sourire Crawford.

Crawford fit tinter ses clés.

— Allons-y maintenant.

Ils étaient restés dans la maison la nuit dernière, mais ils avaient été tellement occupés à parcourir les documents post-nuptiaux que Mateus devait signer qu'ils avaient à peine eu le temps d'inspecter les lieux plus en profondeur. Adam avait un avion à prendre dans la matinée, mais Crawford était déterminé à trouver un peu de temps libre pour lui faire faire une vraie visite après la réception. Ils avaient fait venir un groupe de musiciens, mais c'était surtout pour les photos. Il y aurait quelques rapides tours de piste, puis ils renverraient tout le monde chez eux.

Crawford et Adam se posèrent dans le salon. Les lourds rideaux de brocart étaient ouverts et d'ici, Crawford pouvait voir le groupe mettre en place la piste dans la cour. Belzébuth était sur le rebord de la fenêtre, l'air toujours aussi empâté et heureux comme un poisson dans l'eau. Il avait tout de suite adopté la nouvelle maison, et il y avait d'ores et déjà des poils de chat sur la plupart des meubles.

— Alors ? Mateus a changé d'avis à propos du contrat ? Enfin, en principe vous pouvez le signer et vous en occuper quand vous voulez, vu que le secret n'en est plus vraiment un côté mariage. Mais je te recommande grandement de le faire au plus vite pour protéger tes avoirs du mieux que tu le peux. Cela le protégera également contre ce gouffre financier, ce qu'il appréciera, j'en suis certain.

Mateus était davantage porté sur la paperasse que ne l'était Crawford, ce qui ne faisait que le renforcer dans l'idée qu'ils n'en avaient pas besoin. Mais c'étaient peut-être ses sentiments pour Mateus qui obscurcissait son jugement, et il savait bien qu'il ne pouvait pas faire confiance aux émotions qu'il ressentait.

— Je ne suis pas certain de pouvoir faire ça, lâcha Crawford.

Adam lui jeta un regard perplexe.

— Tu l'as déjà épousé, tu sais ? C'est seulement un spectacle pour l'agent de l'immigration et les caméras. Ça a l'air bien parti, en plus. Tu as eu une idée géniale. Lorsque ces photos seront diffusées sur le net, tous les hipsters à moins de trois cents kilomètres vont trébucher sur leurs chaussures de randonnée et leurs jeans moulants pour réserver cet endroit.

— Je parle des vœux.

Adam lui lança un regard curieux.

— Vous vous les êtes échangés, non ? Tu vas littéralement promettre la même chose que la première fois.

— C'est bien le problème, rétorqua Crawford, la détresse émanant de sa personne par vague.

Adam fronça les sourcils.

— Tu m'as perdu.

— Mes vœux. Je ne les pensais pas lorsque nous nous sommes mariés, donc cela n'avait pas beaucoup d'importance. C'étaient seulement des mots. Mais je suis en train de tomber amoureux de lui. Je les pense maintenant. Cela va être tellement évident que je suis raide dingue de lui.

— Eh bien, c'est super. C'est exactement ce que tu voulais. Tu as mis dans le mille pour l'agent de l'immigration.

— Non, je le pense vraiment. Je suis foutu. Il est superbe, modeste et aussi charmant et parfait, et je suis vraiment baisé sur ce coup-là.

— Je pensais que le problème c'était justement que tu ne l'étais pas, plaisanta Adam.

Il se calma immédiatement en voyant que cela ne faisait pas rire Crawford.

— Ah, merde. Vous l'avez fait. Et ensuite… quoi ? Tu t'es senti coupable d'en avoir profité et tu as refusé d'en discuter ? Frérot, c'est exactement ce pour quoi je t'ai demandé si tu étais certain de savoir dans quoi tu te fourrais.

Crawford passa une main sur ses paupières.

— Ce n'était pas un problème lorsque je l'ai épousé. Je ne suis tombé amoureux de lui que plus tard, répondit-il sarcastiquement.

Adam émit un bruit compatissant.

— Sans vouloir m'en prendre une, tu es certain que tu ne confonds pas tes émotions et le désir que tu ressens ?

— Le désir est une émotion, répliqua Crawford, ses entrailles se tordant. Et non, j'en suis certain. Je… je suis dedans jusqu'au cou. Il y a du désir, c'est certain. Mais il y a aussi bien plus.

— Et tu es certain que tu es le seul à ressentir ça ? Il semble vraiment beaucoup t'aimer.

Une vague brûlante et cinglante de culpabilité l'assaillit. C'était depuis qu'ils avaient couché ensemble que Mateus avait pris ses distances et c'était de sa faute. Il n'aurait pas dû se laisser emporter par l'instant présent. Ils auraient dû avoir une vraie conversation avant de sauter à pieds joints et que Mateus finisse par l'éviter. Ce qui se passait était plutôt clair.

— C'était pour le bien de son frère, expliqua Crawford. Duarte ne sait pas que tout ça, c'est bidon. Mateus a dit que son frère croyait en l'amour véritable et que notre mariage de convenance risquait de beaucoup l'offenser.

Il fallait que Crawford trouve un autre terme pour nommer leur relation, car ça n'avait rien de quelque chose de très convenant. Ça ne le dérangeait pas qu'ils se soient mariés par nécessité, pour des raisons pratiques – il ne se

178

souciait toujours pas vraiment de l'institution en elle-même. Qu'il soit marié lui importait peu ; c'était Mateus en lui-même qu'il ne se voyait pas quitter.

— C'est complètement ridicule, dit-il.

Peut-être que le dire à voix haute rendrait la chose un peu moins véridique. Adam l'avait toujours accusé d'être constamment dans sa propre bulle. Peut-être qu'en sortir pourrait lui permettre de voir raison.

— Nous ne nous connaissons que depuis un mois. Comment puis-je être amoureux de lui ?

— Il n'y a pas vraiment de règles. Même si c'est ridicule, si c'est ce que tu ressens, c'est ce que tu ressens.

Crawford renifla, moqueur.

— Quand es-tu devenu Dr Phil [6] ?

— Depuis que tu es passé sur la chaîne de Nicholas Sparks [7].

Crawford jeta à Adam un regard outré.

— Ha, ha.

— Écoute, c'est ta vie. Mais Crawford ? Peut-être que parce que ça fait longtemps que tu ne l'as pas ressenti tu ne le reconnais pas, mais tu es heureux. Il y a bien longtemps que je ne t'ai plus vu l'être. Et peut-être que c'est égoïste de ma part, mais ça me rassure. Je détestais l'idée de te laisser seul, ici.

Crawford renifla.

— Le Japon n'est pas *si* loin que ça. Je te verrai encore. Et je ne suis pas seul. J'ai Belzébuth avec moi.

Adam n'avait pas l'air convaincu.

— Tu aimes ton beau-papa, hein, Bel ? chantonna-t-il en le grattant derrière les oreilles.

Au lieu de feuler comme il le faisait d'habitude, le chat se mit à ronronner et roula sur le dos, exposant son ventre.

— Ah, tu l'aimes, bien sûr que tu l'aimes ! Tu as un gros béguin pour Mateus, exactement comme ton papa, n'est-ce pas ?

Belzébuth laissa échapper un bruyant ronronnement. Crawford ne l'avait jamais vu aussi content et détendu. Apparemment, il détestait l'appartement stérile de Crawford autant que lui. Et il avait véritablement adopté Mateus. Il avait même dormi entre ses bras la nuit dernière.

Et Crawford avait été jaloux. De son chat.

Seigneur, il était vraiment fichu.

---

6 Personnalité de la télévision américaine

7 Écrivain américain

Chapitre Dix-neuf

SI Mateus arrivait à surmonter cette journée, les choses n'iraient qu'en s'améliorant. L'agent Suarez serait convaincu de la véracité de leur relation et ils pourraient finalement retourner chacun à leurs petites vies. Néanmoins, ça risquait d'être un peu difficile lorsque Crawford aurait ouvert son *bed-and-breakfast*…

Ce qui représentait… quelque chose. Une complication, sans le moindre doute. Cela rendrait leur séparation plus difficile pour tout le monde. Tout serait bien plus simple s'ils pouvaient prétendre une dispute et que Crawford reparte à L.A. De toute évidence, rien dans sa vie n'allait être facile.

Crawford tenta de lui parler à plusieurs reprises, mais Mateus n'avait pas besoin d'entendre les mots sortir de sa bouche. Il ne voulait pas de sa pitié ni de ses exposés sur le mensonge qu'était l'amour.

Il voulait se vautrer dans son propre malheur pendant un moment, puis passer à autre chose. Ce qui allait être beaucoup plus difficile avec son mari vivant à la porte d'à côté. D'accord, la porte d'à côté était en fait à 8 km d'ici. Malheureusement, Crawford et Bree s'entendaient comme larrons en foire et la moitié des projets de Crawford pour son *bed-and-breakfast* impliquaient le verger. Mateus ne serait pas débarrassé de lui de sitôt.

Mateus ne pensait pas pouvoir le supporter si Crawford lui faisait un discours de rupture condescendant. Surtout sachant qu'ils n'avaient jamais véritablement été ensemble.

Il soupira et s'examina à nouveau dans le miroir, puis tira sur son nœud papillon. Heureusement, Bree avait déclaré les costards trop formels pour un mariage dans une grange, mais ça l'avait également dépourvu de la moindre idée sur ce qu'il devait porter. Elle l'avait forcé à enfiler un costume en tweed marron bien trop chaud pour la saison et avait arrangé le tout avec un nœud papillon rouge pétard qu'il avait dû mal à ajuster correctement.

Il ne savait pas ce que Crawford allait porter, mais ce serait certainement terriblement séduisant sur lui.

Mateus poussa un nouveau soupir et admit sa défaite. Bree s'en occuperait lorsque la photographe arriverait.

Sans même avoir toqué, Crawford ouvrit la porte et entra, l'air déterminé.

— Il fallait que je te parle avant…

— Je ne pense pas que tu sois supposé voir le marié avant le mariage. Ça porte malheur.

Crawford haussa un sourcil.

— Étant donné que nous sommes déjà mariés, je ne pense pas que ça tienne vraiment la route.

Mateus haussa les épaules.

— Il faut que je descende pour aller m'assurer que les chaises sont bien en place. Et que le groupe s'installe au bon endroit.

— Duarte et Adam s'occupent de ça. Je…

Mateus leva une main, l'interrompant.

— Je sais, d'accord ? Les choses ont toujours été très claires. Je n'ai pas besoin que tu me le rappelles. Je préfère que nous ne fassions pas cela aujourd'hui, si tu veux bien. Tu pourras me dire quelle erreur c'était et à quel point tu le regrettes plus tard. Laisse-moi simplement passer ce cap-là d'abord. Je… n'attends rien de ta part. J'ai bien saisi.

Alors que Crawford se tenait là dans le plus grand silence, Mateus gagna la porte et quitta la pièce. Il allait se cacher dans le fond de la grange jusqu'à ce qu'ils requièrent sa présence.

TOUTE la cérémonie avait été parfaitement chorégraphiée, même la personne à côté de laquelle l'agent Suarez allait s'asseoir.

Mateus et Crawford remonteraient l'allée ensemble et il y aurait une brève cérémonie avant la réception. Crawford était pâle et tremblant lorsque Mateus le rejoignit à l'extérieur de la grange. Il lui offrit quand même un sourire, donc ça ne devait pas être de regret, mais plutôt le stress. On pouvait remercier l'agent Suarez pour ça.

Ils parvinrent à remonter l'allée sans problème, mais Crawford surprit tout le monde lorsqu'il se mit à improviser complètement et qu'il tomba sur un genou lorsqu'ils arrivèrent à destination. Le juge de paix se tortilla sur place.

— En général, nous faisons cette partie debout, messieurs, dit-il en riant nerveusement.

Mateus ne pouvait pas détourner les yeux de Crawford qui le dévisageait avec un petit sourire. Il jeta un coup d'œil au juge de paix et lui fit un clin d'œil.

— Laissez-moi juste une minute, répondit-il avant de tourner toute son attention vers Mateus. Veux-tu m'épouser ? demande-t-il, une étincelle de sérieux dans les yeux.

Sa voix était claire et puissante, mais Mateus seul pouvait sentir les tremblements agiter les mains de Crawford. Il était nerveux. Mais peut-être que cela n'avait rien à voir avec l'agent Suarez. Peut-être était-ce... à propos de lui ?

Un frisson remonta le long de son dos et Mateus était presque certain que ses mains tremblaient également. La grange était parfaitement silencieuse et ses yeux restaient braqués sur Crawford, n'ayant aucune envie de détourner le regard pour voir tout le monde les observer.

— Je pense bien que c'est déjà fait.

Leurs invités se mirent à rire, et Crawford sourit et serra les mains de Mateus.

— C'est vrai. Mais nous avons sauté cette étape et je ne voulais pas que dans vingt ans, tu regrettes de ne pas avoir reçu une véritable demande lorsque nous raconterons à notre nièce notre mariage.

Le ton était jovial, comme s'il blaguait, mais ce n'était pas ce qu'il était en train de faire. Crawford lui demandait véritablement de l'épouser. De passer le reste de sa vie avec lui.

Le cœur de Mateus battait à tout rompre, et il ne savait pas s'il serait capable de parler sans laisser un sanglot lui échapper. Il acquiesça simplement.

Crawford claqua doucement la langue.

— J'ai besoin de véritables mots, Mateus. Tu ne m'as rien dit et ça, c'est ton choix. Je n'ai pas fait du bon boulot dans cette grange la dernière fois, mais je veux me racheter. Je ne voulais pas que tu penses que ce n'était qu'une aventure pour moi. Je le pensais quand j'ai dit que je te voulais, toi. Tout de toi, pour le reste de l'éternité, continua-t-il dans un murmure.

Personne si ce n'est le premier rang ne saurait ce qui s'était dit, et Mateus ne manqua pas la signification de ses propos. L'agent de l'immigration se trouvait dans le fond. Si Mateus n'en avait vraiment pas envie – pour de vrai, pas juste sur le papier – alors tout ce qu'il avait à faire c'était de dire « non ». Crawford ne ferait pas cesser la cérémonie ou ne demanderait pas le divorce directement. Il n'était pas le genre d'homme qui revenait sur sa parole. Même si Mateus refusait sa proposition de rendre leur mariage tout ce qu'il y avait de plus véridique, Crawford se conduirait honorablement et s'acquitterait de son engagement pour sauver Mateus de l'expulsion.

Il était apparemment du genre à demander sa main, pour de vrai cette fois, à son propre époux sur un genou lors de leur cérémonie très publique de renouvellement des vœux.

— Oui, réussit à dire Mateus d'une voix enrouée. Oui. Je veux t'épouser. Bien sûr que je vais le faire. Je t'aime.

Tout le corps Crawford sembla se tendre devant l'aveu de Mateus, et une étincelle de pur bonheur éclaira son visage.

— Je t'aime aussi.

Mateus tremblait vraiment à présent. Crawford se releva, tenant toujours les mains de Mateus, leurs bras inclinés dans des angles gênants alors qu'il le tirait plus près et l'embrassait doucement sur la bouche.

Le juge de paix toussota.

— Encore une fois, vous faites tout dans le désordre, messieurs, dit-il, en riant cette fois-ci.

Crawford recula sans lâcher les mains de Mateus.

— Excusez-nous. Nous sommes prêts, dit-il, ses yeux ne se détournant jamais de ceux de Mateus.

Ce dernier laissa échapper un rire larmoyant et il entendit Bree se mettre à sangloter dans la première rangée.

— Très bien, dit le juge de paix. Mesdames et messieurs, nous sommes réunis aujourd'hui pour témoigner du renouvellement des vœux de Crawford Hargrave et Mateus Fontes. Je dois dire que j'ai présidé des dizaines de mariages, mais aucun d'eux n'était aussi unique que celui-là. Ces deux messieurs se sont mariés à Vancouver il y a un mois environ et ont choisi de renouveler leurs vœux ici, devant famille et amis. En voyant à quel point l'amour est fort entre eux, je ne peux qu'être honoré de pouvoir y prendre part.

Bree soupira d'un air rêveur à côté de Duarte et Mateus dut se retenir d'éclater de rire. C'était complètement irréel. De la lueur des lanternes qui envahissaient toute la grange à la douce odeur de foin qui flottait dans l'air, tout était parfait. Des bougies à pile clignotaient dans les Mason jars que Duarte et lui avaient difficilement suspendus aux poutres une heure plus tôt. Ça paraissait loin. Il s'était inquiété de faire ses vœux avec ses émotions nettement affichées sur la figure et à présent, il souriait tellement fort que ça lui faisait mal. Son bonheur irradiait de sa personne, reflétant celui de Crawford. Mateus n'avait pas réalisé qu'il était possible de se sentir aussi heureux.

— Crawford, Mateus, le mariage est un rite sacré. Il unit deux êtres et les pousse à rejoindre une seule et même route. C'est un évènement très spécial de pouvoir trouver deux personnes prêtes à promettre de partager les joies comme les obstacles d'une une vie entière. Aujourd'hui, nous célébrons cet amour et cet engagement avec vous.

Les mots n'étaient pas différents de ceux qu'il avait entendu dans le bureau du greffier à Vancouver, mais cette fois-ci il les sentit résonner en lui. Crawford et lui avaient peut-être officialisé leur union sur le papier, mais *ça,* c'était le vrai jour de leur mariage.

Le juge de paix tendit les mains.

— Bree, Duarte, Adam, voulez-vous bien approcher ?

Mateus et Crawford avaient tous deux hésité lorsqu'ils avaient parlé d'inclure la bénédiction de la famille à la cérémonie. Mateus n'avait pas voulu impliquer davantage la sienne dans tout ce mensonge, mais Bree et Duarte avaient été si enjoués à cette idée qu'il n'avait pas réussi à leur dire non. À présent, il était heureux qu'ils se soient laissé entraîner là-dedans.

Duarte posa sa main au creux du coude de Mateus et Adam fit de même pour Crawford. Le ventre de Bree heurta la hanche de Mateus lorsqu'elle mit sa main sur celles jointes de Mateus et Crawford. Ça semblait si juste, comme si, à sa manière, sa nièce faisait un peu partie de la cérémonie.

— Un mariage lie non seulement deux individus, mais également leur famille respective, continua le juge de paix. Bree, Duarte, Adam, promettez-vous de soutenir ces deux hommes et leur mariage, de leur procurer tout le confort et l'appui dont ils auront besoin en cas de nécessité et d'accueillir Crawford et Mateus parmi vous ?

— Nous le promettons, dirent-ils de concert.

Duarte serra discrètement le coude de Mateus avant de reprendre place derrière avec Bree et Adam.

Mateus avala difficilement sa salive, des larmes perlant aux coins de ses yeux. Il ne s'était jamais vu comme particulièrement émotif, mais il devait s'être bien trompé.

— Crawford, il y a un mois, vous avez promis de prendre Mateus comme légitime époux. Voulez-vous prolonger votre union aux yeux de la loi ?

La voix de Crawford fut enrouée lorsqu'il répondit.

— Je le veux.

Les genoux de Mateus vacillèrent lorsque le juge de paix se tourna vers lui.

— Mateus, il y a un mois, vous avez promis de prendre Crawford comme légitime époux. Voulez-vous prolonger votre union aux yeux de la loi ?

Sa gorge était aussi sèche que le Sahara, mais il finit par réussir à croasser son affirmation.

— Je le veux.

— Crawford, réitérez-vous votre déclaration à l'encontre de Mateus ? Continuerez-vous de l'honorer, de l'aimer et de le chérir comme votre partenaire et comme votre égal, renonçant à tout autre et ne vous attachant qu'à lui seul tant que vous vivrez tous deux ?

Crawford vissa un regard ardent sur Mateus, et celui-ci se mit à trembler pour d'autres raisons que la nervosité seule.

— Oui.

— Mateus, réitérez-vous votre déclaration à l'encontre de Crawford ? Continuerez-vous de l'honorer, de l'aimer et de le chérir comme votre partenaire et comme votre égal, renonçant à tout autre et ne vous attachant qu'à lui seul tant que vous vivrez tous deux ?

185

C'était le moment où il s'était senti le plus coupable lors de leur première cérémonie à Vancouver, mais aujourd'hui, il en prenait sans réserve l'engagement.

— Oui, dit-il, ses lèvres se relevant dans un sourire lorsque les doigts de Crawford se resserrèrent davantage sur les siens.

— Vous avez échangé des anneaux comme symbole d'amour et des promesses faites le jour de vôtre mariage. Veuillez joindre votre main gauche, je vous prie.

Ils se mélangèrent un peu les pinceaux avant que Crawford finisse par poser sa main sur la sienne.

— Crawford, veuillez répéter après moi : Mateus, je porte cet anneau en symbole de mon amour et de mon engagement.

Les doigts de Crawford se mirent à trembler et le regard de Mateus passa de la bague que Crawford lui avait offerte à son visage.

— Mateus, je porte cet anneau en symbole de mon amour et de mon engagement.

— À présent, veuillez changer de main, avec celle de Mateus au-dessus. Mateus, répétez après moi : Crawford, je porte cet anneau en symbole de mon amour et de mon engagement.

Mateus s'éclaircit la gorge. Sa voix était plus résolue qu'elle l'avait été il y a quelques instants.

— Crawford, je porte cet anneau en symbole de mon amour et de mon engagement.

— Le mariage est un choix délibéré que nous devons réaffirmer chaque jour qu'il nous ait donné de vivre. Que ces anneaux servent de rappel de votre amour mutuel et de l'amour qui vous a uni par ces liens, dit le juge de paix. Crawford et Mateus, aujourd'hui, vous avez réaffirmé vos vœux l'un envers l'autre. Vous vous êtes non seulement unis, mais vous avez également lié vos familles et pour cela, cette journée n'en est que plus belle. Faites que votre union soit heureuse et remplie d'amour.

Il posa sa main sur leurs épaules et Mateus se rapprocha de Crawford. Les yeux de ce dernier suivirent avidement chacun de ses mouvements, son attention complètement prise par la bouche de Mateus. Mateus dut se retenir de ne pas lécher ses lèvres, sachant très bien ce qui venait ensuite.

Le juge de paix leur tapota chacun leur tour le dos et se fendit d'un large sourire.

— Je vous remercie de m'avoir permis de témoigner et de célébrer le renouvellement de vos vœux. Les liens qui vous unissent sont plus forts que jamais. Si vous le souhaitez, vous pouvez marquer ce moment par un baiser.

Mateus ne pensait pas qu'il existait une seule force sur Terre qui aurait pu les en empêcher. Il se pencha vers l'avant, un frisson le traversant lorsque les lèvres chaudes de Crawford touchèrent les siennes. Elles étaient abîmées à cause de la manie qu'avait Crawford de se mordre la lèvre lorsqu'il était nerveux. Il se l'était sûrement rongé lorsqu'il avait décidé la façon de lui faire sa demande. C'était attendrissant.

Leurs mains gauches toujours jointes, l'épaule de Mateus protesta lorsqu'il s'approcha encore davantage pour approfondir le baiser. Il le garda plutôt chaste, conscient de l'audience qu'ils avaient, mais il ne put s'empêcher de passer sa langue sur ses lèvres pour apaiser la peau gercée.

Tout le monde se mit à applaudir lorsqu'ils rompirent le baiser. Crawford libéra sa main, mais Mateus n'eut pas le temps de s'inquiéter de cette perte avant que Crawford le tire dans une étreinte, pressant un doux baiser sur son cou.

— Je t'aime, murmura-t-il, juste assez fort pour que Mateus puisse l'entendre. C'est vrai. C'est la chose la plus dingue que j'ai faite de toute ma vie, mais c'est la vérité.

— Plus dingue que de m'épouser alors que nous venions à peine de nous rencontrer ? souffla Mateus alors que Crawford reculait et lui souriait, son visage illuminé. Je t'aime aussi, donc je suppose que nous sommes deux dans notre folie.

Crawford entremêla leurs mains et ils parcoururent l'allée avant de passer les portes ouvertes de la grange.

Il faudrait qu'ils reviennent rapidement pour les clichés, mais Mateus voulait qu'ils s'accordent une minute ensemble avant qu'ils soient forcés de discuter avec les autres. Il le guida le long du chemin de gravier, loin de la foule.

— Je suis désolé de ne pas t'avoir écouté plus tôt, dit Mateus lorsqu'ils se furent suffisamment éloignés.

Ils se tenaient toujours les mains et pour sa part, Mateus pourrait ne jamais plus la lâcher.

— C'est moi qui suis désolé de ne pas avoir compris à quel point tu étais bouleversé avant qu'il soit trop tard. Je n'ai jamais été doué avec les mots, ou les sentiments d'ailleurs.

Crawford le fit s'arrêter et Mateus se mit à rire lorsqu'il réalisa qu'ils se trouvaient à présent sous les arbres sous lesquels ils s'étaient protégés de la pluie. Ça avait l'air si loin tout ça, alors même que ça ne remontait qu'à une semaine à peine. Les choses avaient pris un tournant imprévisible ces derniers jours.

— Qu'on soit bien clair : nous sommes mariés maintenant, dit Crawford, ses yeux brillants.

Mateus ne put s'empêcher d'éclater de rire.

— Nous étions mariés auparavant aussi.

— Ah, mais à présent, nous allons pouvoir le consommer dans les règles. Comme ça, nous serons *vraiment* mariés.

— Ah oui ?

Le sourire de Crawford fendit davantage son visage.

— Sans le moindre doute. Et nous recommencerons encore et encore, simplement pour être certain que ce soit bien rentré.

— Je ne suis pas certain que cela fonctionne ainsi, mais je suis prêt à essayer.

Crawford plongea son nez dans le cou de Mateus.

— C'était un baiser merveilleux, murmura-t-il.

— Nous nous étions déjà embrassés auparavant.

Crawford recula, son regard si intense qu'une vague de chaleur prit Mateus aux tripes.

— Ce n'est pas… c'est vrai. Nous nous sommes embrassés, confirma-t-il, posant son front contre celui de Mateus tandis qu'ils riaient. Mais ce n'était pas réel. Je veux dire, pas comme maintenant. Pas pour de bon. Alors, je veux que ce soit notre premier baiser. Le premier qui signifie vraiment quelque chose.

Mateus déglutit fortement et caressa la joue de Crawford. C'était la première fois que Mateus le voyait aussi bien rasé. Il était touché par tous les efforts qu'avait faits Crawford pour se présenter sous son meilleur jour pour leur mariage, mais en vérité, cette barbe de trois jours manquait un peu à Mateus. Un sourire apparut sur les lèvres de Crawford à son geste doux.

— Ils ont tous leur propre signification, répliqua Mateus. Je ne t'ai jamais touché sans que cela ne veuille pas dire quelque chose pour moi. Je ne l'aurais pas fait.

Crawford cligna des yeux et détourna le regard pendant une minute.

— Je ne t'ai pas toujours laissé le choix. Cette première fois, à la frontière…

— C'était un réconfort .

Mateus n'avait jamais essayé de paraître aussi sérieux de toute sa vie. Il avait besoin que Crawford sache qu'il était pour à cent pour cent et qu'il ne s'était jamais senti forcé de faire quoi que ce soit.

— Tu as été mon seul besoin à la seconde où je t'ai vu à l'aéroport, te disputant avec le réceptionniste.

Crawford laissa échapper un rire mêlé de sanglots.

— Je ne me disputais avec personne. J'étais parfaitement poli.

— Tellement poli que tu ne pouvais pas laisser un étranger se faire arrêter à la frontière à cause d'un visa expiré.

— Eh bien, dit Crawford, se penchant pour poser ses lèvres contre la gorge de Mateus. L'étranger en question était grand, ténébreux et séduisant. Il m'a tout de suite fait bonne impression.

— Et sans toi, je serais grand, ténébreux et expulsé.

Crawford émit un son peiné.

— Ne plaisante pas à ce sujet. Tu es à moi et je ne te laisserais jamais partir.

Mateus sentit son cœur sur le point d'exploser dans sa poitrine.

— Je t'aime.

— La façon dont nous nous sommes rencontrés n'a aucune importance ou celle où nous en sommes arrivés à nous marier. Tout ce qui compte, c'est que je suis raide dingue de toi et je te veux à mes côtés, peu importe où nos pas nous mènerons.

Cette fois-ci, lorsque Crawford l'embrassa, il n'y eut pas une seule once d'hésitation ou de doute. Il avait simplement l'impression de rentrer à la maison.